ピクニック・アット・ハンギングロック

ジョーン・リンジー

あの日は絶好のピクニック日和だった。寄宿女学校アップルヤード学院の生徒たちは晴れ着に着替え、馬車でハンギングロックのふもとのピクニック場に向けて出発した。だが、楽しいはずのピクニックはいきなり暗転した。ハンギングロックの巨礫《きょれき》を近くで見ようと足をのばした4人の少女と、教師が消えてしまったのだ。少女のうちひとりは半狂乱になって逃げもどってきたが、彼女の話はいっこうに要領を得ず、何があったのかはわからないまま。その事件を契機に、学院ではすべての歯車が狂いはじめる。カルト的人気を博した同名の映画原作、本邦初訳！

登場人物

アップルヤード校長……………アップルヤード学院の校長
グレタ・マクロウ………………数学の教師
ディアーヌ・ド・ポワティエ……フランス語とダンスの教師
ドーラ・ラムリー………………学院の教師
ミランダ…………………………学院の上級生
アーマ・レオポルド……………学院の上級生
マリオン・クイード……………学院の上級生
イーディス・ホートン…………学院の下級生
セアラ・ウェイボーン…………学院で最年少の生徒
ミニー……………………………学院の住み込みのメイド
エドワード・ホワイトヘッド……学院の庭師
トム………………………………アイルランド人で学院の雑用係
ベン・ハッシー…………………ハッシー貸し馬車屋の店主
マッケンジー医師………………ウッドエンドの医師

バンファー巡査……………………ウッドエンド警察署の警察官
バンファー夫人……………………バンファー巡査の妻
ジム・グラント……………………バンファー巡査の部下
ルイ・モンペリエ…………………ベンディゴ町の時計職人
レグ・ラムリー……………………ドーラ・ラムリーの兄
ジャスパー・コスグローヴ………セアラ・ウェイボーンの後見人
フィッツヒューバート大佐
フィッツヒューバート夫人　}……レイクビュー館に滞在中の夫婦
マイケル・フィッツヒューバート卿……フィッツヒューバート夫妻の甥
アルバート・クランドール………レイクビュー館のお抱え御者
クーリング医師……………………マセドン避暑地の医師

ピクニック・アット・ハンギングロック

ジョーン・リンジー
井　上　里　訳

創元推理文庫

PICNIC AT HANGING ROCK

by

Joan Lindsay

1967

ピクニック・アット・ハンギングロック

『ピクニック・アット・ハンギングロック』が事実なのか創作なのかは読者の判断にゆだねる。だが、問題のピクニックがおこなわれたのは一九〇〇年のことである。ここに登場する人物たちが亡くなって、すでに長い年月が経った。事件の真偽を取り沙汰する必要はないだろう。

1

あの日は、ハンギングロックへピクニックに出かけるには絶好の天気だった。陽光きらめく夏の朝は穏やかで、朝食の間中、窓辺のビワの木立からセミの鳴き声が聞こえた。私道に沿って植えられたパンジーにはミツバチが群がり、低い羽音を響かせていた。手入れの行き届いた花壇では、ダリアが鮮やかな色の花を重たげに垂れ、朝日を浴びた美しい芝生には陽炎《かげろう》が燃えていた。庭師が水やりをすませた紫陽花《あじさい》の茂みには、厨房《ちゅうぼう》のある棟が影を落としている。アップルヤード学院の生徒たちは朝の六時に目を覚まし、空が晴れわたっているのを確かめると、白いモスリンの晴れ着に着替えてはしゃいでいた。さながらチョウの群れのようだった。なにしろこの土曜日は、待ち焦がれていた年に一度のピクニックの日であるうえに、バレンタインデーでもあったのだ。二月十四日。この日は、美しいカードやプレゼントを贈りあう。カードはどれも滑稽《こっけい》なほどロマンチックで、送り主の名前は書かれていない。恋煩《こいわずら》いにかかった匿名《とくめい》のだれかだ。この学院には男性がふたりしかいない。だが、老いたイギリス人庭師のミスター・ホワイトヘッドも、雑用係のアイルランド人のトムも、少女たちからもらったのは控えめな微笑みだけだった。

学院でカードを受け取らなかった女性は、おそらく校長ひとりだろう。アップルヤード校長は、バレンタインデーという伝統にも、暖炉の上に散乱するカードにも、露骨に顔をしかめた。カードはイースターがくるまで放っておかれ、毎年恒例の表彰式のときと同様、メイドたちに余計な手間をかけさせる。この暖炉というのが、趣味の悪い代物だった。まず、広い応接室には白い大理石造りの暖炉がふたつある。女性を象った柱がマントルピースを支えているのだが、石の女たちは校長と同じく豊満な胸をしていた。もうひとつの暖炉は複雑な彫刻をほどこした木製で、目がちかちかするような鏡のかけらが無数にちりばめられている。アップルヤード学院の雰囲気は、一九〇〇年のオーストラリアの奥地《ブッシュ》にあってさえ、救いがたいほど時代錯誤だった。二階建ての校舎はやたらと金がかかっている。この国には、これとよく似た屋敷がそこら中にあった。ゴールドラッシュのあと、風変わりなキノコのように一斉《いっせい》に出現した。ヴィクトリア州のマセドン町から少し離れたこの土地は、平坦で、草木はろくに育たない。近くにはマセドン山がそびえている。こんな場所になぜ屋敷を建てようとしたのか、その理由を知る者はいなかった。十エーカー（約一万二千坪）ほどの土地の奥には、浅い小川があちこちに池を作りながらちょろちょろと流れている。だが、それだけでイタリア風の邸宅を建てる気になったとも思えない。道路のむこうに目を向ければ、白っぽいユーカリの木立をすかして、東にそびえるマセドン山の頂が霧に覆われているのがみえる。だが、これも決め手になったとはいいがたい。ともかく、屋敷は建てられた。時の流れに耐えられるよう、頑丈な石材が使われた。いまでは名前もわからない最初の持ち主は、一年か二年住んだだけで、この大きいばかりで醜い屋敷を売りに出した。

広大な敷地には、畑と庭園、豚と鳥の家畜小屋、果樹園、芝生のテニスコートがあり、細かいところまで手入れがされている。庭園を管理するミスター・ホワイトヘッドのおかげだ。立派な石造りの建物のなかには、五、六台もの馬車が停められていて、いつでも使えるようになっていた。仰々しいヴィクトリア様式の調度品は新品同然だった。大理石の暖炉はイタリアから取り寄せたもので、絨毯《じゅうたん》も最高級品だった。杉の階段は、古代ギリシャ風の彫像が掲げる石油ランプに照らされている。応接室にはグランドピアノがあった。ヴィクトリア女王の誕生日がくると、細い螺旋《らせん》階段で上がる四角い塔の上に、かならずユニオンジャックが掲揚された。アップルヤード校長はイギリスから、潤沢《じゅんたく》な資金とオーストラリアの旧家への紹介状を携えてやってくると、ウッドエンドのベンディゴ通りから十分に離れたこの邸宅に出会い、ひと目で気に入った。掘り出し物は決して見逃さない鋭い茶色い目が、ここならぴったりだ、と判断した。学費の高い上流階級向けの寄宿学校に――いや、寄宿女学校にぴったりだ、と。土地と屋敷を案内した不動産屋は運がよかった。アップルヤード校長は、その場で、土地も建物も庭師もすべて買い取った。現金払いの特典で割引された価格をぽんと支払うと、校長はすぐに引っ越してきた。

アップルヤード学院（やたらと大きな屋敷に与えられた新しい名前は、立派な看板に金文字で刻まれ、どっしりした鉄の校門の上で輝いていた）の校長が、教育の分野でどのような経歴を重ねてきたのか。それを知る者はひとりもいない。必要なかったからだ。大きく結いあげた銀髪や堂々たる胸は、私欲を秘めた心と同様、いかなるときでも隙をみせなかった。豊かな胸にはいつも、亡夫の肖像を刻んだカメオが留められていた。自信にあふれた校長は、まさに保護者たちが、イギリス人の校長とはかくあるべし、と想像するような風貌をしていたのだ。印象こそビジネスを制する鍵、というのは世の常識だ。芝居が当たるか当たらないかも、証券取引所での駆け引きも、すべては印象に左右される。その点に限っていえば、アップルヤード学院は、開校初日から成功していたといえる。初年度の終わりには、満足のいく収益があがっていた。この物語がはじまるまでの六年ほどは、こんなふうにして、すべてが順調だったのだ。

バレンタインは平等な聖人らしい。この朝せっせとカードを開けていたのは、美しい少女たちだけではなかった。ミランダは例年どおり、化粧ダンスの引き出しがいっぱいになるくらいのカードをもらった。カードはどれもレースで縁取られ、愛の言葉が綴《つづ》られていた。それでも、ミランダが大理石のマントルピースに飾ったのは、家族からのカードだった。カードには弟のジョニーがキューピーの絵とキスのしるしの×印を描き、封筒の裏には父親が、クイーンズランドの実家の住所を丁寧《ていねい》にしたためていた。イーディス・ホートンは、カエルに似た顔をつんと上げて、十一枚もカードをもらったと自慢した。教師のミス・ラムリーでさえ、朝食の席で生徒たちにカードをみせびらかした。お粗末な鳩《はと》の絵のそばに、『汝を永遠に愛す』という言葉が添えられていた。送り主はおそらく、前の学期にここへ訪ねてきた冴えない兄だろう。口さがない少女たちは、こう噂しあった。家族でもなくちゃ、眼鏡と野暮ったい茶色の服と運動靴がトレードマークのラムリー先生に、だれが永遠の愛を誓ったりするわけ？

「お兄様はラムリー先生を愛してるのよ」いつも優しいミランダがいった。「こないだだって、玄関でさよならのキスをしてたわ」

「でもミランダ、ラムリー先生ってすごく退屈でしょ？」アーマは声をあげて笑い、顔にかかった黒い巻き毛を払った。胸のなかでは密かに、やっぱりあたしって学院指定の麦わら帽子が似合わないのよね、とこぼしていた。十七歳のアーマは輝くように美しく、ゆくゆくは莫大な財産を相続することが決まっていた。彼女はどこまでも無邪気で、金持ちのプライドなどはかけらも持ち合わせていなかった。だが、美しい人や物が大好きで、野の花を摘んでコートに飾るようなときは、高価なダイアのブローチを身につけるときと同じ喜びを感じる。ミランダの優しげな卵形の顔や、長いブロンドの髪をみると、アーマは胸が痛くなるほどの幸せを感じるのだった。ミランダはいま、日の光に輝く庭園をうっとりと眺めていた。「すてきな日ね。早く景色のいいところへいきたいわ」

「ちょっとミランダ。知らない人が聞いたら、うちの学院が景色の悪いところにあるって思われちゃうわよ」

「森にいきたいっていう意味」ミランダはいった。「シダが茂って、鳥がさえずって……実家のまわりみたいに」「クモもいるわ」マリオン・クイードが口をはさんだ。「バレンタインの贈り物に、だれかハンギングロックの地図をくれないかしら。そしたらピクニックに持っていけるもの」マリオンの突飛な思いつきはいつものことだったが、アーマはとっさに口をはさんだ。「ピクニックには地図なんて邪魔じゃない？」

「邪魔じゃないわ」マリオンは冷静に答えた。「わたしは、どんなときも自分の居場所を正確に把握しておきたいの」マリオン・クイードは、揺りかごで割り算を覚えたと噂されるほど賢い少女で、これまでの十七年間を飽くなき学究に捧げてきた。そのせいだろう。知的な顔立ちや、唯一無二の真理を探しているような細い鼻や、すらりと長い脚は、この頃ますますグレイハウンドを連想させるようになっていた。

少女たちは、バレンタインの贈り物の話にもどった。「あのマクロウ先生におかしなカードを贈った人がいるんだって。勇気あるわよね。しかも、方眼紙に数式がびっしり書いてあるカードだって」ロザムンドがいった。実のところそれは、雑用係のトムがメイドのミニーにそのかされ、軽いいたずらのつもりで贈ったカードだった。四十五歳になる数学教師のマクロウは、この学院で上級数学を教えている。カードを贈られたマクロウは、冷ややかな表情をゆるめることはしなかったが、かといってそれを捨てることもしなかった。彼女にしてみれば、数式のカードは、薔薇《ばら》や忘れな草よりもはるかに気のきいた贈り物だった。数式はどんなときも、マクロウに密かな喜びを与えた。喜びというより、力といっていい。鉛筆でひとつかふたつ書き込みをしたとたん、難解な数式は割られ、掛けられ、別の形になり、奇跡のような解答が導きだされるのだから。トムが本命のミニーに贈ったカードも、喜んで受け取られた。そのカードには、ハートが薔薇の花束に埋もれて血を流す絵がついていた。恋という名の不治の病をあらわしたのだ。ミニーの喜びようは、フランス人教師のポワティエのはしゃぎっぷりといい勝負だった。ポワティエがもらったのは、フランス製のシンプルな薔薇のカードだった。こんなふうにしてアップルヤード学院の生徒と教師たちは、愛にはこんなにも様々な形があるのだということに、あらためて感じ入った。

　ポワティエは、この学院でダンスと日常フランス語を教えるかたわら、生徒たちの服装も監督していたので、ピクニックの朝も、楽しい一日がはじまる期待で胸をふくらませながら、忙しなく走りまわっていた。生徒たちに出した指示どおり、彼女が着ているのも質素なモスリンのワンピースだった。ただし、腰には幅広のサッシュを結び、頭には大きなつばの麦わら帽子をかぶって、全体のバランスをうまくとっている。上級生とほとんど年の変わらないポワティエは、窮屈《きゅうくつ》な学院から離れて戸外で過ごせるこの日を、生徒たちと同じくらい楽しみにしていた。やがて女生徒たちが、ひとりまたひとりと正面玄関の前に集まってきて、ポワティエの点呼に応えはじめた。

「急いでちょうだい《デペシェ・ヴ》、みなさん《メザンファン》。ほら急いで《デペシェ・ヴ》。アーマ、静かに《テ・トワ》」小鳥のように軽やかなポワティエの声が聞こえると、アーマはすぐにおとなしくなった。アーマの美しくふくらんだ胸やえくぼ、ふっくらした赤い唇やいたずらっぽく輝く黒い瞳、そしてつややかな黒い巻き毛をみると、ポワティエはきまって幸せな気持ちになった。祖国にいた頃は名だたる美術館に足を運んでいたポワティエは、薄暗い教室でアーマの姿を認めると、一幅の絵をみたような気分になった。少女の背景にはいつも、南国の果物や、大天使や、黄金の水差しや、ベルベットやサテンの服に身を包んだ上品な若者たちが描かれているようなのだ。

「静かに《テ・トワ》、アーマ……マクロウ先生がいらっしゃいますよ」その言葉どおり、黒ずんだ赤いコートに骨ばった体を包んだマクロウが、屋外トイレから現れた。このトイレへいくには、ベゴニアの植わった細い裏道を通るしかない。数学教師はいつものように、落ち着きはらった足取りで歩いてきた。王侯貴族のように悠然として、女王のような気品さえ漂っている。マクロウが急いでいるのをみた者はいなかった。いや、それをいうなら、鉄縁の眼鏡を外したところをみた者もいない。

グレタ・マクロウがポワティエと共にピクニックの引率を引き受けたのは、それが正しいことだと考えたからにすぎなかった。一流の数学者である彼女は——学院の薄給に甘んじるには惜しいほどの才女だ——、貴重な休日をひとりで過ごせるなら、五ポンド払っても惜しくなかった。今日のように素晴らしい晴天の日でも、ほんとうは自室にこもって微積分の論文を読んでいたい。マクロウは背が高く、肌は黄色っぽく乾燥していて、白髪交じりのかたい髪は、頭のてっぺんで鳥の巣のように無造作にまとめられていた。三十年近くもこの地に住んでいながら、あらゆるものが目まぐるしく変化するオーストラリアという国に、なんの関心もなかった。天候の変化にも、人々の暮らしにも、果てしなく続くユーカリの木立や枯れた草原にも。外界への徹底した無関心ぶりは、母国スコットランドで霧や山々に囲まれて暮らしていた幼少期から変わらなかった。生徒たちは、数学教師の変わった服装には慣れていたので、この日の出で立ちをみてもなんとも思わなかった。マクロウが夏のピクニック用に選んだ服は、以下のとおりだ――劇場にかぶっていくような気取ったウール地の帽子、黒い編み上げブーツ、そして暗赤色のコート。コートにくるまれた体は、紙に書かれた幾何学模様のように、薄っぺらく骨ばっていた。暗赤色の擦り切れた子ヤギ革の手袋まではめている。

いっぽう、学院のファッションリーダーであるポワティエは、少女たちに服装を検分された結果、ターコイズの指輪や白い絹の手袋にいたるまで、口々に褒めたたえられた。

「でも」ブランシェが不満げにこぼした。「ポワティエ先生が、イーディスの青いサッシュを許すなんてびっくり。ねえ、あの子、あそこでなにしてるの？」少し離れたところに立っているイーディスは十四歳で、青白い顔はむくみ、詰め物の多すぎるクッションのような体つきをしていた。二階の窓をみあげて立っている。ミランダはまっすぐなブロンドの髪を耳にかけながら、イーディスにならって上をみた。とたん、ぱっと笑顔になって手を振った。視線の先には、ひとりの生徒がいる。痩せた小柄な少女で、二階の窓辺に立ち、賑やかな少女たちを悲しげな顔でみおろしている。「かわいそう」アーマが、自分も微笑んで手を振りながらいった。「あの子、まだ十三歳なのに。校長先生、ちょっと厳しすぎじゃない？」

ミランダはため息をついた。「かわいそうなセアラ――あんなにピクニックを楽しみにしてたのに」

セアラ・ウェイボーンは、ロングフェローの詩を暗唱する試験に落第した罰として、ひとり居残りをするはめになっていた。こんなに気持ちのいい夏の日だというのに、がらんとした教室に閉じこもって、大嫌いな詩を覚えなくてはならない。この学院は歴史こそまだ浅かったが、規律と作法、そして英文学の知識がしっかり身につくことで評判だった。

そのとき、灰色のタフタのドレスに身を包んだ校長が、決然たる足取りで、タイル張りのポーチに現れた。帆をいっぱいに張ったガリオン船さながら、悠々と歩いてくる。その胸の上に留められた髭の紳士のカメオは、ガーネットと金に縁取られ、胸の動きにあわせてゆっくりと上下していた。疲れ知らずの校長の胸は、要塞のような鉄製のコルセットに守られている。「ごきげんよう、みなさん」ケンジントン生まれの深く豊かな声が、ポーチに響きわたった。

「ごきげんよう、ミセス・アップルヤード」ポーチで半円を描いて並んだ少女たちは、声をそろえて挨拶しながら、行儀よくお辞儀をした。

「ポワティエ先生、全員そろっていますか？　よろしい。さてみなさん、ハンギングロックへ出かけるには素晴らしいお天気となりました。ポワティエ先生にはすでに伝えてありますが、こんなに暑い日ですから、馬車が町を出たら手袋を脱いでかまいません。今一度肝に銘じてください。ハンギングロックは大変危険な場所ですから、くれぐれも冒険をしようなどという気を起こしてはなりません。ふもとに近づくのも禁じます。ですが、地質学的には非常に興味深い場所でもありますから、月曜の朝、ハンギングロックについて考察した小論を書いてもらいます。もうひとつ、あの付近には毒蛇と毒蟻《あり》がいることを忘れないように。わたしからは以上です。楽しい一日を。学院の名誉を汚すような振る舞いは慎んでください。マクロウ先生、ポワティエ先生、軽い夕食をとれるように、八時にはもどってください」

ウッドエンドに店を構えるハッシー貸し馬車屋の幌《ほろ》馬《ば》車《しゃ》は、すでに門のところで待機していた。馬車を引くのは五頭の大きな栗毛の馬で、御者席にはミスター・ハッシー本人が座っている。ミスター・ハッシーは、なにか重要な行事があるたびに、学院の〝お抱え運転手〟として手綱を取る。それは、開校初日に保護者たちが庭でシャンパンを飲んだあの日から、決して変わらない習慣なのだ。賢そうな青い目と、庭園の花のように赤い頬のミスター・ハッシーは、町の人気者だった。アップルヤード校長でさえミスター・ハッシーには心を許し、機嫌よく校長室へ招いてはシェリー酒を振る舞ったりした。

「こらセイラー、ダッチェス。ベルモント、鞭を食らいたいか?」ミスター・ハッシーは馬たちを叱るふりをしてふざけてみせた。よく訓練された馬たちは、彫像のようにおとなしく立っている。優秀な御者の例にもれず、ミスター・ハッシーも場の空気を上手に読むことができた。「マクロウ先生、車輪に触ると手袋が汚れますよ」そう忠告しながらミスター・ハッシーは、こんな常識を教えるのはいったい何度目だろう、と小さくため息をついた。やがて、ピクニックへいく全員が、居心地よく馬車のなかにおさまった。上級生のミランダ、アーマ、マリオン・クイードは、どんなときも一緒だったが、この日も彼女たちは、一番人気の御者席に落ち着いた。ミスター・ハッシーも、それで異存はなかった。利発な少女たちが一緒なら旅は楽しくなる。

「それではミスター・ハッシー、出発してください」ミス・マクロウが、馬車の奥から声をかけた。学究の世界とはかけ離れた職務に責任を感じ、全力で使命を果たそうと決意しているようだった。

こうして一行は出発した。学院はみるまに遠ざかり、平坦なベンディゴ通りに出ると、森のむこうに四角い塔がみえるばかりとなった。通りには、赤っぽい土埃が舞っている。

「セイラー、なまけるな。プリンス、ベルモント、足並みをそろえろ」しばらくは、見慣れた景色が続いた。そのあたりは、日課の散歩でいつも通る場所だ。生徒たちはわざわざ外をみることはしなかった。通りの両側に生えるひょろりとした木々も、時折木立のあいだにのぞく明るい茶色の平地も、うんざりするほどよく知っている。馬車は漆喰《しっくい》塗りの小さな家の前を通りすぎた。敷地内でとれるマルメロは、ゼリーやジャムになって学院の食事に出される。散歩を引率する教師は、このあたりの柳の木立までくると、かならず学院に引き返した。その散歩の仕方は、歴史の授業にそっくりだった。歴史の教師は、ジョージ四世が亡くなるまでのイギリス史を何度も解説し、学期が変わるとまた、エドワード三世の時代にもどって同じことを繰り返す。夏の日射しを浴びて青々と茂る柳の木々を通りすぎると、とたんに遠出の気分が盛り上がってきた。少女たちは、馬車の両脇にかけられた防水布の隙間から顔を出し、外をのぞいた。道がわずかにカーブするあたりから、ようやく、茶色っぽい景色に鮮やかな緑が交じりはじめ、濃い緑色の松林がみえてくる。そのむこうには、マセドン山の頂上が小さくみえていた。南の稜線には白い雲がかかっている。マセドン山の南の斜面には立派な別荘が建ちならんでいた。避暑にやってくる男女たちは、ここで恋の駆け引きを楽しむのだ。

アップルヤード学院では、〝沈黙は金〟とされていた。廊下のあちこちにこの標語が貼られ、教師たちから厳しく言いわたされることもある。だが、軽快に進む馬車に揺られ、埃っぽいあたたかな風を顔に感じていれば、圧倒的な解放感に身をゆだねずにはいられない。少女たちは、セキセイインコのように、賑やかにおしゃべりをはじめた。

三人の上級生もミスター・ハッシーのそばでおしゃべりをしていた。奇妙な夢の話や、刺繍《ししゅう》のことや、噂話や、花火やイースター休暇のこと。ミスター・ハッシーは、乗客の気ままな会話に耳を傾けるのも職務のひとつと心得ていたので、視線を前に据えたまま黙って聞いていた。

「ハッシーさん」ミランダが声をかけた。「今日が聖バレンタインの祝日だって知ってました？」

「ミランダお嬢さん、知るもんですかね。聖人には疎いもんでね。バレンタインって人はなんの守護者なんですか」

「ポワティエ先生は、恋人たちの守護聖人だっておっしゃってたわ」アーマがいった。

「すてきな聖人じゃない？　レースで飾ったすてきなカードをくれるんだもの。キャラメルはいかが？」

「いえ、仕事中は食べないんで。お気持ちだけいただきます」ミスター・ハッシーは、ようやく話し手にまわる機会をみつけた。先週の土曜日に出かけた競馬で、アーマの父親の馬が一着になる場に居合わせたのだ。「なんという名前の馬でした？　二着との差は何馬身？」マリオン・クイードがたずねた。競馬に興味があるわけではないが、役に立つ情報はなんでも仕入れておきたいのだ。人々から尊敬されていた亡き父のように。

イーディス・ホートンは会話に取り残されているのを感じとった。そこで青いサッシュをみせびらかすついでに、ミランダの肩ごしに身を乗り出してミスター・ハッシーに声をかけると、なぜ大きな栗毛の馬を女公爵《ダッチエス》と名づけたのか、とたずねた。ミスター・ハッシーは、無遠慮な少女に少々気分を害し、ぶっきらぼうに答えた。「それじゃお嬢さん、あんたはどうしてイーディスと名づけられたんです？」

おばあちゃんの名前だったから」イーディスは澄まして答えた。「でも、馬には「おばあちゃんなんていないでしょ？」

「さあ、どうですかね」ミスター・ハッシーはそう答えたきり、肩を怒らせて会話を終わらせてしまった。

気温が上がりはじめた。馬車の黒い屋根が太陽の光を照りかえしていた。屋根を覆う細かい土埃が、防水布の隙間から吹きこんできて、目や髪にまで入った。「どうかしてますよ」ミス・グレタ・マクロウが、馬車の奥のほうでつぶやいた。「埃まみれになって毒蛇やら毒蟻やらをみにいくなんて……人間っていうのは、ほんとうに酔狂な生き物だわ」おしゃべりに興ずる少女たちに囲まれていては、持ってきた学術書を開くわけにもいかない。

ハンギングロックへ続く道は、町の中心部から遠ざかったあたりで、急に右へ折れた。ミスター・ハッシーは、ウッドエンドホテルの前に差しかかると馬車を停め、馬たちに水を飲ませてからふたたび出発した。馬車のなかは耐えがたいほど暑くなり、生徒たちは次々に手袋を脱ぎはじめた。「ポワティエ先生、帽子も脱いでいいですか?」アーマがたずねた。漆黒《しっこく》の巻き毛が、学校指定の固い帽子のつばの下から流れだし、無数の渦を作っている。ポワティエは微笑み、向かいに座ったマクロウをちらっとみた。マクロウは背すじを伸ばして軽く目を閉じていたが、暗赤色の手袋をはめた手を膝の上で固く組んだまま、アーマの問いかけに答えた。「もちろん、いけません。私たちは学校の外にいるのです。ならず者の集団だと思われたらどうするんです」そういうとふたたび、完璧に統制された思索の世界へもどっていった。

やがて、規則的な蹄《ひづめ》の音と馬車のなかの蒸し暑さが、眠気を誘いはじめた。時刻はまだ十一時だったが、ピクニック場でランチをとるにはしばらくかかりそうだったので、ポワティエとマクロウは相談して、ミスター・ハッシーに馬車を停めてもらうことにした。ミスター・ハッシーは、通りから少し離れたところに馬車を停めると、少女たちが降りられるよう、ステップを引き出した。一行が大きなユーカリの木陰に落ち着くと、柳細工の籠が開けられた。亜鉛で裏打ちがしてあって、なかのミルクとレモネードはよく冷えている。生徒も教師も当然のように帽子を脱ぎ、ビスケットを食べた。「こいつを飲むのは久しぶりですな」ミスター・ハッシーはレモネードを飲みながらいった。「こういう大事な仕事のときは、酒は控えることにしてるんです」

ミランダが立ちあがり、レモネードのコップを高く掲げていった。「聖バレンタインに！」ミスター・ハッシーを含む全員が、コップを掲げてあとに続いた。「聖バレンタインに！」聖人の名が、埃っぽい道のずっと先にまで響いた。普段のグレタ・マクロウなら、少女たちが道化に乾杯しようとペルシャ王に乾杯しようと気にも留めず、自分にだけ聞こえる音楽に耳を傾けていたはずだ。だがこのときばかりは、思わずコップを少し持ちあげ、血色の悪い唇に当てた。「さて」ミスター・ハッシーがいった。「ミランダお嬢さん、聖人が気分を害さないなら、そろそろ出発といきましょうか」

「人間というのは」マクロウは、足元でお菓子のくずをついばむマグパイ（カササギに似たフエガラス科の鳥。オーストラリアでは日常的にみられる）を追い払うでもなく、ぽつりとつぶやいた。「動いていなくてはいけないと思いこみすぎなのよ。座っているほうが好きだなんていうと、変人扱いされるんだから」そういうと、さも嫌そうに馬車に乗りこんだ。

籠が片づけられ、乗りおくれた者がいないか点呼がとられ、ステップがしまわれると、一行はふたたび移動をはじめた。まばらに生えたまっすぐな若木が、銀色がかった影を落としている。馬車はその影を横切りながら走っていった。黄金色の太陽の光が、力強く走る馬たちの背中や、汗をかいた黒っぽい臀部《でんぶ》に当たっては弾ける。舗装されていない土の道では、蹄の音はほとんどしない。すれちがう馬車もなく、明るく静かな空気を切り裂く鳥の声もなく、先の尖ったくすんだ葉は、停滞した午後の暑気のなかで微動だにしなかった。少女たちは、木陰の多い場所ではなんとなく無口になっていたが、それも、開けた場所に出るまでのことだった。「そろそろ十二時ですな」ミスター・ハッシーが振りかえって声をかけた。懐中時計をみるでもなく、太陽の高さから判断したようだ。「この分だと順調にいきそうです……校長先生には、みなさんを八時までに学校へ送りかえすと約束しましたからな」学校という言葉が聞こえたとたん、馬車のなかの温度が急に下がったようだった。そのせいか、ミスター・ハッシーに返事をする者はいなかった。

グレタ・マクロウが会話に加わることはめったにない。教員室でもたいてい沈黙を通している。だが、このときばかりはちがった。「帰りが遅れるなんてあり得ませんよ。ハンギングロックでうっかり長居したとしても、大丈夫ですとも。私が申しあげるまでもなく、ハッシーさんも、三角形の二辺を足せば残りの一辺より長くなることはご存じでしょう。さっきは、三角形の二辺を通ってきた。そうですね？」ミスター・ハッシーは、呆気にとられて反射的にうなずいた。この女性が相当な変わり者だということはよく知っている。

「結構です。それなら、帰りは道を変えて、残りの一辺を通ればいいだけの話です。くるときは町で大きく右へ曲がりましたから、帰りは直線コースを通りましょう」

マクロウの提案は、経験に根差したミスター・ハッシーの判断からすると、あまりにも馬鹿げていた。「三角形の話はよくわかりませんがね、あのあたりはラクダのコブみたいな地形なんです」ミスター・ハッシーは、空を背にしてそびえるマセドン山を鞭で指した。「あそこを通って帰るとなると、きたときの倍の時間がかかります。数学的にどうかはわかりませんが。まともな道路なんか一本もないんです——あるのは獣道ぐらいです」

「ハッシーさん、私はラクダの話などしておりません。でも、ご説明には感謝します。馬や道のことには素人ですのに、どうも理詰めになってしまって。マリオン、いまの話が聞こえていたかしら。あなたなら、私の理論が理解できるわね？」マリオン・クイードはピタゴラス定理を楽々と理解した唯一の生徒だったので、マクロウのお気に入りだった。とはいえその好意は、無人島に流れついた難破船の船員が、人の言葉をわずかに解するサルを気に入る程度のものだ。

おしゃべりを続けているうちに、あたりの光景がゆっくりと変わっていき、ふいに、一行の視界にハンギングロックが飛びこんできた。厚い岩や尖った岩で形成された巨大な山が、黄色がかった平原に堂々とそびえている。ミランダ、マリオン、アーマの三人には、岩肌に刻まれた深い溝や、あちこちにぽっかりと空いた裂け目や、灰色がかった枝を伸ばすヒマラヤヤマボウシの木立がみえた。圧倒されるほど巨大な岩山には、遠目にみているだけでも恐ろしくなるほどの存在感があった。上のほうでは草木が育たないらしい。険しい稜線が、雲ひとつない空を背にくっきりと目立っている。ミスター・ハッシーは、鞭の長い柄で、堂々たる岩山を無関心そうに指した。「あれがハンギングロックですよ。あと二キロくらいですかね」

ミスター・ハッシーは、慣れた調子でハンギングロックの説明をはじめた。「高さはだいたい百メートルちょっと。大きな火成岩がいくつも集まって、ああいう形になっているんです。数千年前……いや、失礼しましたマクロウ先生、数百万年前からある岩ですよ」「山はマホメドに近づき、ハンギングロックはハッシーさんに近づくということね」変わり者の数学教師は、ミスター・ハッシーに微笑んでみせた。ぎこちない微笑にも、よくわからない冗談にも、ミスター・ハッシーはただ困惑するしかなかった。ミスター・ハッシーと目が合ったポワティエは、気のいい老人が困りはてているのをみて、思わず吹き出しそうになった。このところ、マクロウの奇人ぶりには拍車がかかるいっぽうだ。

馬車が大きく右に曲がって急にスピードを出すと、無邪気な歓声があがった。「お嬢さん方、そろそろ昼食といきたいところでしょうな。わたしも、みなさんからさんざん聞かされたチキンパイが楽しみですよ」生徒たちはふたたび賑やかなおしゃべりをはじめた。チキンパイのことでたちまち頭がいっぱいになったのは、イーディスだけではないらしい。少女たちはもう一度、防水布のあいだからハンギングロックを眺めた。道が折れるたびに姿が見え隠れする。一番前の御者席に座ったミランダたちは特にそうだった。てっぺん近くのふたつの巨礫《きょれき》がはっきりみえるほど近づいたかと思うと、次の瞬間には、雑木林や森にさえぎられてまったくみえなくなる。

ハンギングロックのふもとのピクニック場には、傾《かし》いだ古い木の門があった。ミランダは、実家にいるときにはいつも門を開ける係だったので、ひらりと馬車を降りると、歪んだ木製の掛け金を器用に外した。ミスター・ハッシーは、少女の落ち着いた物腰を感心して眺めていた。ほっそりした手で門を開け、重たい門扉を腰で支えながら開いていく。錆びた蝶番《ちょうつがい》をきしませながら門が大きく開くと、馬車はふたたび動きはじめた。すると、曲がった老木にとまっていたオウムの群れが、けたたましい鳴き声をあげながら一斉に飛びたった。翼を羽ばたかせながら太陽に照らされた平原を渡り、マセドン山のほうへ遠ざかっていく。鮮やかな青と緑のマセドン山は、背後の南にそびえていた。

「セイラーいくぞ！　こらダッチェス。ベルモントもしゃんとしろ。ミランダお嬢さん、なんだか不安そうなご様子ですな。大丈夫、こいつらはオウムなんか見慣れてます」こうしてミスター・ハッシーは、ピクニックにふさわしい朗らかな気分で手綱を操りながら、既知の現在から未知の未来へと馬車を進めていった。そのくつろいだ物腰は、貸し馬車屋と自宅の裏庭を区切る木戸を開けるときと、なんら変わらなかった。

2

大自然のなかにぽつんと現れたピクニック場には、しかるべき工夫がふたつなされていた。ひとつは平らな石を丸く組んで作った料理用の炉。もうひとつは、日本の寺のような形の野外トイレ。近くの小川は、夏も終わりに近づいたいま、長い枯れ草のなかを緩慢に流れていた。流れは時折途切れているようにみえるが、少し先に目をやると、浅い淀《よど》を作っているのがわかる。草地に敷かれた大判の白いテーブルクロスには、ちょうどピクニックのごちそうが並んだところだ。枝を大きく広げたゴムの木が太陽の熱をさえぎってくれている。チキンパイに、エンゼルケーキ、ゼリー、それから、オーストラリア式ピクニックの定番ともいえる生ぬるいバナナ。コックは美しいハート形のアイシングケーキまで用意してくれていた。トムがひと肌脱いで、ブリキ板でハートのケーキ型を作ったのだ。ミスター・ハッシーは樹皮と落ち葉で火をおこし、キャンプ用の大きな鍋ふたつにたっぷりの湯を沸かしていた。ひと仕事終えたミスター・ハッシーは、馬車の陰でパイプをふかしながら、木陰につないだ馬たちに油断なく目を配っている。

ピクニック場にはほとんど人気がない。少女たちの一行を別にすると、小川のむこうの低い木立に、三、四人のグループがいるくらいだ。馬車が一台停めてあって、そのそばでは大きな栗毛の馬と白いアラビア馬が、袋からじかにまぐさを食んでいる。「ここって、死ぬほど静か」イーディスがいいながら、自分の皿にクリームをたっぷりよそった。「こんな田舎で暮らそうだなんて人は、よっぽどの物好きよ。あたしは無理。まあ、死ぬほど貧乏だったらしかたないけど」

「オーストラリア中の人がそんなふうに考えたら、あなたがせっせとなめてるクリームも食べられないのよ」マリオンは冷静に指摘した。

「だって、川のむこうにいる人たちを数に入れなかったら、いまここにいる生き物って、あたしたちだけよ」イーディスがいった。野生の生き物のことはあっさり無視することにしたらしい。

イーディスの耳には聞こえなかったようだが、日の当たる丘や涼しい木陰は、かすかな音にあふれていた。虫が這いまわる音、鳥のさえずり、小動物の忙しない足音、地面をひっかく音、翼が軽やかに空を打つ音。光の天蓋の下では、木の葉や花々や草がやわらかく輝き、そよ風に揺れていた。雲ひとつない空から射す日が、淀の上で舞う土埃を黄金色にきらめかせている。静かな水面を、ゲンゴロウが滑るように渡っていく。岩の上でも草地の上でも、働き者の蟻《あり》たちが、ミニチュアサイズのサハラ砂漠や雑草のジャングルのなかを行き来して、食糧を貯蔵庫に運ぶという終わりのない仕事を続けていた。巨大な人間たちが、食糧をどっさり落としてくれる。パンくず、キャラウェイシード、砂糖づけのジンジャーのかけら――蟻には見慣れないものばかりだが、食べられるならかまわない。蟻たちは体をほとんどふたつ折りにしながら、ケーキからこぼれたアイシングのかけらを地中の巣穴へと引きずっていった。巣穴のすぐそばではブランシェが寝そべり、ブロンドの頭を岩にあずけている。トカゲたちは太陽に温められた岩の上で日光浴をしている。鎧のような殻で武装したカブトムシが一匹、枯れ葉の上でひっくり返り、むなしく足をばたつかせていた。太った白い地虫や、灰色の平たいワラジムシたちは、朽ちかけた樹皮の下の湿った空気を好む。蛇たちは静かな寝床でぐったりととぐろを巻き、夕暮れ時を待ちわびていた。日がかげってくれれば、ねぐらの木のうろから滑り出てきて小川の水を飲むだろう。鳥たちもまた、雑木林の奥で息をひそめ、うだるような暑さがやわらぐのを待っていた。

少女たちは、土からも、空気からも、太陽からも、ぬかりなく守られていた。みぞおちを締めつけるコルセット、たっぷりしたペチコート、コットン製の靴下、子ヤギ革のブーツ。それらを装い、つややかな頰をけだるそうに上気させて、木陰で寝そべっている。彼女たちは、野外にいるといかにも場違いだった。写真館で写真を撮るときに、コルクの岩や段ボールの木々で作った背景をあてがうことがあるが、あれに似た不自然さが漂っていた。

　空腹が満たされ、ごちそうがきれいになくなり、グラスや皿を小川で洗ってしまうと、少女たちは、午後のひと時を思い思いに過ごしはじめた。何人かで散歩に出かける者もいたが、教師たちから、馬車がみえなくなるところまではいかないようにと厳しく言いわたされた。残りの者たちは、たっぷりの昼食と日の光のせいで、いつしかまどろみ、夢をみはじめていた。ロザムンドは刺繍《ししゅう》をし、ブランシェは眠りこんでいる。ニュージーランドからきた生真面目な姉妹は、ミス・マクロウを鉛筆でスケッチしている。マクロウは、とうとう子ヤギ革の手袋を脱いでいた。うかつにも手袋をはめたままバナナを食べてしまい、取り繕えないほど汚してしまったのだ。丸太の上に姿勢よく腰かけ、鉄縁の眼鏡をかけて、高い鼻をページに埋めるようにして本を読みふけっている。スケッチがそのままカリカチュアになりそうだ。となりにいるミス・ポワティエは草地にゆったり寝そべり、顔にかかったブロンドの髪を気にする様子もない。アーマは、白蝶貝の柄の果物ナイフで、熟《う》れた杏《あんず》をむいていた。ひとりだけクレオパトラの宴席にいるのかと見紛うほど、優美でなまめかしい手つきだ。「ポワティエ先生をみてよ、ミランダ」アーマは声をひそめていった。

「あんなに可愛い人が学校の先生だなんて、信じられる？　教師なんて、退屈の代名詞みたいな仕事なのに……。ちょっとハッシーさん、先生を起こしちゃかわいそうよ」

「大丈夫、起きてるわ――目を閉じていただけ」ポワティエはひじを枕にして上を向き、心地よさそうに微笑んだ。「ハッシーさん、なにかご用でした？」

「おじゃましてすみませんね、先生。ただ、五時頃には出発したいとお伝えしたかったんです。馬の用意さえできれば、もう少し早く出られるとありがたいんですが」

「もちろん。ご都合のよいときに。生徒たちにはハッシーさんに合わせて用意させますから。いまは何時くらいかしら」

「わたしも、ちょうどそれを伺おうと思ってたんですよ。おんぼろ時計が壊れちまいましてね。昼の十二時きっかりに止まっちまったようです。なにもこんな日に壊れなくてもいいものを、まったく忌々しい」

たまたまミス・ポワティエは、フランスから持参した時計を、ベンディゴ町の時計店に修理に出しているところだった。

「ひょっとして、ムッスー・モンペリエのところです？」

「確か、そんな名前だったと思うわ」

「ゴールデン広場の？　こういっちゃなんですが、だとしたら先生はお目が高い」ポワティエの頬にかすかな赤みが差し、さりげなさを装った「そうかしら」という返事は、いかにもわざとらしく響いた。だがミスター・ハッシーは〝ムッスー〟・モンペリエの名前にがっちり食らいつき、骨をくわえた犬よろしく、お気に入りの話題をなにがなんでも離そうとしない。「先生、ムッスー・モンペリエの時計店は、おやじさんの代からオーストラリア一の腕を誇ってるんです。お人柄もまた、これぞ紳士って感じでね。あんなに立派な時計職人はそういません」

「それはよかったわ。ねえミランダ——あなた、ダイアモンドのついた小さい懐中時計を持ってるわよね。いま何時かしら？」

「ごめんなさい、ポワティエ先生。最近は持ってないんです。心臓の近くで始終チクタクいってるのが我慢できなくて」

「あたしだったら」アーマが横からいった。「ダイアつきの時計なんて、片時もはなさない——お風呂にだって持っていくわ。ハッシーさん、そう思わない？」

となりで話を聞いていたミス・マクロウが、大儀そうに本を閉じた。骨ばった指を、暗赤色のコートの平たい胸ポケットに差しこみ、金鎖のついた古めかしい懐中時計を引っ張り出す。「私のも十二時で止まっています。壊れたことなど、一度もなかったのですけれど。父から譲り受けた品なんですよ」ミスター・ハッシーはしかたなく、ハンギングロックの影を子細らしく眺めるだけで満足することにした。岩山の影は、昼食をとったときからゆっくりとピクニック場へ近づいてきている。「もう一度、お茶を淹れましょうか。一時間後に出発ということでいかがです?」

「一時間?」マリオン・クイードは、方眼紙と物差しを手に取った。「そんなに余裕があるなら、ハンギングロックのふもとで少し測量をしたいわ」ミランダとアーマのふたりもロックを近くでみたいと思っていたので、三人は、お茶の前にふもとまで散歩へ出かけていいかとたずねた。ポワティエは少し迷ってから許可を出した。ミス・マクロウはすでに本の世界にもどったあとで、生徒たちの話が聞こえていないようだ。「ミランダ、直線距離だとロックまでどれくらいかしら」

「三百メートルくらいです」マリオン・クイードがかわりに答えた。「小川沿いにいくので、もう少し長くなります」

「あたしもいっていい?」イーディスが、大あくびをしながら立ちあがった。「パイを食べすぎちゃって、眠くてしかたないの」マリオンとアーマが、無言でミランダの顔をみる。ミランダがうなずいたので、イーディスも一緒にロックへいくことが決まった。

「ポワティエ先生、心配しないでください」ミランダが微笑んでいった。「すぐにもどってきますから」

ポワティエは、小川へ向かう四人の少女を見送った。先頭をいくミランダは、白いワンピースの裾をさばきながら、丈の高い草のあいだを滑るように歩いていく。マリオンとアーマが腕を組んであとに続いた。一番うしろのイーディスは、何度もつまずきながら三人を追いかけている。小川はイグサの茂みのところで大きく弧を描いていた。ミランダはそこでふと足を止めると、金色の髪を太陽の光にきらめかせながら振りかえり、ミス・ポワティエに向かって静かに笑ってみせた。ポワティエも笑みを返し、手を振った。ポワティエはそのまま、少女たちがみえなくなるまで手を振りつづけていた。やがて、だれにともなく声をあげた。「ああ《モン・デュ》！　わかったわ……」

「なにがわかったんです？」グレタ・マクロウが、本のむこうから目だけをのぞかせてたずねた。この教師はどんなときでも、相手の気持ちには頓着せず、事実の確認だけに余念がなかった。ポワティエは、英語を話しているときでさえめったに言いよどむことがなかったが、このときばかりは言葉に詰まった。答えることが不可能だったからだ。よりによってミス・マクロウを相手に、いましがた心にひらめいたことを、どう説明しろというのだろう。ポワティエは、ミランダが、ウフィツィ美術館に飾られているボッティチェリの天使の絵にそっくりだ、と気づいたのだった。夏の午後という時間帯は、物事を説明することはおろか、大切な問題について考えを巡らせることさえ難しい。たとえば、愛についてはどうだろう。少し前もポワティエは、時計店のルイ・モンペリエが慣れた手つきでフランス製時計のねじを巻いているところを思いだして、文字どおりめまいを覚えたのだ。ポワティエは、日の光で温まったかぐわしい草の上に寝そべった。大きく張りだした枝の影がゆっくりと移動している。じきに、ミルクとレモネードの籠が、影から日なたへ出てしまうだろう。そうなったら、気力を振りしぼって起きあがり、籠を木陰にもどしてやらなくては。四人が出発してから、もう十分は経っただろうか。いや、もっとかもしれない。時計をみなくてもだいたいの時間はわかった。この国の人間は、重くのしかかってくるような午後の静寂には慣れている。そんなひと時に単調な作業をしていると、たちまち飽きてまどろみ、夢のなかへと誘いこまれてしまう。現にポワティエは、うとうとと目を閉じかけていた。アップルヤード学院の午後遅い授業では、きまって小言が飛ぶ。まっすぐ座りなさいだとか、もっと授業に集中しなさいだとか、教員たちは繰り返し叱らなくてはならない。ポワティエは片目を開け、生徒たちの様子を確かめた。淀のほとりにいた優等生姉妹は、スケッチブックをわきへ置いて眠りこんでいる。ロザムンドは、刺繍の道具を手にしたまま船を漕いでいた。ポワティエは、意志の力を振りしぼり、引率してきた少女たちが十九人そろっていることを確かめた。イーディスと三人の上級生をのぞけば、全員が声の届く範囲にいる。ポワティエは目を閉じ、夢の続きをみる贅沢《ぜいたく》に身をまかせた。

そのあいだ、四人の少女は蛇行する小川を上流へたどっていった。ハンギングロックのふもとには、シダやヤマボウシが鬱蒼《うっそう》と生い茂っている。小川はその雑木林のどこかにある水源から湧いているが、ピクニック場がある平地まではごく細い流れだ。地形が平らになるあたりから百メートルほどは、流れが深く、激しくなり、なめらかな石がみえるほどに水が澄む。さらに下流へくると、川は小さな池を作る。池のまわりは、色鮮やかな花が咲き、ひんやりと涼しい。もうひと組のピクニック客が、そのあたりでピクニックをすることにしたのは賢明だった。髭をたくわえた恰幅《かっぷく》のいい初老の男性は赤ら顔で、探検家がかぶるような白い帽子を目深にかぶり、あおむけになってぐっすり眠りこんでいた。両手を重ねた腹には、タキシード用の深紅のサッシュが巻いてある。そばには、優美なシルクのワンピースを着た小柄な女性がいた。馬車から運ばせたらしいクッションを木の根元に重ね、そこにもたれて目をつぶり、シュロの葉で顔をあおいでいる。すらりと背の高い金髪の青年——まだ少年といってもいい——は、イギリス人らしく乗馬ズボン姿だ。熱心にニュース雑誌を読んでいる。となりには、ひとつかふたつ年長の青年がいた。がっしりして日に焼け、ひとり目の華奢《きゃしゃ》で色白の青年とは対照的だ。年長のほうは、池の水でシャンパングラスを洗っていた。御者台でかぶる帽子と、銀のボタンがついた紺のお仕着せは、葦《あし》の茂みへぞんざいに放ってある。豊かな黒髪はくしゃくしゃで、たくましい腕は赤銅色に日焼けして、そこに人魚の刺青《いれずみ》がいくつか彫ってある。

四人の少女は、気まぐれに弧を描く小川に沿って歩きつづけていた。川のちょうど対岸に、青年たちの一行が見え隠れしはじめた。ハンギングロックは、高い木立のうしろにどっしりとそびえ、いっこうに近くならない。「そろそろ小川を渡りましょう」ミランダが、まぶしそうに顔をしかめていった。「このままだと、ハンギングロックにたどり着く前に帰ることになるわ」小川は次第に幅が広くなり、池に続いていた。マリオン・クイードが物差しを取りだす。「川の幅は、だいたい一メートルと三十センチってところね。足場になりそうな石はなし」

「思いきって飛びこえましょ。いちかばちかよ」アーマがスカートの裾をたくしあげた。

「イーディス、できそう?」ミランダが声をかける。

「わかんない。足がぬれるのがこわいし」

「なぜ?」マリオン・クイードがたずねた。

「肺炎になって死んじゃうから。マリオンだって、いじめる相手がいなくなったら嫌でしょ?」

御者の青年は、少女たちが近くへくると短い口笛を吹き、四人がきらめく小川をぶじに渡りきると、嬉しそうに顔を輝かせた。少女たちはそのままロックの南の斜面へ向かって歩いていき、青年たちの話し声が聞こえないあたりまで遠ざかっていった。乗馬ズボンの青年は、読んでいたロンドンの週刊誌をわきへ放り、池のほとりへゆっくり近づいていった。「洗い物、手伝おうか?」

「いや、いいですよ。適当にゆすいどきゃ、屋敷のコックにもどやされないんで」

「そうなんだ……まあ、皿洗いのことはきみにまかせるよ……あのさ、アルバート……ぼくがこんなことをいうのもどうかと思うんだけど、いまのあれはよくないんじゃないかな」

「なんのことです? マイケルのおぼっちゃん」

「女の子たちが小川を飛びこえる前に、口笛を吹いてただろう」

「ここは自由の国かと思ってましたよ。口笛のなにがいけないんです」

「まあ、たいしたことじゃない。きみはいいやつだし。でも、ちゃんとした家の女の子は、よく知らない男から口笛を吹かれたら、いい気はしないと思う」

アルバートはにやっと笑った。「まただ! 男のこととなりゃ、女ってのはみんな同じですって。あの子たち、アップルヤードの生徒ですよね?」

「ぼくに聞かれたって困るよ。オーストラリアにきて、まだひと月も経ってないんだ――あの子たちがどこのだれかなんて、見当もつかない。みたのだって、ほんの一瞬なんだ。きみが口笛を吹いて、初めて気づいた」

「おれのいうことは、だいたい当たってるんです」アルバートはいった。「これでも世間ってものをそこそこみてきましたからね――お嬢様学校の出身だろうとバララット孤児院の出身だろうと、女はみんな同じです。バララット孤児院ってのは、おれとおれの妹がいたとこなんですけど」

マイケルは、一瞬言葉に詰まった。「それは、大変だったね。きみが孤児だったとは知らなかった」

「まあ、正確には孤児じゃないです。おふくろはシドニーの男と家を出ちまって、そのあとおやじも、おれたちを捨てていなくなっちまいました。それで孤児院にぶちこまれたんです」

「孤児院か」マイケルは呆然と繰り返した。「かまわなければ、聞いてもいいかな――孤児院で育つって、どういう感じなんだい？」

「地獄ですね」アルバートはシャンパングラスを洗い終わり、フィッツヒューバート大佐の銀杯を専用の革のケースにしまっている。

「そうか、ぞっとするな」

「といっても、清潔っちゃ清潔でしたよ。シラミなんかもみかけなかったし。ああ、一度だけあったかな。途中で入ってきたチビの頭が、シラミの卵だらけだったんです。あのときは、寮母がでかいハサミをひっつかんできて、ガキの髪をざくざく切っちまいました」マイケルは、孤児院の話に夢中になっていた。「すごいなあ。もっと聞かせてくれ……妹さんには会えていたかい？」

「いやいや、無理ですよ。窓という窓に鉄格子がはまってたし、教室だって男と女で別々なんです。しかしまあ、クソみたいなあの頃のことを思いだすなんて、ほんとに久しぶりだなあ」

「もう少し小さい声でしゃべってくれないかな。叔母がそんな言葉遣いを聞きつけたら、叔父にいいつけてきみをお払い箱にするかもしれない」

「まさか！」アルバートは愉快そうにいった。「大佐はおれを気に入ってますって。馬の世話はうまいし、ウィスキーを勝手に飲んだりもしない。まあ、一度だけ飲みましたけど。正直いうと、ウィスキーのにおいが大っ嫌いなんです。ただ、大佐のシャンパンはうまい。胃が痛くなることもありませんしね」アルバートは世慣れた調子でよどみなく話し、マイケルはすっかり感心して聞き入っていた。

「アルバート――できれば、敬語はよしてくれないかな。マイケルのおぼっちゃんだなんて呼び方もオーストラリアっぽくないし、もっと気軽にマイクって呼んでほしい。叔母さんのいる前だと無理だけど」

「じゃ、遠慮なく。マイクでいいのか？　書類なんかには、マイケル・フィッツヒューバート卿って書いてるのに？　すごいよな、発音するのもひと苦労だ！　おれなんか、自分の名前もろくに読めないってのに」

若い英国紳士のマイケル――マイク――にとって、先祖代々受け継がれてきた自分の名前は、ひとつの財産だった。どこへいくときも、肌身離さず持っておく。ピグスキンのトランクや、ふくらんだ札入れと同じなのだ。アルバートの言葉を聞いたマイケルは内心仰天し、意味を理解できるまで黙りこんでしまった。そのあいだもアルバートは、さらに仰天するようなことを話しつづけた。「おやじは、まずい状況に追いこまれると名前を変えちまう。一応、孤児院で名前の綴《つづ》り方を習ったけど、正確な書き方はもう忘れちまった。まあ、どうでもいいし。おれにいわせりゃ、名前なんてどれも同じだよ」

「アルバート、きみと話してると楽しいよ。なんというか、考えさせられる」

「暇さえあるなら、考えるのはいいこった」アルバートはそういいながら、紺色のお仕着せをつかんだ。「そろそろ、馬に馬具をつけたほうがよさそうだ。大佐の奥方がぎゃあぎゃあ騒ぐから。早めに帰りたがってただろ」

「わかった。ぼくは帰る前に散歩をしてくるよ」

アルバートは、マイケルのほっそりした後ろ姿を見送った。マイケルは軽やかに小川を飛びこえ、大またでロックのほうへ向かっていく。「散歩だって？　あんなことといって、さっきの女の子たちをもう一度みにいったんだろ。しかし、黒い巻き毛の子は可愛かったなあ」アルバートはそう独りごちると、馬たちのところへもどり、グラスや皿をインド製のバスケットにしまいはじめた。

マイケルが最初の木立を抜けた頃には、すでに四人の姿はみえなくなっていた。ハンギングロックの切り立った絶壁をみあげ、あの子たちはどこまでいくつもりだろうかと考える。アルバートによれば、熟練の登山家さえ二の足を踏むという岩山だ。その言葉が正しいのだとしたら、いったいなぜだろう。あの少女たちはイギリスにいる自分の妹たちと同じくらいの年だ。それがなぜ、こんな真夏の夕暮れ近くに、保護者もつけずにロックへいくことを許されたのだろう。マイケルはそこで、ここはオーストラリアなんだ、と自分にいいきかせた。オーストラリアでは、どんなことでも起こり得る。イギリスでは、前例のある出来事しか起こらない。一族のだれかが飽きるほど繰り返したことのみが、新しい世代でも繰り返されていく。マイケルは丸太に腰をおろした。アルバートが自分を呼んでいる。そのとき、はたと気づいた。このオーストラリアこそは、自分が——マイケル・フィッツヒューバートが——暮らすべき国なのだ。あの子の名前はなんというのだろう。すらりとした体、透き通るように白い肌、まっすぐなブロンド。叔父の屋敷の湖で泳ぐ白鳥のように、川面をかすめてむこう岸へと渡っていったあの少女の名は。

3

水源に近づくにつれてますます細くなった小川に沿って歩きつづけるうちに、とうとうハンギングロックが四人の少女たちの前に全貌を現した。草深い坂道を少し登れば、そこはもうロックの上だ。そのことに真っ先に気づいたのは、ミランダだった。「イーディス、がんばって！　下ばっかりみてちゃだめ！　ちゃんと上をみて——空をみて」のちにマイケルは、小川でみかけたミランダの姿を繰り返し思いだすことになる。その記憶のなかでも、ミランダは足を止めて肩ごしに振りかえり、大儀そうに歩く小柄で太りぎみの少女を励ましていた。

みあげるような峻厳《しゅんげん》が眼前に現れると、あまりの衝撃に黙りこむしかない。ロックの圧倒的な存在感を前にして、このときばかりはやかましいイーディスでさえ口を閉じた。アップルヤード校長と天国が、内々に示し合わせていたのだろうか。そう思ってしまうほど、堂々たる岩山は美しくきらめきながら、少女たちの到着を待ちかまえていた。南の絶壁の上では、黄金色の光と深い紫色の影が成す綾《あや》が、刻々と変化している。無数の細長い岩が複雑に組みあわさっているからだ——巨大な墓石のようになめらかな岩もあれば、雨や風や霜や炎の刻んだ溝や模様が、前史時代から残っている岩もある。丸い巨礫《きょれき》はかつて、地球の深部からわいてきた赤いマグマだった。それがいまでは、木陰で静かに転がり、ひんやりと冷えている。

途方もなく雄大な自然の造形物と相対したとき、人間の目は、悲しくなるほど用をなさなくなる。このときも、四組の目がハンギングロックをまじまじとみつめていた。だが果たして、ロックが惜しげもなくさらす驚異のうち、いったいいくつが発見され、そして見落とされたのか。たとえば、ハンギングロックの特徴ともいうべき切り立った正面のあちこちには、水平な岩棚がある。果たしてマリオン・クイードは、そのことに気づいただろうか。月曜に提出する小論には、この地質学的特徴が余さず書かれるだろうか。そしてイーディスは、満天の星のように咲きみだれる小さな白い花を、ごついブーツで踏みにじっていることに気づいただろうか。そしてアーマは、木々のあいだに射す夕陽だと思ったその赤色が、深紅のオウムが羽ばたかせる翼の色だということに気づいただろうか。ミランダは、シダをかき分けながら、進むべき道をしっかりと選んでいるようにみえた。だが彼女は、輝く頂を振りあおぎながら、気づいていただろうか。そのとき覚えた畏敬の念が、クリスマスに家族でパントマイムをみているときの驚きとは、まったく別種のものであることに。四人は黙りこんだまま、一列になってハンギングロックのふもとを登りはじめた。それぞれが自分の世界に閉じこもり、感じたことを分かちあうこともせず、多くのことを見落としていた。たとえば、かすかにうなる大地の上にどっしりと構えたハンギングロックが、どれほどの引力や磁力によって、その静寂を保っているのか。あるいは、きしむ音や震える音。あるいは、岩のあいだをゆったりと流れる空気の動き。それらを鋭敏に感じているのは、冷たく湿った洞窟で逆さにぶら下がる、賢く小さなコウモリたちだけだった。少女たちは、あらゆることを見落としていた。頭上の岩場を音もなく滑る赤銅色の蛇の姿にも気づかなければ、朽ちかけた落ち葉や木の皮の下から慌てて逃げだしていったクモや地虫やワラジムシの大群にも、気づかずにいた。ハンギングロックのそのあたりには、道らしきものがひとつもない。たとえ過去にあったのだとしても、いまでは跡形もなく消えている。時折やってくるウサギやワラビーを別にすれば、この不毛地帯を生き物が訪れるのは、じつに久しぶりのことだった。

クモの巣のように張った沈黙をやぶったのは、マリオンだった。「この岩山ができたのって……百万年くらい前かしらね」

「百万年？　やだ、こわい！」イーディスが悲鳴をあげた。「ミランダ！　いまの聞いた？」十四歳のイーディスには、百万年という時間が途方もなく長く感じられた。だが、名状しがたい穏やかなよろこびに浸っていたミランダは、黙って微笑みを返しただけだった。イーディスは憤然と繰り返した。「ミランダってば！　百万年なんて嘘よね？」

「あたしのパパは、前に鉱山で百万ドル儲けたことがあったわ――ブラジルだったかしら」アーマがいった。「それでママにルビーの指輪を買ってあげたの」

「百万年と百万ドルは全然別よ」イーディスが、まっとうな反対意見を述べた。

マリオンはあっさり切り捨てた。「怖いだなんて。あんたのたっぷりしたおなかは、百万個だなんてゆうに超えた細胞でできてるのに」イーディスは、両耳をふさいで叫んだ。

「マリオン、やめて！　聞きたくない！」

「ばかねえ。ついでに教えといてあげる。あんたが生まれてから、もう百万秒以上の時間が過ぎてるのよ」

イーディスは真っ青になった。「やめてったら！　吐きそう」

「マリオン、やめてあげなさいよ」ミランダがとりなした。普段はなにをいわれてもどこ吹く風のイーディスが、このときばかりは怯えきっていたからだ。「この子、くたびれてるのよ」「そうよ」イーディスが声をあげた。「シダがちくちくするし、ほんとうんざり。そこの丸太に座って、おんぼろロックを眺めるだけでいいんじゃない？」

「あんたが」マリオン・クイードがいった。「一緒にきたいっていったんじゃないの。わたしたち上級生は、ハンギングロックをもっとよくみたみたいの。このまま帰るつもりはないわよ」

イーディスは泣き顔になっていた。「だって、ここひどいんだもん……こんなにひどいとこなら、ついてくるんじゃなかった……」

「前からまぬけだとは思ってたけど、やっぱりこの子ってまぬけなのね」マリオンは冷静に意見を述べた。二等辺三角形の証明問題を解くときと、なんら変わりのない口調だった。マリオンに悪意はない——対象がなんであれ、真実を突きとめたいという飽くなき欲求があるだけなのだ。

「イーディス、気にしないでいいのよ」アーマが慰めた。「もうすぐもどれるから。ハート形のかわいいケーキを食べれば元気も出るわ」じつにシンプルな解決法だ。これなら、しょげ返ったイーディスだけでなく、すべての人類の苦しみを解決できる。幼い頃から、アーマ・レオポルドはそういう少女だった。一番の願いは、みんながお気に入りのケーキを頰張って笑顔になること。時折、みんなを幸せにしたいという願いがあまりに強くなり、切なさで胸が苦しくなった。ピクニック場で横になっているミス・ポワティエを眺めていたときも、ちょうどそんな切なさに胸を焦がしていたのだ。こうしたアーマの切なさは、いずれ、惜しみない寄付に姿を変えることになる。愛情も財産も、あふれんばかりに持っているのだから。そうして、天国の神様をよろこばせ、顧問弁護士に渋面を作らせるようになる。気前のいい援助は、やがて大勢の不遇な人々を救う——世界中にいるハンセン病患者、売れない劇団員、宣教師、聖職者、結核にかかった娼婦、根っからの善人、苦境にあえぐ者や一文無したちを。

「このあたり、前は道があったはずなのよ」ミランダがいった。「お父さまが絵(原註)をみせてくれたことがあったの。古めかしいドレスを着た人たちが、ハンギングロックでピクニックをしている絵だった。絵に描かれていた場所をみつけたいんだけど」

「その絵の人たちは、反対側から登ってきたのかもね」マリオンが鉛筆を取りだしながらいった。「別荘のあるマセドン避暑地から馬車できていたんだと思う。わたし、宙にふたつ並んで浮いてるみたいな岩を捜したい。今朝、ここへくる馬車のなかからみえたでしょ?」

「あまり上にはいけないわ」ミランダがいった。「みんなも忘れないでね。ポワティエ先生に、すぐもどるって約束したのよ」

　進むにつれ、あたりの景色は魅力を増すいっぽうだった。銃眼のような穴の開いた岩があるかと思えば、コケが複雑な模様をつけた岩がある。アメリカシャクナゲが華やかに咲きほこるその下では、ヤマボウシの銀色がかった葉が静かに輝いている。大きなふたつの岩のあいだに目をやれば、緑のレースのようなシダがそっと震えている。「わかってる。でも、この斜面の上までならいっていいでしょ？　景色を眺めたい」アーマは、たっぷりしたスカートの裾をたくしあげた。「まったくもう、二十世紀のファッションを考えたのって、だれなのかしら。一度、三層のペチコートをはいてシダのなかを歩いてみればいいのに」シダの茂みはすぐに途切れ、足をちくちく刺す低木の木立がしばらく続いた。そこを抜けると、腰の高さくらいの岩棚があった。ミランダは、最初に岩棚の上にあがって膝をつき、ほかの三人がよじ登るのに手を貸した。ベテラン登山家のような自信にあふれている。この日の朝も、自信に満ちた手つきでピクニック場の門を開けてみせ、ベン・ハッシーを感心させたばかりだ（ミランダの父親は、事あるごとに楽しげにいった。「この子は五歳のときから牧場主みたいに馬を乗りこなしていたもんだ」すると母親もとなりでいうのだった。「そうそう。応接間に入ってくるときは、女王様みたいに胸を張っていたわ」）。

四人の少女が到着したのは、ほぼ完璧な円形の岩場だった。大小様々な岩とまっすぐな若木が、ぐるりを囲んでいる。アーマが目ざとく、岩のひとつに開いた窓のような穴をみつけた。穴をのぞき、好奇心をいっぱいに浮かべた顔で、眼下のピクニック場を眺める。すると、高性能の望遠鏡でのぞいているかのように、木々のあいだで賑やかに過ごしているみんなの姿がくっきりと立体的にみえた。ミスター・ハッシーは忙しく立ち働き、馬たちに馬具をつけている。小さな焚き火からは煙が上がっている。学院の少女たちは、野外用のワンピース姿で軽やかに動きまわっていた。ミス・ポワティエの開いた日傘が、淀のほとりに咲いた水色の花のようにみえる。

四人の少女たちは、岩陰で少し休んでから、ピクニック場へもどることにした。「ほんとはひと晩中ここにいて、月を眺めていたいんだけど」アーマがいった。「ミランダ、怖い顔しないで。いってみただけよ——学院の外でのんびり過ごせるなんて、めったにないんだもの」

「学院から出られたとしても、いつもはラムリー先生に監視されてるしね」マリオンもいった。

「ブランシェがいってたけど、ラムリー先生って日曜日にしか歯磨きしないんだって」イーディスが横からいった。

「ブランシェって、知ったかぶりしてて好きじゃない」マリオンがいった。「イーディス、あんたもだけど」だがイーディスは、気を悪くした様子もなく続けた。「これもブランシエに聞いたんだけど、セアラって詩を書くんだって。しかも、トイレに隠れて。ブランシエが床に落ちてた詩を偶然みつけたらしいんだけど、最初から最後までミランダのことばっかりだったって」

「セアラって、けなげよね」アーマがいった。「あの子が愛してるのはたったひとり。ミランダだけ」

「なんでかしら」マリオンが首をかしげる。

「両親がいないからよ」ミランダは思いやりのこもった声でいった。

アーマがいった。「セアラをみてると、子鹿を思いだすわ。前にパパが、家に連れて帰ってきたことがあるの。何週間かあたしが世話したのよ。でも、ママははじめからいってた。子鹿は人間のもとじゃ生きられないんだ、って」

「そうだったの?」全員がたずねた。

「ええ、死んでしまったわ。ママは何度も、運命なのよ、って繰り返してた」

イーディスがオウム返しに聞いた。「運命? どういう意味?」

「もちろん、死ぬ運命ってことよ! フェリシア・ヘマンズの詩に出てくる子みたいに。ほら、『少年は燃える甲板に立ちたり。乗客はみな逃げていき……(フェリシア・ヘマンズ(一七九三―一八三五)「カサビアンカ」より)』って。あとは忘れちゃったけど」

「なにそれ、ひどい! ねえ、あたしも死ぬ運命なのかな? すごく気分が悪いんだもん。その甲板に立ってた男の子も、あたしみたいに吐きそうだったのかな」

「でしょうね――あんたはどうせ、お昼にチキンパイを食べすぎたんでしょ」マリオンがいった。「イーディス、一秒でいいから黙っててくれない?」

イーディスの丸い頬を、涙が伝い落ちた。アーマは不思議で仕方がなかった――どうして神様は、不器量で感じの悪い人間と、ミランダみたいに美しくて気立てのいい人間を創ったのかしら。優しいミランダはかがみこみ、イーディスの熱い額に冷たい手を当ててやっている。説明のつかない愛情が――父親の最高級のシャンパンを味見したり、春の午後、物憂《ものう》げな鳩の鳴き声に耳を傾けているときのように――、アーマの胸に押しよせてきた。マリオンはイーディスのわがままに付き合うミランダに冷笑を向けているが、そんな彼女にさえ、アーマは愛情を覚えた。目に涙がにじんだが、悲しいわけではない。アーマは、悲しいときもめそめそ泣くようなことはしない主義だった。愛情に突きうごかされるようにして、アーマは黒い巻き毛を揺らしながら、横になって休んでいた岩陰から日なたへ出ると、踊りはじめた。温かくなめらかな岩の上で、滑るようにくるくると回る。イーディスをのぞく全員が、いつのまにか靴と靴下を脱いでいた。アーマは裸足で踊りつづけた。ほっそりしたピンク色のつま先は、ほとんど地面に触れていない。バレリーナのように身軽だ。巻き毛やリボンが宙を舞い、輝く目は、どこか遠くをみている。心のなかでアーマは、コベントガーデン王立歌劇場の舞台上にいた。六つのとき、祖母に連れていってもらったイギリスの劇場だ。バレリーナのアーマは、熱心な観客たちに舞台袖からキスを送り、花束から抜いた花を一輪、客席の最前列へ向かって投げる。最後にアーマは、ゴムの木の真ん中あたりをみつめながら、貴賓席に向かってするような深いお辞儀をひとつした。そのとき、イーディスが大きな岩にもたれたまま、ミランダとマリオンを指さした。ふたりは、次の傾斜を登りはじめている。「アーマ、あのふたりをみてよ。靴も履かずにどこにいこうっていうの？」ところがアーマは声をあげて笑い、イーディスの苛立ちをあおるばかりだ。イーディスは口をとがらせていった。「ミランダもマリオンも、なんか変じゃない？」常識を無視して奔放《ほんぽう》に振る舞う人たちをみると、イーディスのような少女はただ戸惑うしかなかった。子どもの頃から、眠るときにはウールの靴下を履かされ、雨の日に戸外へ出るときはゴム長靴を履かされてきた。同意を得ようと振りかえったイーディスはおののいた。アーマまでが、脱いだ靴を靴下で腰に結びつけていたのだ。

先頭をいくミランダについて、少女たちはヤマボウシの木立を歩いていった。一番うしろのイーディスは、重い足を引きずりながらのろのろついてくる。うしろを歩く三人には、ミランダが茂みを肩で押しのけるたびに、まっすぐなブロンドの髪がさらさら揺れるのがみえた。そんなふうにして一行は、波のように押しよせてくる灰色がかった緑の葉を、どこまでもかき分けていった。木々がまばらになってくると、とうとうむこうに低い崖がみえはじめた。岩肌が、沈みかけた太陽の光に照らされている。ハンギングロックはこれまで、数え切れないほど幾度も、夏の夕暮れを迎えてきた。いずれのときもこの日と同じように、無数の影がごつごつした岩や岩山の頂に長く伸びたのだった。

少女たちがたどり着いた円形の岩棚は、先ほど休憩をとった岩場とじつによく似ていた。ここもまた、巨岩や多孔質《たこうしつ》の浮石《ふせき》にまわりを囲まれている。夕陽に照らされたシダの茂みは、ゴムでできているのかと見紛うほど、ぴくりとも動かない。その下に広がる乾いた灰色のコケの絨毯《じゆうたん》には、シダの影が一本たりとも映っていない。眼下の景色は、かろうじて見ることができた——気が遠くなるほど彼方にあり、曖昧《あいまい》にぼやけている。岩のあいだから下をみたアーマには、きらめく水面と、薔薇《ばら》色の煙か霧のなかを忙しなく行き来する小さな人々の姿がみえていた。「蟻《あり》の大群みたいにうじゃうじゃしているけれど、いったいあの人間たちがなにを成し遂げられるというの?」マリオンが、アーマのうしろから下をのぞいていった。「驚くほどたくさんの人間が、目的もなくただ生きているのよ。もちろん、本人たちが気づいていないだけで、それぞれが必要な役割を果たしているのかもしれないけれど」アーマは、マリオンの講釈に耳を傾ける気分になれなかった。蟻の大群と、その役割の話は、だれからも感想を述べられることなく宙に消えていった。しかし、アーマもまた、ほんの短いあいだではあったが、あることに気づいていた。平野から奇妙な音が聞こえていたのだ。はるか遠くで打ち鳴らされる太鼓のような音だった。

前方に屹立する石柱《モノリス》に気づいたのは、ミランダだった。とてつもなく大きな卵のような形で、切り立った崖の縁にまっすぐ立っている。マリオンはさっそく鉛筆と画帳を取りだしたが、すぐに両方ともシダの茂みに放りだしてあくびをした。少女たちは突然、抗いがたいほど強烈な眠気に襲われていた。四人は、石柱が影を落とすゆるやかな傾斜に倒れこみ、たちまち眠りこんだ。深い眠りだった。一匹のツノトカゲが岩の割れ目から出てきて、マリオンが投げだした腕を這っていったが、それでも少女は目を覚まさなかった。

青黒い殻をかぶった奇妙な形の甲虫たちが列をなして、ミランダの足首をのろのろと這っていった。ミランダがぴくりと身動きすると、甲虫たちはかさかさ逃げていき、はがれかけた樹皮の下へもぐりこんだ。夕暮れ時を迎えたいま、空気は澄みきっていた。あらゆるものの輪郭《りんかく》が、くっきりと際立っている。ひねくれた木のまたには、驚くほど大きな鳥の巣がひとつあった。小枝と羽根をたくみに織りあわせるため、巣の主はくちばしとかぎ爪を使って、せっせと働きつづけたにちがいない。曇りのない目でみさえすれば、この世にあるのは美しく完全なものばかりなのだ——不格好な鳥の巣も、マリオンが着ている、オウムガイを思わせるひだ飾り付きの破けたモスリンのワンピースも、アーマの顔を縁取る精巧な針金細工のような巻き毛も。イーディスでさえ、頬を上気させて眠っていると、幼子のようにはかなげにみえる。目を覚ましたイーディスは、充血した目をこすりながら泣きごとをこぼしはじめた。「ここ、どこ？　ねえミランダ、あたし気持ち悪い！」ほかの三人は、すでにすっきりと目を覚まし、立ちあがっていた。「ミランダってば」イーディスが焦れたようにたずねた。「ほんとに気持ちが悪いんだってば！　いつになったら帰るの？」ミランダは、よそ者をみるような目つきでイーディスをみた。いや、その目にはなにも映っていないようだった。イーディスは、なじるように同じ質問を繰り返した。するとミランダは、無言でくるりと背を向け、斜面を登りはじめた。あとのふたりも、少し遅れてついていく。歩いているというよりは――岩の上を裸足で滑っているようだ。イーディスはそれをみて目を疑った。ここは岩山だ。応接間のやわらかな絨毯の上ではない。「ミランダ」もう一度、声をかける。「ミランダ！」空気の流れさえ止まったような静寂のなかで、イーディスには、自分の声が他人の声のように聞こえた。はるか遠くのほうで、カラスが鋭くひと声鳴いた。声は岩間にこだましながら、ゆっくりと消えていった。「みんな、もどってきて！　もう登っちゃだめだってば――もどってきて！」イーディスは耐えがたいほどの息苦しさを覚えて、フリルのついたレースの襟を力任せに引きちぎった。「ミランダ！」かすれた声をしぼり出す。イーディスの全身に寒気が走った。三人の少女たちは、振りかえることもなく、次々とモノリスのうしろへ姿を消していく。「ミランダ！　もどってきてよ！」ふらつく足でどうにか斜面を登っていくと、だれかの白いドレスの袖が、茂みのむこうへ消えていこうとするのがみえた。
「ミランダ……！」応える声はない。静寂がじわじわと押しよせてくる。とうとうイーディスは、宙を切り裂くような悲鳴をあげた。もし、このときの悲鳴が――すぐそばのシダの茂みにひそんでいたワラビーにだけでなく――だれかの耳に届いてさえいたら、このハンギングロックのピクニックも、ありふれた夏のピクニックとして平和に終わっていたかもしれない。だが、イーディスの悲鳴を聞いた者はいなかった。少女がいきなり振りかえると、ワラビーは驚いて逃げていった。イーディスは闇雲に茂みを突っ切って走った。何度も転び、悲鳴をあげながら、ピクニック場へ向かって逃げていった。

原註　ミランダの記憶にあった絵は、ウィリアム・フォード作の「アット・ザ・ハンギングロック、一八七五年」のことである。現在はヴィクトリア国立美術館に展示されている。

4

ピクニックがあった日の午後四時頃、アップルヤード校長は応接室のソファで、長く贅《ぜい》沢《たく》な午睡から目を覚ました。この日も、亡夫の夢をみていた。夢の舞台は、イギリス南部の美しい海岸都市、ボーンマスだ。夫と連れだって大きな桟橋の上を散歩しながら、もやい綱でつながれたクルーザーや釣り船を眺めていた。「クルージングでもしようか」アーサーがいった。ふと海をみると、天蓋《てんがい》つきのベッドが波間に浮かんでいる。やけに古めかしいベッドで、マットレスがやたらと大きい。「あそこまで泳ごう」アーサーはそういうなり、アップルヤード校長の手を取って桟橋を蹴った。海に飛びこんだ校長は、嬉しい驚きに胸を高鳴らせた。自分がこんなに見事に泳げるとは知らなかったのだ。魚のようにまっすぐに、水のなかを突っ切っていく。足も腕も使う必要がない。ベッドまで泳ぎつき、マットレスの上に這いあがろうとしたそのとき――耳ざわりな音が、校長を幸福な夢から引きずりだした。庭師のミスター・ホワイトヘッドが、応接室の窓のすぐ下で芝刈り機を押している。もしアーサーが生きていれば、学院の贅沢な暮らしを大いに享受していたはずだ。夫はいつも校長に、きみは経営の天才だよ、といってくれた。アップルヤード校長は、その言葉を思いだして頬をゆるめた。いまのところ、学院の運営状況は素晴らしく好調だ。やがて校長は、幸福の余韻に浸ったまま、せっかくの快適な午後なんだからこのまま機嫌よくいたいものだわと考えながら、教室へ向かった。ドアを開け、明るい声でいう。

「どうですか、セアラ。そろそろ詩を暗記できたと思いますが。ちゃんと暗唱できていたら、日暮れまで庭園で過ごす許可を出しましょう。ミニーにお茶とケーキを運ばせます」

やせっぽちで目ばかり大きい少女は、校長の姿をみると、反射的に立ちあがった。黒い靴下に包まれたひょろりと長い脚を、そわそわ動かしている。「その態度はなんです。わたしと話すときは姿勢に気をつけなさい。背すじを伸ばす！　猫背がひどくなっていますよ。さあ、詩は暗記できましたか？」

「校長先生、無理です。この詩は暗記できないんです」

「暗記できないとはなんです？　昼食のあとからいままで、ずっとその詩を読んでいたはずでしょう？」

「覚えようとはしました」セアラは目をこすりながらいった。「でも、あんまりくだらなくて、頭に入ってこないんです。もう少しましな詩だったら、ちょっとは覚えられたと思うんですけど」

「くだらないですって？　ほんとうにものを知らないのね！　それなら教えてあげますが、フェリシア・ヘマンズはイギリス一の詩人と謳《うた》われている方ですよ（原文ママ。作者がイギリス詩人フェリシア・ヘマンズとロングフェローを混同している可能性がある）」

セアラはあからさまに顔をしかめてみせた。ヘマンズなど三流の詩人だと思っていることを隠しもしない。校長にとって、セアラは頑固で扱いにくい少女だった。「別の詩なら暗唱できます。こっちのほうがもっと長いし。『ヘスペラス号の難破』より長いんです。それの暗唱でもいいですか？」

「そう……題名は？」

「『聖バレンタインに捧ぐオード』です」一瞬、あごのとがった小さな顔が喜びに輝き、校長の目にさえ愛らしくみえた。

「どうも、わたしの記憶にはない詩のようですね」アップルヤード校長は、知的な職業に就いた者にふさわしく、慎重に答えた（校長などという地位にある者には、細心の注意が必要なのだ。いつどこで、テニスンやシェイクスピアの引用に出くわすかわからない）。

「セアラ、その詩を――オードといいましたね――どこでみつけたんです？」

「みつけたんじゃありません。わたしが書いたんです」

「あなたが書いたですって？　いいえ、そんなものを聞くつもりはありません。あなたは納得できないでしょうけど、わたしはヘマンズの詩のほうが好みに合うのです。いいから詩集をこっちへ渡して、覚えているところまで暗唱してみなさい」

「無理です。あんな馬鹿みたいな詩、教室に一週間こもってたって覚えられません」

「じゃあ、二週間こもっていなさい」校長は取りあげた詩集をふたたびセアラに返しながらいった。苦心して冷静な表情を取り繕っていたが、腹のなかでは、強情な少女に対する怒りをたぎらせていた。「さて、わたしはもう部屋へもどります。一時間後にラムリー先生がきますから、それまでには完璧に暗唱できるようにしておきなさい。もしできなければ、ひとりだけ先に寝ることになりますよ。ピクニックから帰ってくる生徒たちと一緒に夕食をとることは許しません」校長はそういい置くと教室を出ていき、ドアに鍵をかけて憤然と歩きさった。

セアラは、教室の窓から外をみた。庭園には緑があふれ、花壇のダリアは、午後遅い太陽に照らされて、燃えているのかと見紛うほど鮮やかに赤い。いまごろハンギングロックでは、ポワティエ先生やミランダが、木陰でお茶を飲んでいるだろう。セアラは疲れた頭でつっぷし、机についたインクの染みをにらんだ。怒りがふつふつと湧いてきて、涙がこぼれてくる。「校長なんか大っ嫌い……大っ嫌い。お兄ちゃん、どこにいるの？　イエス様、あなたはどこ？　聖書には、ちっぽけな雀《すずめ》だって神様に見守られていると書いてあるけれど（マタイ伝十章二十九節より）、それならどうして、わたしをここから連れだしてくれないの？　ミランダは、どんなに意地の悪い人のことも嫌っちゃだめよっていってた。ミランダのことは大好きだけど、わたしには無理……わたし、校長が大っ嫌い！　あの女が大っ嫌い！」勢いよく体を起こした弾みに、机がガタンと音を立てた。セアラはヘマンズの詩集をつかむと、鍵のかかったドアに投げつけた。

やがて太陽は、校舎のうしろの空を、書き割のようなピンクとオレンジ色に染めながら沈んでいった。アップルヤード校長は、校長室でたっぷりした夕食を終えた。コールドチキン、イギリス産の上質なブルーチーズ、チョコレートムースだ。学院の食事は、いつも申し分なく美味しかった。セアラはとうに寝室へ追いやられていた。涙はすでに乾き、詩を暗記しなかったことにはなんの反省もしていなかった。夕食として、コールドマトンと、グラス一杯のミルクを与えられた。ランプを灯した厨房《ちゆうぼう》では、コックとふたりのメイドが、よく磨きこまれた木のテーブルでトランプをしていた。ピクニックへ出かけた一行が帰ってきたら速やかに食事の支度に取りかかれるように、帽子とエプロンをつけていた。

本格的に夜が訪れようとしていた。広々とした校舎のなかは珍しく人気がなく、いつもより暗い感じさえする。うら寂しい雰囲気は、ミニーが階段のランプを灯したあとでさえ変わらなかった。階段に立っている大理石のビーナス像は、彫刻家の綿密な計算に基づく角度で腰に手を添えたまま、踊り場の窓から外を眺めている。その視線の先には、薄暗い芝生の上で輝く金星《ビーナス》があった。時刻は八時を少し過ぎていた。アップルヤード校長は校長室でソリティアをしながら、いつ馬車が砂利道を走ってくる音が聞こえるかと、一心に耳を澄ましていた。ミスター・ハッシーがもどってきたら、部屋へ招いてコニャックの一杯でも振る舞うつもりだ。校長室に置いてあるデカンタにはまだ、ベンディゴ町から訪ねてきた司祭に昼食で出したコニャックが、たっぷり残っている。

ミスター・ハッシーは、五年ほど前に学院の仕事をはじめてからというもの、常に職務に忠実で、なにがあろうと時間を守った。階段の振り子時計が八時半を知らせると、校長はトランプ用のテーブルを離れ、呼び鈴に付いたベルベットの紐を引っ張った。厨房でベルが鳴り響いたとたん、メイドたちのあいだに緊張が走った。大急ぎで校長室へ駆けつけたミニーは、顔を真っ赤にしていた。アップルヤード校長は、入り口でかしこまって立っているメイドをみやり、歪んだ帽子をみて眉をひそめた。「ミニー、トムはどこにいます?」

「わかりません、校長先生。コックに聞いてまいります」ミニーはそういったが、恋人のトムをみかけたのは、ほんの三十分前のことだ。屋根裏部屋のミニーの簡易ベッドに、下着姿で寝そべっていたのだ。

「急いで捜して、できるだけ早くここへこさせてちょうだい」

アップルヤード校長はソリティアを三回戦ほど続けたのち、ひとり遊びでもいかさまはすべきではないという自分の流儀に逆らって、強引に手に入れたハートのジャックでゲームを終わらせた。それから玄関の外へ出た。平らにならされた砂利道が、鎖でつるされた石油ランタンに照らされている。雲ひとつない濃紺色の夜空の下で、鉛板葺《えんばんぶ》きの屋根が銀色に光っていた。上階をみあげると、ひとつの部屋の鎧戸《よろいど》から明かりがもれていた。勤務時間を終えたドーラ・ラムリーが、ベッドで本を読んでいるのだ。

アラセイトウと、夏の日射しを浴びてしおれかけたペチュニアが、風ひとつない夜の空気のなかに強い芳香をはなっている。せめてもの慰めは、風のない穏やかな夜であることと、ミスター・ハッシーが一流の御者であるということ。それでも校長は、トムにきてもらいたかった。アイルランド人ならではの見識でもって、馬車の帰りが一時間近く遅れるなんてことはよくありますよ、と請け合ってほしかった。校長は部屋にもどってもう一度ソリティアをはじめたが、五分と経たないうちにふたたび玄関広間へもどった。自分の金時計と広間の大時計が同じ時刻を指しているか確かめる。大時計が九時半を知らせると、呼び鈴を鳴らしてミニーを呼んだ。ミニーによると、トムは厩舎《きゅうしゃ》の風呂に入っているが、〝ただちに〟校長室へ参ります、とのことだった。校長はじりじりしながら、さらに待った。

いい加減待ちくたびれた頃、おもてから蹄《ひづめ》の音が聞こえてきた。一キロほどむこうから近づいてきて……短い橋を渡っているらしい音が聞こえ……暗い木立のなかに馬車の明かりがみえはじめた。調子外れの合唱が聞こえる。馬車は平坦な本道に出ると速度を上げ、学院の門の前を走りすぎていった――酔っぱらいたちが、ウッドエンドから帰ってきたのだ。ちょうどそのとき、トムが洗い立てのシャツに室内履きといった格好で玄関に現れた。校長と同じく、おもての騒ぎには気づいていたようだ。アップルヤード校長は、お気に入りの使用人をたずねられれば、迷うことなく、この陽気なアイルランド人を選ぶ。トムは、残飯桶の片づけを頼まれようと、メイドたちからハモニカを吹いてくれとせがまれようと、魅力的な女性客をウッドエンド駅まで送る役を仰せつかろうと、常に変わらぬ態度で引き受けた。「校長先生、お呼びですか? おれを捜してたってミニーに聞きました」

ポーチの庇から吊るされた笠のないランプの明かりでみると、校長のたるんだ頬は獣脂のように白かった。アップルヤード校長は、険しい表情でトムの顔を見据えた。鋭いまなざしで返事をえぐり出そうとしているかのようだ。「ミスター・ハッシーの帰りが遅すぎると思いませんか」

「そうですか?」

「今朝、八時にはもどるとはっきり約束したのです。それがもう、十時半です。ハンギングロックから学院までは、馬車でどれくらいかかるんです？」

「かなり遠いんで……」

「よく考えてください。あなたは交通事情に詳しいでしょう？」

「三時間から三時間半ですね。それ以上はかからないはずです」

「そうでしょう。ミスター・ハッシーは、五時にはピクニック場を出発するということでした。お茶がすんだら、すぐ帰途につくはずなんです」しかるべき冷静さを装っていた校長の声が、なんの前触れもなく金切り声に変わった。「馬鹿みたいに突っ立っていないでなんとかいいなさい！　これはいったいどういうことなの！」

トムはこれまで、アイルランド訛りのある朗らかな口調で、ミニーのほかにも大勢の女をとりこにしてきた。動揺することなく校長のそばへいくと、持ち前の穏やかな声でなだめにかかった。狼狽《ろうばい》した校長の顔がここまで険しくなければ、たるんだ頰にキスのひとつでもしていただろう。自分の洗い立ての顔に校長の顔が迫ってくると、トムは居心地が悪くなってきた。「校長先生、まあ落ち着いて。ハッシーのおやじさんは立派な馬を五頭も連れてますし、ベンディゴ地方のこのあたりじゃ、あの人に勝る御者はいないんですから」

「わたしがそれを知らないとでも？　わたしが心配しているのは——事故の可能性よ」

「事故ですって？　それはちょっと、考えてみませんでした。今日は天気もいいし……」

「あなた、思っていたほど賢くないようね。専門的なことは知りませんが、馬というのは暴走するものでしょう。トム、聞こえましたか？　馬は暴走するんです。いいから、なんとか答えてみなさい！」トムは、家畜の世話をするときも、厨房でメイドたちにお世辞をいうときも、戸惑うということがなかった。だが、このときばかりはちがった。校長がじりじりと詰めよってくる。背後の壁に長々と伸びた影のせいで、女主人は倍ほども大きくみえる。「食われるかと思ったよ」のちにトムは、ミニーにこぼした。「なにが最悪だったって、直感でわかったんだ。校長の不吉な予感は当たってるって」トムは大胆不敵な行動に出た。灰色の服の絹地の上から、校長の手首にそっと触れたのだ。手首には重たげなブレスレットが巻かれ、そこから、真っ赤なハート形のチャームが下がっている。「なかへ入って、少し休みましょう。ミニーにお茶を運ばせますから……」

「静かに！　いまの音はなに？　ああよかった！　帰ってきたわ！」

そのとおりだった——本道を駆ける蹄の音があっというまに近づいてくる。明かりがふたつ、馬車の前の道を照らしていた。校長が待ちかねていた車輪の音を響かせながら、馬車は速度を落とし、校門の前で停まった。「セイラー、よしよし……ダッチェス、よくがんばった……」馬たちに話しかけるミスター・ハッシーの声は、別人のようにしゃがれていた。暗い馬車のなかから、少女たちがひとりずつ、馬車用のランプで扇《おうぎ》状に照らされた砂利道に降りてくる。泣いている者もいれば、いまにも眠りこみそうな者もいる。帽子をかぶっている者はひとりもいない。髪を振りみだし、服装も乱れている。トムは、馬車が近づいてくるのを確認した瞬間、速やかに砂利道へ駆けおりていた。あとに残された校長は嫌な予感に震える体を叱りつけ、校長としての威厳を取り繕おうと懸命になっていた。

だれかが、玄関前のなだらかな階段をよろめきながら上ってくる。フランス人教師のミス・ポワティエだ。明かりに照らされた顔は蒼白だった。

「ポワティエ先生！　いったいなにごとです？」

「校長先生——事件が起こりました」

「事件？　早く説明してちょうだい！　はじめから全部！」

「恐ろしくてとても話せません……どこからご説明すればいいのか……」

「しっかりしなさい。パニックを起こしても役に立ちませんよ……だいたい、マクロウ先生はどこです？」

「マクロウ先生は残っています……ハンギングロックに」

「残った？　気でもちがったの？」

ミスター・ハッシーが、怯えた顔ですすり泣いている少女たちをかき分けて近づいてきた。「校長先生、わたしが報告します。ポワティエ先生は気分がすぐれないようですから」

そのとおりだった。緊張と疲労で疲れはてていたポワティエはとうとう気を失い、玄関広間の絨毯《じゅうたん》の上に倒れこんだ。使用人部屋に控えていたミニーとコックが、階段下にある布張りの扉を開けて駆けだしてくる。時々仮眠をとっていたため、帽子とエプロンはとうに取っていた。ミス・ラムリーも階段を下りてきた。紫のゆったりした部屋着姿で、髪にはカールをつけるための紙をいくつも巻きつけてある。手にはロウソクを一本持っていた。

ミス・ポワティエは、気付け薬をかがされたあと、ブランデーを与えられた。それから、トムに抱えられるようにして、寝室へ連れていかれた。コックが気の毒そうな声でいった。

「女の子たちもくたくたに疲れてるわ――ピクニックでなにがあったのかしら。ミニー、校長先生はお忙しいから、いちいちお伺いを立てないで。みなさんに温かいスープを配ってあげて」

「ラムリー先生……早く生徒たちを休ませてください。ミニー、手伝って。ハッシーさん、お話を聞かせていただきます」校長は、ミスター・ハッシーを専用の応接室へ通すと、がっしりした背中を気丈に伸ばしたまま扉を閉めた。「校長先生、話をはじめる前に、酒を一杯いただけませんか」

「ええ、もちろん――お疲れのようですね……さて、できるだけ簡潔に、なにが起こったのか話してくださいな」

「校長先生、弱りましたな。いや、なにが起こったのか、お話しできればいいんですが……一番の難点はそこなんです……なにがあったのか、さっぱりわからんのです。実をいいますと、三人の生徒さんとマクロウ先生が、ハンギングロックで行方不明になりました」

ここからは、バンファー巡査の取り調べに対するベン・ハッシーの証言である。取り調べは、二月十五日の日曜日の朝、ウッドエンド警察署でおこなわれた。

ピクニック場ではだれも正確な時間がわかりませんでした。わたしの時計もマクロウ先生の時計も、いつのまにか止まってたんです。それで、昼食のあとわたしと先生方で話しあって、なるだけ早く出発しましょうということになりました。校長先生に、夜の八時までにはもどりますと約束してましたから。わたしが馬車の準備を終えると、フランス人の先生が提案されたとおり、お茶とケーキで軽食をとることになりました。あそこから学院まではかなり遠いもんですから。それが、だいたい三時半頃だったはずです。ハンギングロックの影の動きから、それくらいだと考えました。

お湯が沸くと、先生方のところへいって、お茶の用意ができたことを伝えました。

ところが、木陰で本を読んでたはずの年配の先生が、いつのまにかいなくなっていたんです。忽然《こつぜん》と消えちまってました。フランス人の若い先生はずいぶん取り乱してました。ミス・マクロウがどこかへいくのをみなかったかとたずねられましたが、わたしにもわかりませんでした。すると先生は、こんなふうにいったんです。「生徒たちも、マクロウ先生がどこへいったのかわからないみたいなんです。マクロウ先生に限って、帰る間際にどこかへいってしまうなんてあり得ません――とても時間に正確な方ですから」ほかの生徒さんは全員そろってるんですかとたずねると、先生はこう答えました。「いいえ、四人足りていません。わたしが許可して、散歩にいったんです。小川沿いに歩いて、ハンギングロックを近くでみてくるといってました。イーディス・ホートンのほかは上級生ですし、とてもしっかりした子たちなんです」散歩へいったきりもどってこなかった子たちのうち三人は、行きの馬車でわたしと並んで御者席に座ってました。あの子たちのことはよく知ってます。ミス・ミランダ（苗字は聞いたことがありません）、ミス・アーマ・レオポルド、ミス・マリオン・クイードです。

このときはまだ、たいして心配していませんでした。出発が遅れるのが気になったくらいです。あのへんの地形は熟知してますからね。すぐに生徒さんを集めると、ふたり一組であたりを捜してもらいました。小川のあたりを見回りながら、帰ってこない四人の名前を呼ぶように頼んだんです。一時間ほど経った頃でしたかな。イーディス・ホートンというお嬢さんが、雑木林のなかから飛びだしてきました。ハンギングロックの南西のあたりの林です。泣きながら笑っていて、服はやぶれてずたずたになっていました。ヒステリーの発作を起こしているようでした。その子は、残りの三人はまだ「どこか上のほう」にいるんだといいながら、ハンギングロックの上を指さしました。ところが、方角についてはさっぱり覚えていないようでした。何度も何度も質問して、三人がどの方角へ登っていったのか思いださせようとしました。ところが、ミス・ホートンから聞き出せたのは、とにかく怖かったからここまで一心不乱に逃げもどってきた、ということだけでした。運よくわたしは、緊急用のブランデーを常に携帯してます。それをミス・ホートンに飲ませ、御者用のコートを着せると、上級生のロザムンドお嬢さんに頼んで馬車へ連れていってもらいました。それからわたしたちは、捜索の続きに取りかかりました。いったん生徒たちを集合させると、全員そろってることを確かめて、今度は林の奥まで捜すことにしました——南の急斜面のふもとを、少し登ってみたんです。ミス・ホートンの足跡をたどるつもりでしたが、地面は岩ばかりですから、ほとんどわかりませんでした。低木や茂みにさえ、人が通った跡がまったく残ってないんです。ミス・ホートンが通ったらしいところだけ、数メートルほど踏み荒らされた跡がありました。あのお嬢さんは、そこを通って、小川のほとりのピクニック場へ逃げてきたようです。念のために申しあげておきますと、ミス・ホートンが飛びだしてきたあたりには、棒を何本か立ててめじるしをつけてあります。別の上級生ふたりには、川沿いに少し歩いていってもらい、もうひと組のピクニック客に話を聞きにいってもらいました。その人たちは、午前中からきていたようでした。ところが、ふたりがいったときには、すでに焚き火を消して帰ったあとでした――たぶん、わたしが馬車の用意をしていたときじゃないかと思います。確か四人いらして、そばに無蓋《むがい》の馬車が停めてあったと思います。フィッツヒューバート大佐のご家族だったと思いますが、話してないので断言はできません。生徒さんの何人かが、午後にその馬車が走りさるのをみていたそうです。若い男性が白い小型のアラビア馬に乗ってあとを追っていたようです。捜索をはじめて四、五時間が過ぎても、三人の生徒さんたちはいっこうにみつかりませんでした。まったく、キツネにつままれたような気分でした。分別ある三人のお嬢さんが、あんな短時間のうちに消えてしまうとは……。あのあたりはそう広くないのに、足跡のたぐいはまったく残っていませんでした。いまでもまだ信じられません。

ハンギングロックは、ふもとのあたりでも非常に危険です。お嬢さん方は山歩きの経験もありませんし、長いサマードレスを着ていました。捜索のあいだも、目を離したすきに穴や絶壁から足を踏みはずすのではないかと心配でした。わたしの知る限り、頂上へ続く道はひとつしかありません。草に覆われた道ですが、行方不明の三人はそこへ迷いこんだわけではないようです。登り口のあたりをよく調べてみましたが、草を踏んだ形跡や足跡のようなものは、どこにも見当たりませんでした。

あっというまに暗くなったので――時計がなかったもので、時間は暗さで推測するしかありませんでした――、わたしたちは川沿いでいくつか焚き火をしました。もし、あの三人がハンギングロックの南側にいたなら、どこからでも火がみえたはずです。そのあいだも、大声で三人の名前を呼びつづけました。ひとりで呼びかけ、全員でも呼びかけ、何度も繰り返したのです。わたしはキャンプ用の鍋をふたつ持って、緊急用に馬車に載せてあるバールでがんがん鳴らしながら歩きました。

とうとう、わたしもフランス人の先生も万策尽きまして、選択を迫られました。悪い知らせを伝えに学院へもどるべきか、捜索を続けるべきか。明かりといえば、馬車にある石油ランプふたつと、なんとも頼りない小さなランタンひとつです。行方不明の三人は、ハンギングロックにいるとしか考えられませんでした。日が暮れたあと、マッチも持たずにロックの上にいるなんて、正気の沙汰じゃありませんが。洞窟かどこかに隠れて、夜が明けるのを待っていてくれたのならいいのですが。フランス人の先生と一部の生徒さんは、無理もないことですが取り乱していました。みんな、昼食をとったきりお茶の一杯も飲んでいませんでした。それどころではありませんでしたからね。そこで、レモネードとビスケットを少し口に入れたあと、わたしが、みなさんを学院へ送りとどけることに決めました。夜の捜索は無理だと判断したのです。

正直に申しあげると、あれが正しい判断だったのか、いまでも自信がありません。ひとついえるのは、捜索を中断した責任はわたしにあるということです。もどってこなかった生徒さんたちのことは、よく知っています。ありそうにないことですが、万一なんらかの事故があったのだとしても、ミス・ミランダはブッシュで育ったお嬢さんです。うろたえることなどせず、安全に一夜を明かせる場所をみつけられるはずです。いなくなった先生については、むやみやたらに歩きまわったりしていないことを願うしかありません。ブッシュでは、数学の知識はあまり役に立ちませんからな。

学院へもどる前にウッドエンド警察署に立ちよって、当直のおまわりさんに、ハンギングロックで起こったことをざっと説明しました。そのあとは、一路アップルヤード学院へ馬車を走らせました。言い忘れていましたが、小川とハンギングロックの真ん中あたりにある屋外トイレは、ご婦人用も紳士用もしっかり調べてあります。どちらにも、足跡はおろか、最近だれかが使った跡もありませんでした。

5

アップルヤード学院の者たちにとって、二月十五日の日曜日は曖昧《あいまい》な悪夢のようだった。夢であればいいと願った次の瞬間、現実であることを突きつけられる。希望が仄《ほの》見えたかと思った瞬間、絶望の底に突き落とされるのだ。

校長は、ひと晩中まんじりともせず、夜明けの光が腹立たしいほどゆっくりと寝室の壁を白く照らしていくのをにらんでいた。勤務時間になると、普段と同じように、髪を完璧なポンパドールに結いあげて机についた。なにより優先すべき任務は、昨日の事件が学院の外へもれるのを防ぐことだ。いつもなら馬車が三台きて、生徒と教師をそれぞれの教会に連れていく。だが、今朝はちがう。昨日のうちにミスター・ハッシーに頼んで、貸し馬車の手配はキャンセルしておいた。晴れた日曜の朝の教会は、噂話にうってつけの場所だ。唯一の救いは、ベン・ハッシーが、口のかたい賢明な人物だということだった。昨夜の通報をのぞけば、ミスター・ハッシーが事件について他言することはまず考えられない。学院では、捜査に進展がみられるまで緘口令《かんこうれい》が敷かれた。昨日起こった事件を知る生徒や教師たちのことは基本的に信用してもよかったし、そもそも、ピクニックへ出かけた者たちの半数はショックと疲労で部屋から出てこなかった。だが、トムとミニーについては不安が残った。ふたりとも、そしておそらくはコックも、生まれついての噂好きなのだ。間の悪いことに、ミスター・ハッシーほど信頼できないこの三人には、さっそくこの日の午後に友人たちが訪ねてくることになっていた。ミス・ドーラ・ラムリーも、クリームを届けにきたトミー・コンプトンと、勝手口でなにか立ち話をしていたようだ。朝食のすぐあと、医者のマッケンジーがウッドエンドから診察にやってきた。年老いたマッケンジー医師はじつに聡明な人物だった。金縁の眼鏡の奥から学院の様子を観察すると、ただちに、月曜日は休校にしなさい、消化がよく栄養価の高い食事をしなさいと指示を出し、必要な者には効き目の穏やかな鎮静剤を処方した。ポワティエは片頭痛を訴えて部屋にこもっていた。フランス人教師を診察したマッケンジー医師は、シーツの上のほっそりした手を優しく叩き、熱い額にオーデコロンを数滴垂らして穏やかにいった。「ところでお嬢さん、まさかとは思うが、昨日の事件のことで自分を責めたりしていないだろうね。じきに、今回の件は空騒ぎだったとわかるに決まっているよ」

「ああ先生《モン・デュ》、どうかそうでありますように」

「運命のいたずらには、だれも責を負うべきじゃない」

生まれて初めて渦中の人となったイーディス・ホートンは、マッケンジー医師から、体は健康そのものというお墨付きをもらった。ヒステリーの発作を起こしたときに、思う存分わめいたことが功を奏したようだ。このくらいの年頃の少女は、体の自然な反応に従うのが一番なのだ。だがマッケンジー医師は、少々懸念してもいた。イーディス・ホートンは、いったいなにに怯えてハンギングロックから逃げてきたのか、まったく覚えていなかったからだ。イーディスは、マッケンジー医師のことが好きだったので――この医者を嫌う者はいない――、足りない頭を精一杯しぼって、医師の質問にできるかぎり答えようとした。マッケンジー医師は帰りの馬車のなかで考えた。イーディスは岩場で転んで頭でも打ったのだろう。あんなに歩きにくい場所なら当然だ。軽い脳震盪《のうしんとう》を起こしているにちがいない。

アップルヤード校長はほぼ一日中校長室にこもり、ウッドエンド警察署から訪ねてきたバンファー巡査と話し合いをしていた。巡査は、少々頼りない新人の警察官をひとり連れてきていた。さしたる事件性が感じられないようなときは、この若手に記録をとらせることにしている。この行方不明事件は、日曜の日暮れまでには解決するはずだ。町の人間はしょっちゅう森で迷子になっては、バンファー巡査のようなクリスチャンを日曜のミサから引っ張り出す。ところが、校長の話を聞いていると、三人の生徒とひとりの教師が消えた今回の事件は、どうも不可解な部分が多すぎるように感じられてきた。ベン・ハッシーからとった証言も、先に得られていた情報の焼き直しにすぎない。巡査は念のため、土曜日にハンギングロックへ来ていたふたりの青年にも連絡をとっておいた。いまのところ、あの少女たちが小川を渡っていくのを目撃したのは彼らしかいない。月曜になっても少女たちが発見されていなかったら、このふたりの証言も必要になってくる。もうひとり、できれば数分でもいいから、日曜のうちに話しておきたい人物がいた。イーディス・ホートンだ。イーディスは、行方不明になった三人の少女とおそらくは数時間ものあいだ一緒に過ごし、そのあと、不可解な恐怖に駆られてピクニック場へ逃げもどってきた。こうしてイーディスは、充血した赤い目とカシミアの部屋着姿のまま、校長室へ連れてこられた。だが、イーディスはろくに口をきかず、ほとんどなんの情報も提供しなかった。巡査と校長がどれだけなだめすかしても、鼻をすすりながら仏頂面で「わからない」と繰り返すばかりだ。若いほうの警察官が相手なら、またちがう態度をみせていたかもしれない。だが、彼にその機会が巡ってくる前に、イーディスは寝室へ連れもどされていった。「大丈夫ですよ」巡査は、ブランデーの水割りを飲みながらいった。「校長先生、個人的な見解をいわせてもらいますが、今回の件はあと数時間もあれば解決します。実は、こういうことは珍しくありません。道から少し離れただけで、信じられないくらいたくさんの人が迷子になってしまうんです」アップルヤード校長は答えた。「ええ、そうであるよう願うばかりです。ミランダは風紀委員長を務める優等生でしたし、ブッシュで生まれ育ちました。ただ、マクロウ先生は……」

ミス・マクロウがピクニック場を離れたことには、だれも気づいていなかった。理由は定かではないが、マクロウは本を読んでいた木陰からいきなり離れ、四人の少女たちを追ってハンギングロックへ向かったらしい。「あるいは」と、巡査はいった。「マクロウ先生には、個人的な約束でもあったんじゃありませんか？　ピクニック場の門の外で友だちと会う約束をしていたのでは？」

「それはあり得ません。ミス・グレタ・マクロウは何年も前からこの学院で働いていますけれど、わたしの知る限り友人はひとりもいません。現実の世界では交友関係というものが一切ないのです」

ミス・マクロウが読んでいた本は、子ヤギ革の手袋と一緒に、読書をしていた木陰にきちんと置かれていた。みつけたのは三年生のロザムンドだ。ミス・マクロウについては、アップルヤード校長も巡査も、同じ結論に至った──あの天才数学教師は（これは巡査の表現だ）おそらくほかの少女たちと同様、些細《ささい》な過ちを犯して道に迷ってしまったのだろう。だとしても仕方のないことだ。かのアルキメデスにしても、難しい命題に取りくむときにはたわいない間違いを犯したのだろうから。こうしたやり取りのすべてを、若い警察官は忙しなく鉛筆をなめながら、懸命に書き留めていた（このあと、馬車に乗っていた全員が短い聴取を受けることになった。すると、ポワティエを含む数人が、こんな証言をした。ミス・マクロウは、三角形がどうだとか近道がどうだとかまくしたて、ベテラン御者のミスター・ハッシーに、行きとは別の帰り道を提案したが、あっさり却下されたという）。

地元の警察官たちは、ピクニック場の捜索と、徒歩でいける範囲のハンギングロックの捜索をはじめていた。捜索隊をもっとも当惑させたのは、ミスター・ハッシーの証言にもあったとおり、人が岩山へ踏み入った形跡がほとんどないことだった。ふもとの雑木林で、シダが少し踏まれていることと、灌木《かんぼく》の葉がいくらか散っているのがわかったくらいだった。それも、ロックの東のふもとに限られた。月曜になっても事件が解決されていなければ、ギプスランドからアボリジニの先導人にきてもらうことになっていた。ついでに、フィッツヒューバート大佐のなかば強引な勧めにより、ブラッドハウンドも駆りだされることになった。ミス・ラムリーは、探索犬ににおいを覚えさせたいという巡査の依頼を受けて、消えた四人の服に名札をつけて警察に渡した。大勢の地元民が警察の捜査隊に加わり、ハンギングロックを囲む雑木林を丹念にみてまわった。そのなかには、マイケル・フィッツツヒューバートとアルバート・クランドールの姿もあった。オーストラリアのブッシュでは、都会と変わらぬ速さで噂が広まる。日曜の夕食時には、ハンギングロックから八十キロ四方にあるほぼすべての家庭で、土曜日に起こった奇妙な行方不明事件が話題にのぼった。旺盛な好奇心というのは、どんなときでも人間に同じ効果を及ぼす。直接にせよまた聞きにせよ、たいした情報を持たない者たちこそが、声高に意見を述べはじめるのだ——そしてまた、彼らの意見はなぜか、一夜のうちに揺るぎない事実に変貌するのだった。

二月十五日の日曜日が悪夢だったなら、十六日の月曜日は、それに輪をかけて悲惨だった。まず、早朝六時に玄関のベルが鳴らされた。メルボルンの新聞記者だと名乗る青年が、パンクした自転車を引きずりながらやってきたのだった。疲れきった記者は厨房《ちゅうぼう》で朝食を恵んでもらっただけで、ネタになりそうな情報はなにひとつ与えられず、急行列車で追いかえされた。不運な青年を皮切りに、訪問者は引きも切らずやってきた。学院の玄関のずっしりした杉の扉は、式典でもなければめったに使われない。その扉が、種々雑多な訪問客のために、朝から晩までひっきりなしに開け閉めされた。偽りのない善意から訪ねてくる者もいたが、ただの野次馬もいた。ひどい連中になるとまるでハイエナのようで、流血とスキャンダルのにおいを嗅ぎつけてきたことを隠そうともしなかった。だが、いずれにせよ、来客はひとり残らず門前払いを食わされた。マセドンの下町からは、副牧師と気立てのよさそうな小柄な妻がやってきた。気の毒になるほど緊張して、学院の者たちを慰めたいという一心で訪ねてきたのだ。だが、このふたりもまた、「校長は留守にしております」という素っ気ないひと言で追いかえされた。

月曜日にも、昼食は決められた時間ぴったりに出された。しかし、普段は食欲旺盛な少女たちは、形ばかり食卓についただけで料理には手をつけず、数人が羊肉のローストとアップルパイを申し訳程度につついただけだった。上級生は集まって座り、なにか小声でささやき交わしていた。イーディスとブランシェは腕を組んで座り、鼻をすんすんいわせながら、いつになく打ちひしがれた様子だった。ニュージーランドの姉妹は刺繍《ししゅう》をしながら、地震が襲ってきたときのことや、怖かった思い出のことを話している。セアラ・ウェイボーンは、土曜日の夜は一睡もしなかった。目をぱっちり開けて横たわったまま、ミランダがピクニックからもどってきて、いつものようにおやすみのキスをしてくれるのを待っていた。どんなに遅くなっても、きっともどってくると信じていた。あの夜以来セアラは、小さな幽霊のように学院のなかをあてどなく歩きまわるようになった。ミス・ラムリーは、しつこい頭痛に耐えながらリネンを持ってくると、学院お抱えのお針子の女性に、お茶の時間まで飾り縫いを手伝ってほしいと声をかけた。ミス・ラムリーと彼女は校長の使い走りや雑用を押しつけられることがしょっちゅうだったので、〝不遇な身の上〟を嘆きあう仲だった。〝不遇な身の上〟とは便利な言葉だ。この表現ひとつで、全能の神も学院の校長も、権力の濫用を正当化できる。教室の黒板には、『ハンギングロックについての小論を提出のこと』という一文が書かれたままだった。二月十六日の月曜日、午前十一時半からはじまるはずだった国語の授業では、この小論が取りあげられる予定だったのだ。しかし、課題の話をする者はひとりもいない。やがて太陽が、鮮やかなダリアの花壇を照らしながら沈んでいった。夕闇のなか、紫陽花《あじさい》がサファイアのように輝いていた。階段の彫刻たちが掲げるランタンが、あたたかな濃紺の闇に淡い光を投げかけていた。こんなふうにして、また一日、物悲しい日が過ぎていった。

二月十七日の火曜日の朝、マイケルとアルバートは、地元の警察官から個別に事情聴取を受けた。土曜日の午後、失踪した少女たちが小川を渡るのを最後に目撃したのは、このふたりしかいない。アルバート・クランドールはウッドエンド警察署まで出向き、若きマイケル・フィッツヒューバート卿は、叔父が所有するレイクビュー館の書斎で巡査の訪問を受けた。すでにふたりとも、少女たちの行方についてはなにも知らないという証言をすませていた。彼らが最後にみたのは、池の近くの小川を渡ってハンギングロックへ向かって歩いていくうしろ姿だけなのだ。マイケルはあやふやな受け答えをし、終始目を伏せていた。もともと内向的な性格が、この数日で一段とその傾向を強めたようだった。正確には日曜日の朝からだ。その日アルバートは、マナッサ雑貨店で少女たちの行方不明事件を知り、マイケルに知らせようと大急ぎで屋敷へもどったのだった。

バンファー巡査は、大佐の書き物机の前に座っていた。奥のどっしりした椅子には、緊張した面持ちのマイケルが座っている。

聴取前の手続きをすませると、巡査はあらためて口を開いた。「さて、フィッツヒューバート卿、いくつか質問をさせていただきます。そうすれば、事件の全体像をおおまかにつかめると思いますから」若いフィッツヒューバート卿は、はにかんだような笑みを浮かべた。物腰はいかにもイギリス紳士といったふうで、どうみても言葉数の多いほうではない。「まずは、ひとつ目の質問です。お嬢さん方が小川を渡っていたとき、どこの生徒なのか気づきましたか？」

「いいえ、まさか。ぼくがオーストラリアへきたのは、ほんの三週間前です。若い女性の知り合いはひとりもいません」

「なるほど。その子たちと話しましたか？　小川を渡る前でも、渡ったあとでも」

「もちろん、話していません！　おまわりさん、いま申しあげたとおり、あの子たちのことは顔も知らなかったんです」この無邪気な返答を聞くと、バンファー巡査はごくわずかに頬をゆるませ、心のなかでつぶやいた。『じつにウブなお坊ちゃんだ。こんなにハンサムで大金持ちだっていうのに』それから質問を続けた。「クランドールはどうでしたか。女の子にちょっかいを出したりしていませんでしたか？」

「いいえ。口笛を吹いてましたけど」

「そのとき、フィッツヒューバート大佐と奥方はなにをされていたんです？」

「たぶん、昼寝をしていたと思います。ランチのときにシャンパンを飲んだから、眠たくなっていたんじゃないかな」

「あなたはシャンパンで酔わなかったんですか？」巡査は、鉛筆を持った手を宙で止めていった。

「自分では、酔っている感じはしませんでした。もともとあまり飲まないし、飲むときはいつもワインなんです。それに、お酒を飲むとしたら家にいるときです」

「なるほど。つまり、お嬢さん方が小川を渡っていったとき、あなたは完璧にしらふの状態で、木陰で雑誌を読んでいた、と。さて、重要なのはここからです。どんなことでもいいですから、覚えていることをすべて教えてください。たとえ些細なことに思えても、すべて話してほしいんです。もちろん、これは任意の証言ですし、そのことを踏まえたうえでお答えください」

「女の子たちが小川を渡っていて……」マイケルは、そこでつばを飲みこみ、消え入りそうな声で続けた。「それが、みんなちがっていたんです」

「もう少し大きな声でおっしゃっていただけますか。ちがっていたとは？　綱で渡るとか、棒高跳びで渡るとか？」

「いや、まさか！　ひとりだけ、身のこなしが軽やかな子がいたんです。優雅というか……」

バンファー巡査は、優雅な所作には関心がなかった。マイケルは話を続けた。「いまのは忘れてください。女の子たちが遠ざかるのを待ってから、池でグラスを洗っていたアルバートのそばへいきました。少し――十分くらい――しゃべってから、帰る前に少し散歩をしてくるとアルバートにいいました」

「それは何時くらいでした？」

「時計はみませんでしたけど、叔父が四時前に帰りたがっていたのは確かです。ええと、それで、ハンギングロックのほうへ歩いていきました。岩山のふもとまでいくと、シダを踏んだ跡や、低木のあいだを人が通った跡がありました。だけど、女の子たちはみえなくなっていました。草がすごく厚く茂ってたので、サマードレスの女の子たちにはちょっときついんじゃないかと思ったのを覚えています。すぐもどってくるだろうと思ったので、丸太の上に何分か腰かけていたんです。しばらくすると、アルバートが呼ぶ声がしたので、急いで池のほとりへもどりました。あとは、アラビア馬に乗って家に帰りました。ぼくだけ、馬で叔父たちの馬車のうしろをついていったんです。覚えているのはこれだけです。少しは役に立ちますか?」

「ええ、とても。ご協力に感謝いたします。もしかしたら、後日またご協力いただくかもしれません」マイケルはそれを聞くと、胸のなかで密かにうめいた。たとえ短い時間でも、警察の聴取というのは、虫歯にドリルを穿《うが》たれるときの嫌な感じにそっくりなのだ。「いまのお話を書類に起こす前に、あとひとつだけ確認させてください」巡査はいった。「あなたは、三人の女の子が小川を渡っていったとおっしゃった。そうですね?」

「ああ、失礼しました。おっしゃるとおりです。女の子は四人いました」

バンファー巡査はまた、鉛筆を持った手を宙で止めた。「なぜ四人いたことをお忘れになったと思いますか?」

「太った小柄な子のことを忘れていたんだと思います」

「ほかの三人に目を奪われていた、ということですか?」

「そういうわけではないんです(神様、嘘じゃありません。目を奪われていたのはたったひとりなんですから)」

「もし、四人のお嬢さんたちのなかに年配のご婦人が交ざっていたとしたら、覚えておいでですよね」

マイケルはむっとして答えた。「もちろんです。でも、年配の方はいませんでした。女の子が四人だけです」

いっぽうウッドエンド警察署では、アルバートがジム・グラントを相手に証言をしていた。ジムはバンファー巡査の部下で、日曜の朝にもアップルヤード学院へ赴いた若い警察官だ。マイケルとはちがって、アルバートは事情聴取をされることに慣れていた。警察というのは、こちらがなんの他意もなく発言すると、いちいち言葉尻を捉えて騒ぎたてる。だが、あらかじめそのことを知ってさえいれば、こういう状況はなかなか愉快だった。それに、グラントとは親しい。ある日曜日の闘鶏場《とうけい》で知り合ったのだ。

「ジム、さっきもいっただろ」アルバートはいった。「あの女の子たちをみたのは、あのときだけだって」

「悪いけど、勤務中にジムと呼ぶのはやめてもらえないか」グラントは、苛立ちのあまり汗をかきながらいった。「仕事場で馴れ馴れしくされると困るんだ。さて、本題に入ろう。小川を渡っていった女の子は何人いた?」

「呼び捨て禁止か、わかったよグラント警察官様。質問の答えは四人だ」

「普通にミスター・グラントと呼んでくれ。頼むから、仕事に集中させてくれよ」

「じゃあ、こっちもいっとくけどな」アルバートは、キャラメルの小さな箱を取りだすと、ひとつ口に入れ、虫歯で黒くなった歯で、これみよがしにくちゃくちゃやりだした。「おれはこの証言を、百パーセント善意で、一シリングもとらずに、あんたらのためにやってるんだぞ。これはボランティアなんだ。そこんとこを忘れてもらっちゃ困るね、グラント警察官様」

グラントは、差しだされたキャラメルを断って聴取を続けた。「フィッツヒューバート卿がハンギングロックへ歩いていったとき、きみはなにをしていた?」

「大佐が昼寝から起きて、さっさと帰るぞってわめきはじめたんで、マイケルのおぼっちゃんを捜しにいった。そしたら、おぼっちゃんは丸太に座ってた。女の子たちはとっくにいなくなってたよ」

「丸太と池はどれくらい離れてる?」

「あのなあジム、知ってることをわざわざ質問するなよ。あの場所は、警官ならひとり残らず知ってるだろ。日曜日に、あそこへバンファー巡査を案内したばっかりだぞ」

「悪いが、大事なことは正確に把握しておきたいんだ——まあいい、続けてくれ」

「そのあとマイケルのおぼっちゃんは、大佐の小さいアラビア馬に乗って、レイクビュー館まで帰った」

「あの馬か！　世の中には幸運な人もいるもんだよ。アルバート、あんなに素晴らしい馬はめったにいない。ちょっと拝借して、地元の連中に自慢できたら最高なんだけどな。このあたりをいくら探したって、あれにかなう名馬はいない。べつに、鞍も馬勒《ばろく》も全部借りたいってわけじゃない……昼間にちょっと乗らせてほしいだけなんだ。大佐だって、おれの乗馬のうまさはわかってるし」

「はるばるレイクビュー館からやってきたのは、おまえを馬に乗せるためだとでも思ってんのか？」アルバートは席を立った。「質問はもうないんだな？　もう帰るぞ、じゃあな」

「おい、ちょっと待てったら。まだ聞きたいことがある」ジムは慌てて声をあげ、アルバートのコートの裾をつかんだ。「さっき、こういってただろ？　フィッツヒューバート卿は馬に乗って、馬車と一緒にレイクビュー館まで帰ったって。途中で卿の姿を見失うことはなかったか？」

「あいにく頭のうしろには目がついてないんでね。マイケルのおぼっちゃんは、馬車のうしろに回りこむこともあった。馬の立てる土埃がおれたちにかからないようにってね。だけど、道によっちゃ、馬車の前を走ることもあった。どこにいるかなんていちいち気にしてなかったけど、まあ、レイクビュー館に着いたのは同時だったぜ」

「それは何時頃だった？」

「七時半くらいかな。コックが夕食をかまどのなかで温めといてくれたのは覚えてる」

「ご協力どうも、ミスター・クランドール」若い警察官はそういいながら、心持ち肩をそびやかして手帳を閉じた。「聴取の内容はすべて書類に起こし、のちほどきみに確認と承認をしてもらう。帰ってもらって結構だ」だが、最後のひと言は余計だった。アルバートはとっくに警察署を飛びだし、通りのむこうのクローバーの茂みで、濃い赤毛の馬に馬勒をつけていた。

オーストラリアの人々はこの三日間、朝食のベーコンエッグと共に、女学院を襲った甘美な悲劇を夢中でむさぼっていた。失踪事件のことは、すでに報道陣の知るところとなっていた。だが、新たな情報はおろか、手がかりに近いものさえみつかっていなかった。土曜日の夜にベン・ハッシーが少女たちと教師の失踪を報告して以来、事件はなんの進展もみせていない。それでも、大衆は新しい情報を欲していた。大衆の欲望を満たすため、水曜日の新聞には、スパイスがわりの小さな記事がいくつかまぶされた。マイケル・フィッツヒューバート卿が先祖から受け継いだハディンガム館の写真（テラスでスパニエル犬と戯れる妹たちの写真も添えられていた）、そしてもちろんアーマ・レオポルドの美貌、その美少女が成年に達する時に相続する予定の莫大な財産のこと。だがバンファー巡査は、新聞が報じるゴシップだけで満足するわけにはいかない。巡査はメルボルンにあるラッセル通りの警察本部へ出かけ、友人のラグ刑事に相談をした。そして、イーディス・ホートンをもうひと押しして、もっと具体的な証言を引き出すことに決めた。二月十八日の水曜日は、この三日間と変わらず快晴だった。気持ちのいい風が吹いていて、いつにも増して過ごしやすい。朝八時、バンファー巡査は、二輪馬車でアップルヤード学院に到着した。補佐役として、今日もジム・グラントを連れている。目的は、イーディス・ホートンとフランス人教師を、ハンギングロックのピクニック場へ連れていき、そこで質問をすることだった。

アップルヤード校長は、軽はずみとも思える巡査の提案が気に食わなかったが、拒む権利はあってないようなものだった。バンファー巡査は、こんなふうに校長を説きふせた。警察は事件の解明のために最善を尽くしていますが、自分とラグ刑事は、重要証人のイーディスに事件現場をみせることが非常に大切だと考えています。現場をみてもらえれば、なにか思いだすかもしれません。校長は、イーディスの思慮の浅さも、周囲に手を焼かせる頑固さも、よく知っていた。そればかりか、事件当日に起こした軽い脳震盪から、まだ完全には回復していない可能性もある。事件現場まで足をのばしたところで、まずもって時間の無駄になるだろう。そして、思ったとおりのことをバンファー巡査に伝えたのだが、巡査はきっぱりと首を横に振るばかりだった。バンファー巡査は、不愛想な態度とは裏腹に、職務においてはじつに細やかな配慮をみせた。そして、豊かな経験から、警察の質問の仕方によっては、証人たちがまったく異なる証言をすることも知っていた。巡査は校長にこう話した。「わたしたちが躍起になって事件のことを思いださせようとしたせいで、イーディスは緊張してしまったのかもしれません。これまでにも似たようなことが何度かありました。衝撃的な体験をした人たちが、悲劇の舞台——まあ、いってみれば——にもどったとたん、非常に有益な証言をしてくれるのです。とにかく、ものは試しですよ。今度はもう少し気楽にやってみますから……」そういうわけで、水曜日に学院へやってきたバンファー巡査は、気楽な空気を作るためにも、馬車の遠乗りを楽しもうと決めていた。となりには美しいミス・ポワティエが背すじを伸ばして座っている。整った美しい顔に、目深にかぶった日よけ帽が影を落としていた。巡査はウッドエンドホテルで馬を交替するときに、ポワティエにはブランデーのソーダ割りを、イーディスとジムにはレモネードをごちそうした。

やがて一行は、ピクニック場の事件現場に到着した。バレンタインデーの午後、まさにこの場所で、イーディスと三人の少女は小川を渡ったのだ。目の前にそびえるハンギングロックは、太陽に照らされて白く光っている。そこへ、かすかに揺れる木々の枝が、複雑な模様の影を落としていた。レースみたいできれいだわ——ポワティエはそう考えながら、首をかしげた。こんなにきれいな場所で、どうしてあんなに悲しい事件が起こってしまったのかしら……。「さて、ミス・ホートン」バンファー巡査は切り出した。馴れ馴れしくしすぎないように注意しながら、控えめな笑顔を作る。肝要なのは、父親のように鷹揚《おうよう》に振る舞うこと。「このあいだは、ここからハンギングロックに登ったんだね。どっちに向かって歩いていったか教えてくれるかい？」

「わかんない。前もいったけど、ゴムの木って全部一緒にみえる」

「ほらほらイーディス」ポワティエが、とりなすようにいった。「じゃあ、おまわりさんに別のことを教えてさしあげたら？　たとえば、あの日は、四人でどんなことをおしゃべりしてたの？　バンファーさん、女の子といえばおしゃべりですわ」

「おっしゃるとおりです」巡査はいった。「それはいい切り口だ。ミス・ホートン、だれかが、こっちへいきたいと話したりしていなかったかい？」

「マリオン・クイードがあたしをからかってたのは覚えてる……あの子、時々すごくいじわるになる。マリオンが、頂上の岩は百万年前からここにある、みたいなことをいってた」

「頂上か。じゃあ、きみたちは頂上を目指して登ってたんだね？」

「だと思うけど。あたしは、足が痛くてそれどころじゃなかった。岩なんか登るより、倒れた木に座って休みたかったのに、みんなが許してくれなかった」

バンファー巡査は、期待のこもった目でミス・ポワティエをみた。丸太も大枝も数え切れないほど転がっているが、倒木があったというイーディスの証言は、有益な手がかりになりそうだ。「ミス・ホートン、倒木があったことを思いだせるなら、ほかのものも思いだせないかな？　ここから、少しまわりを見回してみてほしい。なにか見覚えのあるものが目にとまるかもしれない。切り株とか、シダの茂みとか、変わった形の岩とか……」

イーディスはあっさり答えた。「全然ない」

「そうか。なるほど、ありがとう」バンファー巡査は答えたが、昼食をすませたら絶対にもう一度同じ質問をしようと心に決めた。「ミス・ポワティエ、どこかでサンドイッチを食べましょう」

ジムが二輪馬車へもどってランチボックスを取ってくると、四人は草の上にのんびり座った。藪から棒にイーディスが叫んだのは、そのときだった。「おまわりさん！　ひとつだけ思いだしたかも」

「ありがたい。なにを思いだしたんだい？」

「雲！　あのとき、変な雲がみえた」

「雲？　なるほど。だが、残念ながら、雲というのは普通、空の一点に留まるようなことはしないんだ」

「そんなこと知ってます」イーディスは、急に取り澄ましたような口調になった。「だけど、あのときみえた雲は、気味のわるい赤色をしてたのよ。なんで覚えてるかっていうと、顔を上げて木の枝のあいだから赤い雲をみた直前に……」そこで言葉を切り、ハムサンドにかぶりつく。「……ミス・マクロウとすれちがったから」

バンファー巡査は、思わず、手にしていたサンドイッチを草の上に取り落とした。「マクロウ先生？　信じられん！　きみがマクロウ先生をみていたとは！　ジム、手帳を出せ。ミス・ホートン、気づいているかどうかわからんが、いま教えてくれた情報は非常に重要なんだ」

「だから話してるんでしょ」イーディスはつんと澄ましていった。

「先生がきみたちのそばを通ったのはいつだった？　頼むからよく考えてくれ」

「あの人、あたしの先生じゃない」イーディスは、もうひと口サンドイッチを食べた。「あたし、ママにいわれたから、数学の上級クラスは受けなかったの。ママはいつも、女の子の仕事は家庭を守ることよっていってる」

バンファー巡査は苦心して愛想笑いを作った。

「そのとおり。きみのお母様は賢い方だ……さて、ミス・マクロウのことをもう少し聞かせてくれるかな。きみがミス・マクロウに気づいたとき、むこうはどのあたりにいた？

近くかい？　それとも、遠かったかい？」

「かなり遠かったと思う」

「百メートルくらい？　五十メートル？」

「さあ。あたし、距離ってよくわかんないから。さっきもいったけど、ミス・マクロウはずっとむこうにいたし、あたしたちのあいだには木がいっぱい生えてたし。あたしは、小川に向かって走ってた」

「それは、きみがハンギングロックから下りてきたときのことだね？」

「あたりまえでしょ」

「そのときミス・マクロウはハンギングロックを登っていた、と。まちがいないかい？」

イーディスはだしぬけに、身をよじらせながら、いかにもおかしそうに笑いだした。

「もうやだ！　あの人、すごく変な格好だったの」

バンファーは問いかえした。「変な格好？　ジム、記録を頼むぞ。ミス・ホートン、変な格好とはどういう意味だい？」

「こんなこと、人にいっちゃやだめだと思うけど」

「イーディス、お願いよ」ポワティエが、なだめるようにいった。「あなたが話してくれれば、バンファーさんはとても助かるの」

「スカートが、ちょっとね」イーディスは笑いをこらえようと、ハンカチの端を嚙んだ。

「スカートがどうしたの？」

イーディスがまた、くすくす笑いをはじめる。「こんな話、男の人の前でできないってば」バンファーは身を乗り出し、鋭く青い目で一心にイーディスをみつめている。頭のなかを読みとろうとでもしているかのようだ。「いいや、いいんだ。わたしは、きみのお父さんくらいの年なんだから！　頼むから話してくれないか」イーディスはとうとう、ポワティエの桃色の小さな耳に口を寄せ、なにごとかささやいた。「刑事さん、イーディスがいうには、マクロウ先生はワンピースを着ていなかったそうです——ズロース一枚だった、と」

「下着姿だったと書いておけ」巡査がジムにいった。「しかし、ミス・ホートン、いまの話は確かかね。きみがみた女性は、ずいぶん離れたところにいたんだろう。木立のむこうで岩山を登っていた。それは、ほんとうにミス・マクロウだったのかい？」

「うん、まちがいない」

「ワンピースを着ていなかったんだろう？　断言するのは少々難しくないかね」

「全然。あんなに変な体形の人って、めったにいないもん。アーマ・レオポルドもいってた。『マクロウ先生って、ヘアアイロンみたいにぺたんこよね！』って」

イーディス・ホートンから確かな情報を聞き出せたのは、この二月十八日水曜日が最初で最後となった。

警察の二輪馬車がハンギングロックを目指して走りさっていくのとほぼ同時に、アップルヤード校長は校長室の扉に鍵をかけ、自分を奮い立たせながら仕事机に向かった。事件があってからこのかた、いつもこの調子だ。仕事をこなすあいだは、背すじをぴんと伸ばして威厳を保ち、落ち着きはらった態度を微塵《みじん》も崩さない。しかし実際は、世間のやかましい声を無視するのが難しくなっていた。ご意見番気取り、聖職者、情報通、新聞記者、友人、身内、そして保護者。いうまでもなく、もっとも厄介なのは保護者たちだ。保護者からの手紙だけは、屑籠に放ってしまうわけにはいかない。特許品だとかいう〝捜索用磁石〟を同封し、少女たちをみつける手伝いをさせてくれと申し出てくる輩の手紙とは、わけがちがう。校長には揺るぎない良識があった。たとえ相手が事件の被害を一切受けていない保護者であろうと、慰めの言葉と共に捜査の進展状況を事細かく記して返事を送るのは、校長としての務めだと感じていた。保護者たちに返事の手紙を書くため、校長は何時間も机に向かい、神経をすり減らしつづけることになった。感情を昂らせた母親宛の手紙にひと言でも無神経な言葉を使えば、学院に対する誹謗《ひぼう》中傷の炎がたちまち燃え上がるだろう。いったんそうなれば、真実という名の水でいくら火消しに走ろうと、収拾がつかなくなる。

この日の午前中に控えていたのは、荷が重いことこの上ない、じつに危険な仕事だった。ミランダとアーマ・レオポルドの両親と、マリオン・クイードの法定後見人に手紙を書かなくてはならない。彼らの娘たちと、そしてひとりの女性教師が、ハンギングロックで行方不明になったことを知らせなくては。不幸中の幸いというべきか――不幸中の不幸というべきか――、三通の手紙は、比較的すぐに届けられるだろう。いずれの保護者たちも、今回の事件のことはまだ知らずにいるはずだ。そう推測できるだけの事情が各家庭にある。またしても校長の心は、ピクニックの朝のことへと漂っていった。またしても心のなかに、帽子をかぶって手袋をはめ、行儀よく並んでいた少女たちの姿や、彼女たちをしっかり引率していたふたりの教師の姿がよみがえる。またしても、玄関で生徒たちに短い話をし、蛇や虫の危険性について注意を促していた自分の声が聞こえてくる。よりによって、虫なんかの話をするとは！　あの土曜日の午後、いったいなにがあったのだろう？　そして、なぜ、なぜ、なぜ、あの三人が被害にあったのだろう？　彼女たちは掛け替えのない存在だった。アップルヤード学院の評判を守っている存在だといってもよかった。マリオン・クイードは抜群に優秀だった。ほかのふたりに比べればそこまで裕福ではないが、素晴らしい学者になるだろう将来を思えば、学院への貢献度はふたりと遜色《そんしょく》ない。なぜ、行方不明になったのが、イーディスではなかったのだろう。なんの取り柄もないブランシェでもよかった。セアラ・ウェイボーンでもよかった。例によって、セアラ・ウェイボーンのことを思いだしたとたん、校長は苛立ちを覚えた。あの大きすぎる目が気に食わない。十三歳の分際で、いつもあの目に、こっちの神経を逆なでするような、非難がましい表情を浮かべている。だがセアラは、授業料の支払いだけは早い。年配の後見人のおかげだ。ただしその後見人は詮索を嫌い、住んでいる場所さえ明かさなかった。控えめで優雅で、夫のアーサーが生きていれば〝本物の紳士〟と評しただろう人物だった。

面倒な仕事を前に逡巡しているときは、いつもアーサーの記憶がよみがえってくる。校長は亡き夫のことに思いを馳せ、少しのあいだ、セアラの優雅な後見人のことを忘れた。だが、このままでは埒が明かない。校長は軽いうめき声をあげると、スチールの細いペン先がついたペンを手に取り、手紙に取りかかった。一通目はレオポルド家宛だ。学院の帳簿のなかでは比類なき存在感を放っている――巨万の富を誇り、世界中の社交界に出入りしているのだ。だが、目下レオポルド氏は妻を伴ってインドへ赴き、ベンガルの総督からポロのための馬を買い付けているらしい。アーマ宛に送られてきた手紙によれば、いまごろはヒマラヤ山脈のどこかにいるはずだった。象に輿《こし》をくくりつけ、刺繡をほどこしたシルク製のテントを担がせ、大仰な遠征をしていることだろう。この二週間ほどは、正確な住所がわからずにいる。しばらくかかって、満足のいく手紙が書きあがった――同情と、実際的な良識が、ちょうどいい具合に混ざりあっている。同情の言葉は少し控えめにしておいた。手紙が届く頃には事件がめでたく解決し、アーマが学院にもどっていないとも限らない。いくつか、判断に迷った事柄も残っていた。アボリジニの先導人とブラッドハウンドを動員したことについても触れるべきだったか、あるいは……。耳元に、アーサーの声が聞こえるようだ。「素晴らしい手紙だよ、おまえ。申し分ない」この手紙の目的を考えれば、確かにアーサーのいうとおりにちがいない。

帳簿の順番に従えば、次に手紙を書くべきなのはミランダの両親だった。クイーンズランド北部のブッシュで大農場を経営している。レオポルド家ほどの大富豪ではないにせよ、十二分な財産に支えられ、穏やかに暮らしている。成功した開拓者の一族として、オーストラリア国内では非常によく名前を知られていた。校長の立場にある者にとっては理想的な保護者で、列車が遅れたとか、学院に麻疹《はしか》が流行したとか、その程度のことではまったく騒がない。だが、娘が恐ろしい事件に巻きこまれたとあっては、ほかの保護者たちと同様に取り乱してもおかしくない。ミランダは五人きょうだいの一番上で、たったひとりの女の子だった。アップルヤード校長も、夫妻がミランダをひときわ可愛がっていることはよく知っている。一家は少し前まで、イギリスのセント・キルダ島で夏の休暇を過ごしていたが、先月もどってきた。大農場があるグーナウィンギで、贅沢《ぜいたく》な静寂を味わっているころだろう。ちょうど数日前、ミランダがこんな話をしていた。グーナウィンギでは、手紙は日用雑貨と共に届けられるのだが、時々、配達の間隔が四週間から五週間も空くことがあるらしい。とはいえ——と、校長はペン先を噛みながら考えた。どこかのお節介焼きが新聞を持ってミランダの家まで出かけていき、ひと足先に事件のことを知らせてしまう危険もある。意志の強い校長は、滅多なことでは感傷に流されない。だが、ミランダの両親に宛ててこんな手紙をしたためていると、感じたこともないほど激しく胸が痛んだ。封筒に糊を塗るあいだも、便箋をびっしり埋めつくす文章が、不吉な知らせの使者のようにみえて仕方がなかった。校長は肩をすくめてつぶやいた。「冷静になりなさい」そして、うしろの棚からコニャックを取りだし、二口ほど飲んだ。

マリオン・クイードの法定後見人はクイード家お抱えの弁護士で、授業料を支払うときをのぞけばめったに表に出てこない。校長にとっては都合のいいことに、弁護士はいま、ニュージーランドの人里離れた湖で釣りを楽しんでいるらしい。校長は、マリオンが自分の後見人のことを「おじいちゃん」と呼んでいるのを聞いたことがあった。願わくば、〝おじいちゃん〟らしく静かにして、捜査に進展がみられるまで、あまり騒ぎたてずにいてほしい。校長はそう考えながら、手紙に署名をして封筒を閉じた。一番最後に手紙を書る。この老人が事件のことを知っているのは、グレタ・マクロウの八十代の父親だ。現在は、スコットランドのヘブリディーズ諸島で、犬と聖書だけを友として、ひとりで暮らしている。この老人が事件のことを知って騒ぐとは考えられない。校長からの手紙を読むかどうかも定かではない。なんといっても、娘が十八歳のときにオーストラリアへやってきてから、ただの一度も手紙をよこしたことがないのだ。こうして書きあがった四通の手紙は、切手を貼られ、玄関のテーブルの上に置かれた。あとはトムが、今夜の列車で郵便局へ届けてくれるだろう。

6

二月十九日の木曜日の午後。マイケル・フィッツヒューバートとアルバート・クランドールは、並んで椅子に座り、瓶入りのバララット・ビター（オーストラリアのバララットで作られるビール）を飲みながら、穏やかな静けさに浸っていた。ふたりのいる素朴な造りの小さなボートハウスは、レイクビュー館の敷地内にある、どこか作り物めいた湖のほとりに建っていた。アルバートは一時間の休憩中で、マイケルは、叔母が毎年催す恒例のガーデンパーティから、少しのあいだ逃げてきたところだ。湖は深くよどみ、けだるい夏の暑気のなかにあっても氷のように冷たかった。いっぽうの端には睡蓮《すいれん》が茂っている。クリーム色の杯のような睡蓮の花は、午後遅い太陽の光をいっぱいに浴びていた。睡蓮のあいだに一羽の白鳥がいた。珊《さん》瑚《ご》色の脚一本で立ち、身動きするたびに、湖面に波紋を広げている。反対側の湖畔では、木生《もくせい》のシダと青い紫陽花《あじさい》の茂る自然林が、手前にあるベランダつきの低い家の上にせり出していた。レイクビュー館の芝生にはパーティの客たちがいて、楡《にれ》やオークの木陰に集まっている。大きなテーブルのうしろにはメイドがふたり控え、客たちにクリームを添えた苺《いちご》を出していた。じつに洒落《しやれ》たパーティだった。招待客のなかには、近隣にある政府の別荘から訪ねてきた総督の顔もあった。総督は夏の休暇をいつもこの別荘で過ごすのだ。パーティのために雇われた召使いがひとりと、メルボルンから呼んだ三人の音楽家、そしてたっぷりのシャンパンが客をもてなしていた。アルバートも、窮屈《きゆうくつ》な黒いお仕着せ姿のシャンパン係にさせられそうになったが、自分は馬の世話をするために雇われているのだといってきっぱり断った。「大佐にいってやったよ。『失礼ながら、おれは御者なんです。ウエイター役なんかまっぴらです』ってな」

マイケルは楽しそうに笑った。「どっちかというと船乗りみたいだ。両腕に人魚の刺青《いれずみ》がびっしりじゃないか」

「シドニーで本物の船乗りにやってもらった。胸にも入れたかったんだけど、金を使いはたしちまってた。残念だよ。まあ、まだ十五歳だったからな」

マイケルは、憧れの気持ちでいっぱいになった。この世界には最後の一シリングまで惜しげもなく使って、一生消えない絵柄を体に刻みこんでしまうような少年がいるのだ。敬意をこめて、友人の顔をみつめる。十五歳の頃の自分はといえば、ずいぶんケチくさかった。一週間の小遣いとして一シリングもらい、日曜日のミサの前には、献金皿に入れるためにもう一シリングもらう。手にするお金はそれだけだ。ピクニックへ出かけた土曜の午後から、ふたりの青年のあいだには、心地のいい穏やかな友情が育まれつつあった。出で立ちからしてちぐはぐな組み合わせだ。アルバートは動きやすさを重視してシャツの袖をまくり、厚手の綿のズボンをはいている。マイケルは、ガーデンパーティ用に正装して動きにくそうだ。ボタンホールにはカーネーションを一輪挿している。「マイクはいいやつなんだ」アルバートは、厨房《ちゅうぼう》へ顔を出したとき、友人のコックの女にいった。「おれたち、気が合うんだよ」〝気が合う〟という表現は濫用される向きがあるが、マイケルとアルバートには、まさにその表現がぴったり当てはまった。ちょっとした相違は、確かにある。たとえば、アルバートがマイケルの灰色のシルクハットを拝借してくしゃくしゃ頭に載せてみると、ミュージックホールの歌手のようにみえてしまう。反対にマイケルが、つば広の脂じみた日よけ帽子をアルバートに借りてかぶってみると、〈ザ・マグネット〉や〈ボーイズ・オウン・ペーパー〉（どちらも十九世紀から二十世紀初頭にかけてイギリスで刊行されていた児童向けの雑誌）から抜けでてきたようにみえてしまう。だが、それがいったいなんだというのか。生まれた場所がたまたま貴族の家庭ではなかったというだけで、片方はろくに読み書きができない。だが片方は、二十歳になったいまでも人見知りが直らない――私立学校でどんな教育を受けようと、大人になったときの振る舞い方までは矯正できない。マイケルとアルバートは、ふたりで一緒にいるときだけは、自分の短所を気にせずにすんだ。

お互いにわかりあえている相手となら、ただ心地のいい時間を楽しめばいい。無理に話をする必要はない。話をするとすれば、話題はだいたい地元のことだった。雌馬がうしろ脚をけがして、アルバートがストックホルム・タール（松ヤニのこと。当時は獣医師が殺菌剤として用いた）を塗ってやったという話。あるいは、大佐が薔薇《ばら》園にご執心で、やたらと世話に時間をかけているという話。薔薇園の草取りには、一エーカー分のジャガイモ畑を除草するよりも時間がかかること。マイケルもアルバートも、薔薇のなにがいいのかさっぱり理解できなかった。ふたりとも、扱いの難しい、政治的信条のようなものは一切持ち合わせていなかった。政治であれなんであれ、こだわりというものとは無縁だった。支持している政党や宗派を紙に書いて渡されれば、ああ、これは確か自分の主義だと気づくだろう。だが、彼らの信条とは、その程度のものだった。こうなると、友情はぐっとシンプルになる。ちょっとした相違点のせいで関係がぎくしゃくしてしまうこともない。たとえば、マイケルの父親はイギリスの貴族院議員の保守派だったが、アルバートの父親は――最後に聞いた話が確かなら――国中をふらふら渡り歩きながら仕事を次々に変え、いつも雇い主とケンカばかりしているような男だった。アルバートにしてみれば、年下のマイケルは理想的な友人だった。厩舎《きゅうしゃ》の庭で、逆さにしたまぐさの箱に腰かけ、自分が話して聞かせる土地の話や言い伝えに、何時間でも飽かず聞き惚れる。アルバートは時々、身の毛がよだつような奇妙な話をしてみせたが、それは事実であるときも、そうでないときもあった。だが、そんなちがいは些細《ささい》なものだ。マイケルにしてみれば、あちこちを放浪してきたアルバートの話は、おもしろいだけでなくためになった。人生の教訓であると同時に、オーストラリアという国で生きていくための教訓でもあった。屋敷の厨房では、大英帝国でも指折りの裕福な旧家に生まれたマイケル・フィッツヒューバート卿は、たいてい「あのイギリスのぼうや」と呼ばれていた。信じがたいほど世間知らずなマイケルに、彼らが思いやりをこめてつけた愛称だ。「ほんとにねえ」と、コックの女はしみじみいった。彼女の給金は、一週間にせいぜい二十五シリングがいいところだ。「荷車いっぱいの金塊をつまれたって、あたしはイギリスのぼうやにはなりたくないね」いっぽうマイケルは、居間で団欒をしているとき、叔父と叔母に友人のことをこんなふうに話した。「アルバートは、明るくてほんとうにいいやつです。それに、とても賢い。ありとあらゆることを知ってるんです」

「ああ、そうだろうな」大佐はうなずき、片目をつぶってみせた。「野生児のようなやつだが利口だし、馬の世話をさせればあいつの右に出る者はいない」となりにいる叔母は、厩《うまや》にでもいるかのように、鼻にしわを寄せた。「あのクランドールに、ためになる話ができるとは思えませんけどね」

この日の午後、涼しいボートハウスでふたりの交わした会話は、ためになるかどうかはさておき、貴重なものになった。冷たいビールや眼前に広がる湖、ゆっくりと伸びていく影が織りなす静寂のおかげでもあったかもしれない。薔薇園で演奏されているらしい『美しき青きドナウ』が、湖の上を漂い聞こえてくる。パーティの客はだんだん退屈しはじめ、ざわめきが小さくなりつつあった。これまでやたらと称賛されてきた薔薇園も、話の種としては物足りなくなっていた。大佐はスコッチのソーダ割りを手に、二、三人の友人たちと共にアメリカ楡の木陰へ引っこんでいる。そのあいだフィッツヒューバート夫人は、レモネードだけでパーティを盛り上げようと苦心していた。

「参ったな、もう五時か」マイケルは、テーブルの下で組んでいた脚をほどいて、重い腰を上げた。「叔母さんに約束したから、ミス・スタックを薔薇園に案内しなきゃいけない」

「スタック？　瓶みたいにきれいな脚の子か？」

マイケルには答えられなかった。顔も知らないミス・スタックの脚のことなど、いまはどうでもよかった。

「昼過ぎに総督の二輪馬車できてた子だよな。たまたまみかけたんだ。ああ、それで思いだした。その御者に聞いたんだが、今日もまた、おまわりたちがブラッドハウンドを連れて、ハンギングロックの捜索に出てるらしい」

「なんだって？」マイケルは声をあげて座りなおした。「なんのために？　なにかみつかったのか？」

「そう騒ぐなって。おれにいえるのはこれだけだね。警察本部の連中がアボリジニの案内人やら犬やらを駆りだして、結局それが全部無駄になったって、おれたちがぎゃあぎゃあ騒ぐことじゃない。このビール、飲んじまうぞ。行方不明になったやつらなら、これまでだって大勢いる。おれの考えじゃ、今回の事件だって同じように終わるさ」

マイケルは、輝く湖に目を向けたまま、ゆっくりと言葉をつむぎはじめた。「ぼくの考えじゃ、事件はまだ終わっていないよ。いまだって、夜中に汗をびっしょりかいて飛びおきるんだ。あの子たちはまだ、あの不気味な岩山のどこかで生きていて、喉の渇きに苦しんでいるのかもしれない。いま、この瞬間にも……ぼくたちがここで、冷えたビールをのんびり飲んでいるあいだにも」マイケルの声は低く、熱を帯びていた。いつもはイギリスの上流階級らしく、単語を短く切って弾むように話す。このときのマイケルの声を聞いても、妹たちは兄だと気づかなかっただろう。家にいるときのマイケルは、年老いたコッカースパニエルよりも威厳がないのだ。

「こういうところが、おれとおまえのちがいだな」アルバートがいった。「悪いことはいわないから、事件のことはさっさと忘れるのが一番だぞ」

「無理だ。忘れられない」

そのとき、睡蓮のあいだを静かに泳いでいた白鳥が、珊瑚色の脚を片方ずつ伸ばして立ちあがった。翼を大きく羽ばたかせてふわりと浮きあがり、湖のむこう岸へ飛んでいく。青年たちが黙って眺めていると、白鳥は葦《あし》の茂みのむこうへ姿を消した。

「白鳥ってのは、ほんとにきれいだよな」アルバートがため息混じりにいった。「うん、きれいだ」マイケルは答えながら、気の重い用事を思いだしていた。薔薇園で自分を待っているという、知らない女の子に会いにいかなくてはならない。うんざりしながら、細い縦縞模様のズボンに包まれた脚で立ちあがり、鼻をかみ、煙草に火をつける。ボートハウスの出口までくると、足を止めてアルバートを振りかえった。

「お、聞こえるか?」アルバートがいった。「音楽のことは知らないけど、これ、『ゴッド・セイブ・ザ・クイーン』だよな? 総督のお帰りだ」

「総督なんかどうでもいいよ。それより、きみに話したいことがある。だけど、どう伝えればいいのかわからない」アルバートは、マイケルの珍しく深刻な表情をみて意外に感じた。「実は……前から計画を立てていた――」

「急ぎじゃないだろ?」アルバートは、自分も煙草に火をつけながらいった。「さっさといけよ。薔薇園にいかないと、叔母さんにどやされるぞ」

「叔母さんなんか知らないよ。それに、急ぎの話だ。先延ばしにできない。昨日、馬でいける道があるって教えてくれたよね」アルバートがうなずく。「マセドン山を越えてハンギングロックにいく道だな」

「こんな計画、無茶だと思われるかもしれない。たぶん、無茶なんだと思う。だけどぼくは、ハンギングロックを、自分なりのやり方で捜索してみようと決めたんだ。警察にも、ブラッドハウンドにも頼らずに。ぼくときみだけで。一緒にきて、山歩きのコツを教えてくれないかな。馬はアラビア馬とランサーを使えばいい。朝早く出発して夕食までにもどれば、叔母さんたちから質問ぜめにされずにすむ。そう——これが、ぼくがずっと考えていた計画なんだ。どう思う？」

「正気じゃないね。いいから、さっさとミス・シャンパンボトルに薔薇園を案内してこいよ。またあとで、どんなだったか聞かせてくれ」

「きみがどう思うかなんて、聞かなくたってわかってたよ」マイケルの怒気を含んだ声に、アルバートはたじろいだ。

「おい、そう怒るなよ。おれはただ——」

「どうせこう思ってるんだろ。イギリス貴族はブッシュのことなんかひとつもわかっちゃいないって。ぼくだって自分の無知は重々承知だよ。だけど、いまはそんなことをいってられない。それに、ほんとは計画らしい計画もない。あるのは計画じゃなくて直感だけなんだ」アルバートは眉を吊りあげたが、黙っておいた。「生まれてからずっと、ぼくは、まわりの人間たちが正しいと思うことばかりやってきた。今回は、自分が正しいと思うことをやる――きみやほかの人たちに、気が触れてると思われたってかまわない」

「まあ落ち着けって」アルバートはいった。「直感も大いに結構だと思うよ。けど、ハンギングロックはもう隅から隅まで捜索されたんだぞ。いまさらおまえになにができる？」

「じゃあ、ぼくひとりでいく」

「だれがひとりでいけっていった？　おれたちは友だちだろ？」

「じゃあ、一緒にきてくれるのかい？」

「あたりまえだろ。まったく、それくらいわかるだろ。持ち物は少しでいいと思う。おれたちの食料と、馬二頭分のまぐさだけ。いつ出発する？」

「きみに用事がないなら、明日」

明日は金曜日で、アルバートは非番だった。休日にはウッドエンドの闘鶏場《とうけい》に出かけるのが長年の習慣になっていたが、アルバートは迷うことなく答えた。「ああ、大丈夫だ。何時に出発しようか」

そのとき、紫陽花の茂みのむこうにフィッツヒューバート夫人が現れ、レースの日傘を振った。青年たちは急いで、明朝の五時半に厩舎で落ちあう約束をした。

パーティがお開きになると、ようやくレイクビュー館の芝生は静かになった。天幕が片づけられ、ガーデンテーブルは来年に備えて倉庫にしまわれた。高い木々の上では、ムクドリたちが眠たげな声で噂話をしている。フィッツヒューバート夫人の応接室では、ピンク色の絹のシェードのランプが灯され、部屋のなかを薔薇色の光で満たした。

その頃ハンギングロックでは、紫がかったいくつもの影が、百万年前の夏の夕べと同じように、決して人が足を踏み入れることのない岩の上に長く伸びていた。捜索隊の警察官たちは、青いサージの制服に包まれた背を疲労で丸め、壮麗《そうれい》な岩山をあとにしつつあった。金色に輝いていた岩々は、緑がかった紺色の空の下で、次第に黒くなっていった。警察官たちは、停めてあった馬車に乗りこむと、居心地のいいウッドエンドホテルを目指してまっすぐに帰っていった。バンファー巡査はというと、ハンギングロックも、そこに秘められた謎も、いい加減うんざりだという気分になりはじめていた。いまはただ、ビールとうまいステーキだけが楽しみだった。

この日は、申し分のない晴天にも、捜索者たちの申し分のない団結力にも恵まれていたが、それでも、収穫と呼べるものはひとつもなかった。イーディス・ホートンがずいぶん遅れた証言——証言と呼べるかどうかはさておき——をした直後、捜索隊はただちに増員された。連れてこられた数頭のブラッドハウンドは、ミス・マクロウの更紗《さらさ》の下着のにおいを覚えていた。イーディスの話をでまかせではないかと疑う理由はない。少女は確かにあの日、数学教師とすれちがったのだろう。そして、あの話が本当なら、ミス・マクロウは、白い更紗の下着一枚でハンギングロックを登っていたのだろう。しかし、イーディスの記憶は曖昧《あいまい》だったうえに、ミス・マクロウとは言葉ひとつ交わしていない。少女のした話を証言ととっていいのかは、依然としてわからなかった。ミス・マクロウのほうは、恐慌をきたしたイーディスに少しでも気づいていたのだろうか。こちらも不明なままだった。

ハンギングロックの西のふもとの雑木林には、灌木《かんぼく》とシダの茂みが荒らされたような形跡があった。このことは、日曜の朝に調査がおこなわれたときと同様、すぐに記録された。おそらくその場所から、ランチのあとピクニック場をさまよい出たミス・マクロウは、林のなかへ分け入ったのだろう。しかし、人が歩いたような痕跡はごくわずかしか残っていなかった。ひとつ、奇妙な偶然の一致があった。マクロウのものと思しき足跡は西のふもとの雑木林の中で途絶えていたが、東側から岩山を登りはじめたと思われる少女たちの足跡もまた、ふもとの雑木林の中でふつりと途絶えていたのだ。ブラッドハウンドは一日中、土埃をかぶった雑木林や日に焼けた岩場や砂利のにおいをかぎ、においの主を捜しつづけた。警察犬による探索は、週のはじめに少女たちの行方を捜したときも不首尾に終わったが、今回もブラッドハウンドたちは大いに難儀した。というのも、捜索を手伝った善意の市民たちが、繊細かつ重要な手がかりをすっかり消し去ってしまっていたからだ。もしかすると、なんの変哲もないざらついた巨石には、ミス・マクロウが手をついた跡があったのかもしれないし、厚いコケには踏まれた跡があったのかもしれない。ブラッドハウンドの一頭はそれでも、木曜の午後、捜索隊にむなしい期待を抱かせるくらいのことはした。ほぼ完璧な円形をした平らな岩場の上に着いたとたん、頑として動かなくなり、十分近くも毛を逆立ててうなりつづけたのだ。岩場は、ハンギングロックの頂上にかなり近いところにあった。ルーペで岩場の隅々が調べられたが、みつかったものはことごとく、この数百年か数千年のあいだに自然が残した爪痕だけだった。バンファー巡査は、馬車の弱々しい明かりを頼りに手帳をめくりながら、祈るような思いでとぼしい調査結果に目を通した。どうかお願いだ――数学教師が身につけていたという暗赤色のコートが、切れ端でもいいから、木のうろや浮岩《ふがん》の下にはさまっていないか――。「参ったな。先生は脱いだコートをどこへやっちまったんだ？　何百人って人間が、日曜日からずっと捜しつづけてるってのに。犬まで駆りだしたんだぞ」

その頃、フィッツヒューバート大佐と甥のマイケルは、マセドン避暑地の住民が夕食の話題にしただろうことを、やはり同じように話しあっていた。ただし、主たる議題は、ブラッドハウンドをふたたび使うべきだったかどうか。フィッツヒューバート夫人は、パーティ客をもてなすという過酷な任務に疲れはて、早めに休んでいた。大佐は、ブラッドハウンドがまるっきり役に立たなかったことに、深く心を痛めていた。捜索犬の能力を信頼しきっていたので、手がかりがみつからなかったと聞くと、まるで自分に責任があるかのように落胆した。「誓ってもいいが」大佐は夕食の席で甥にいった。「今回の事件はもう、ブラッドハウンドや警察の手には負えないのかもしれんな。気の毒なお嬢さんたちがいなくなってから、今度の土曜日で丸一週間だ。ほら、ポートワインを一杯どうだ？　罪もない少女たちが崖の下で息絶えているのかと思うと……」叔父があまりにつらそうな顔をするので、マイケルは、明日ハンギングロックへ捜しにいくことを打ち明けようかと迷った。だが、叔母が知れば猛反対するのはまちがいない。マイケルはしばらく無言でクルミを弄んだあと、明日は夜までアラビア馬を借りてもいいですか、とたずねた。「明日はアルバートが休みでしょう。遠乗りに連れていってくれるといっているんです」

「もちろんいいとも。どこへいくつもりだね」

マイケルは、些細な嘘にさえ罪悪感を覚える性分だったので、とたんに小さな声になって、マセドン山のキャメル・ハンプとかいう岩山だったと思います、と答えた。「それはいい！　このへんはアルバートの庭みたいなもんだ。きっと、ギャロップにちょうどいいなだらかな道を教えてくれる。明日の午後に薔薇展の会合さえ入っていなければ、わたしも一緒にいったんだがなあ」(マイケルは、薔薇展に心から感謝した。)「夕食までにはもどるんだぞ」大佐が念を押した。「わかっているだろうが、おまえが遅れると叔母さんが気を揉む」マイケルは叔母の性格をよく知っていたので、遅くとも七時までには帰ります、と約束した。

「それで思いだしたが、土曜日は総督の別荘で昼食とテニスに招待されている。忘れるんじゃないぞ」

「昼食とテニス」マイケルは上の空で繰り返しながら、馬でピクニック場の池までいくには何時間くらいかかるのだろう、と考えていた。

「桃でも食べるか? このまずそうなゼリーは? 今夜の夕食は散々だな」

月明かりに輝くハンギングロックを夢想していたマイケルは、叔父の言葉で現実に引きもどされ、ランプに照らされた食卓を眺めわたした。「毎年この時期はこうなんだ。あれがガーデンパーティを開くたびに、夕食はかならずこのありさまだよ。まずい残り物ばかり。コールドターキーの切れ端にゼリーじゃ、まともな夕食とは呼べんよ。食事というよりおやつだな。昔はよくボンバラへキャンプをしにいったもんだが、そのときだってわたしは、ちゃんと使用人を手配して、まともな夕食を――」

「すみません、叔父さん」マイケルが席を立った。「コーヒーは遠慮して、今日はもうそろそろ休みます。明日は朝早くに出発するんです」

「いいとも――楽しむんだぞ。コックに頼んで、朝食の時間を早めてもらうといい。ギャロップの前に食べるベーコンエッグは最高だからな。おやすみ」

「おやすみなさい、叔父さん」

ベーコンエッグにポリッジ――。アルバートがいっていた。ハンギングロックでは真水を飲むことも叶わないという。

7

その夜、マセドン避暑地ではひと晩中風が吹きあれたが、やがて風はやみ、穏やかな夜明けが訪れた。避暑地の住人は真鍮《しんちゆう》製の寝台で絹のシーツにくるまって、ぐっすり眠っていた。シダに囲まれた小川は快い音を立てて流れ、あたりには遅咲きのペチュニアの香りが立ちこめている。屋敷の湖で睡蓮《すいれん》の花が開きかける頃、マイケルはフランス窓から外へ出て、クリケット場の芝生を歩いていった。朝露にしっとりぬれた芝地の上では、叔母の飼っているクジャクが朝食をついばんでいる。土曜日の事件があって以来、マイケルは初めて、楽しいといってもいい気分になった。手入れの行き届いた優美な場所にいると、ハンギングロックも、そこで起こった不吉な事件も、悪い夢のなかの出来事だったかのように現実味を失ってくる。栗林では早起きの小鳥たちがさえずり、鳥小屋からは雌鶏の鳴き声が聞こえてくる。子犬が一匹、仲間にじゃれつくような声で吠え、みんなに新しい一日の訪れを知らせようとしていた。厨房《ちゆうぼう》の煙突からは細い煙がたなびいている。召使いたちが火をおこしているのだ。

マイケルはふと、朝食をとらずにきたことを思いだした。アルバートが昼食を用意してくれていることを願うしかない。厩《うまや》に着いてみると、アルバートが白いアラビア馬に腹帯を締めているところだった。「おはよう」マイケルは、歯切れのいいイギリス英語で挨拶した。上流階級のイギリス人は、そこがボンド通りだろうとナイル川の岸辺だろうと、九時前にだれかに会えば、かならず〝おはよう〟というのだ。アルバートも、オーストラリアの御者らしい挨拶を返した。「よお、きたか！　紅茶の一杯くらい飲んできただろうな？」

「飲んでないけど、かまわないよ」マイケルはいった。紅茶の淹れ方はよく知らない。ケンブリッジ大学の自分の部屋で、アルコールランプと銀の茶こしで適当に淹れるくらいだ。「水筒にブランデーを詰めてきたし、マッチもある。こうみえてぼくも、ブッシュのやり方が少しずつわかってきた。ほかにはなにを持っていく？」

アルバートは、父親のような笑みを浮かべてマイケルをみた。「野外用の鍋に、ふたり分の食料を放りこんで持ってきた。あとはコップがふたつと、折り畳みナイフ。それから、清潔な布とヨードチンキもある。いったんハンギングロックへ踏みこめば、なにがあるかわからないからな……おい、そんなにしょげた顔するなよ。おまえがいいだしたことなんだぞ。あとは、まぐさをふた袋だ。ひと袋は、そっちの馬の鞍にくくりつけてくれ。こらランサー、落ち着け。こいつ、起きぬけはちょっと元気がよすぎるんだ。そうだろランサー。さて、そろそろ出発するか」

濃い茶色の急な坂へ出てみると、レイクビュー館のほかにも、すでに一日をはじめている家が何軒かあった。煙突から煙がたなびいているところをみるに、住人たちが湯を沸かし、朝のお茶の支度をはじめているらしい。フィッツヒューバート夫妻やその友人たちは、この高級避暑地で、管理の行き届いた排他的なコミュニティを築いて過ごしていた。コミュニティのメンバーは、コリンズ通りに住む医者が数人、最高裁判所判事がふたり、英国国教会の主教がひとり、弁護士が大勢、そしてテニスが趣味の息子や娘たち。一流の食事、一流の馬、一流のワインを楽しむ暮らしだ。裕福で感じがよく、想像しうる最大の悲劇は、ノアの大洪水を別にすればボーア戦争といった人々だ。間近に迫ったヴィクトリア女王即位五十周年の祝典は、彼らにしてみれば世界を揺るがすほどの一大事だった。当日は庭園へ集まり、シャンパンと花火で盛大に祝うつもりでいた。

マイケルとアルバートは馬に乗って、通りを走りつづけた。あるところでは、ひとりの使用人が井戸水で体を洗っている。井戸のうしろには、洒落《しゃれ》た造りの厩が建っている。マイケルは厩を〝芸術的〟と評し、アルバートは〝金のかかったゴミ〟と評した。無精髭を生やした牛乳配達人が、荷車をゆっくり走らせている。(「あいつはついてないんだ」と、アルバートがいった。「先週、ミルクを水で薄めたのがばれて、ウッドエンドの役所で罰金を払わされた」)。メイドがひとり、格子に囲われたテラスの階段を箒《ほうき》で掃いている。ある屋敷の砂利を敷いた私道は、二メートルほども育ったヒエンソウに両脇を囲まれている。つる薔薇《ばら》の茂みのうしろでは、鎖でつながれた犬が吠えている。

美しい通りは、朝露のおりた庭のあいだでゆったりと弧を描き、そこにマセドン山の木々が影を落としていた。ここマセドン避暑地には、原生林のあいだに整備されたテニスコートがあり、果樹園があり、キイチゴの林がある。マイケルは祖国にいたとき、こんなふうに鬱蒼《うつそう》と茂った林をみたことがなかった。オーストラリアの自然には、胸を衝かれるような素朴さがある——突きぬけた明るさがあって、草木や花が喜びに打ち震えているようにみえる。その素晴らしさは、柳や楓《かえで》やオークや楡《にれ》に囲まれて建つ、赤い屋根の家屋の不格好さを補って余りあった。肥沃な火山性の土は、山からの豊かな清水で十分に灌漑《かんがい》されている。そこでは薔薇が咲きほこり、夏の間中ずっと、熱帯地方の花のように鮮やかな美しさを振りまいた。あちこちで景観に花を添える工夫までされている——シダの茂る人工の岩屋、可愛らしい橋の架かった金魚の泳ぐ池、小さな滝の上に建つあずまや。マイケルは、独特な魅力のあるこの土地にすっかり魅了されていた。シュロの木とヒエンソウとキイチゴが隣り合って生えているような土地には、めったにお目にかかれない。叔父は夏の終わりにメルボルンへ帰るのを渋っているが、その気持ちもよくわかるような気がした。

「マセドン避暑地には金持ちしかいないんだ」アルバートがいった。「レイクビュー館が人をどれだけ雇ってるか知ってるか？　馬の世話はおれだろ。庭の手入れは住み込みのカトラー夫妻だろ。コックがひとりと、家事を切り盛りするメイドが何人か。あとはもちろん薔薇園にも、大食らいの五頭の馬にも金がかかる」マイケルは、叔父と叔母の台所事情に首を突っこむつもりは毛頭なかった。なによりいまは、常緑樹の生垣や、そのむこうの花壇で咲きほこる紫や黄色のパンジーに目を奪われていた。道路のこちらにまで漂ってくるパンジーの香りは、明け方の豊かな色彩や光と完璧に調和している。

「あの花、なんて名前だったっけ？」アルバートが首をひねった。「いいにおいだよな。そうそう、パンジーだ。妹が好きな花だった」

「そうなんだ。妹さん、自分の花壇を持てているといいね」

「たぶんだが、何年か前に、物好きなじいさんがあいつを気に入って後見人になったらしい。知ってるのはそれだけ。まあ実をいうと、一回だけあいつをみかけたことがある。いいやつなんだが、ちょっとおれに似て頑固なんだ。納得いかないことは、相手がだれだろうと絶対に聞き入れない」

話しながらアルバートは、ランサーの手綱を操って細い小道へ入っていった。片側には森が広がり、もう片側には苔むした果樹園がある。ランサーとアラビア馬は、長い草のなかにいたカモの群れに気づくと一瞬ひるんだ様子をみせた。牧歌的な避暑地の景観や音が遠のいていく。ふたりは、木々が落とす薄暗い影のなかを進んでいった。「この道をいくと八キロは短縮できる。道は悪いが、マセドン山を越えてむこうの平原に出られるからな」そこからしばらく、ふたりは無言で馬を走らせた。細い道は、倒木や浅い小川のあいだを、曲がりくねりながら続いていた。時折みえる鳥やウサギをのぞけば、道中出くわした生き物は、たった一匹だけだった。小さなワラビーがタマシダの茂みから勢いよく飛びだしてきて、ランサーの足元に着地したのだ。驚いた大きな黒い馬は棹立ちになり、鞍に結びつけられていたブリキのコップが、シンバルのようにやかましい音を立てた。危うくランサーは、すぐうしろにいたアラビア馬に衝突するところだった。アルバートは、にやっと笑って肩ごしに振りかえった。「こいつら、ワラビーみたいにちっこい生き物が大の苦手なんだ。大丈夫か？　落っこちるんじゃないかと思ったぞ」

「初めて本物のワラビーをみられたんだから、落馬の価値はある」

「マイク、ひとついっとくよ。おまえは時々まぬけなこともやらかすが、馬の扱いはなかなかうまい」ひねくれた言い方だったが、マイケルは褒められてまんざらでもなかった。

森を抜けて木々のまばらなマセドン山の頂上へ出る頃には、気温もかなり上がり、空には熱気でもやがかかっていた。ふたりは木陰に馬を寄せ、そこから眼下の平原をみわたした。平原の先に、ハンギングロックがある。淡い黄緑の草の海を、孤独にたゆたっているかのようだ。日の光を浴びてぎらつくのこぎり歯のような稜線は、マイケルの悪夢に何度も現れるじめついた洞窟よりも、はるかに不吉にみえた。「マイク、顔色が悪いぞ。すきっ腹で遠乗りするなんて無茶なんだ。もう少しだけいこう。小川に着いたらすぐメシだ」

先週の土曜日から、多くのことが変わったはずだった。ところが、あの日昼食をとり、アルバートがグラスを洗った池にきてみると、すべてが、あの日と寸分変わらない様子で同じ場所に収まっていた。黒ずんだ丸い焚き火の跡には灰が残っている。小川もまた、なめらかな石の上で、あの日と同じようにこぽこぽ音を立てて流れている。マイケルとアルバートは、あの日と同じ木に馬をつなぐと、まぐさを与えた。あの日と同じあたたかな木漏れ日が、草に敷いた新聞紙の上のランチを照らした。コールドミート、パン、ケチャップひと瓶、焚き火で沸かした湯で淹れた、ミルクなしの甘い紅茶。「マイク、食えよ。腹が減ってんだろ」

ハンギングロックがみえた瞬間から、マイケルは食欲を完全になくしていた。精神的な飢餓感だけは強烈に覚えていたが、それをコールドミートで満たせるとは思えない。ぬるい風の吹く日陰に座りこむと、舌を焼きそうに熱い紅茶を何杯も飲んだ。アルバートは昼食を腹いっぱい食べると、ブーツのつま先で焚き火を踏み消し、草の上にごろりと横になった。十分経っても起きなかったらケツを蹴って起こしてくれ、とマイケルに頼み、そういった数秒後には盛大にいびきをかきはじめた。マイケルは、小川のほとりへ歩いていき、しばらくそこに佇んでいた。土曜日の午後、四人の少女たちはまさにここから、それぞれのやり方でむこう岸へと渡っていった。黒髪の少女は、水面をみつめて少しためらったあと、巻き毛を揺らして笑い声をあげながら、地面を蹴ってむこう岸へ跳んだ。中くらいの背丈の痩せた少女は、ためらう素振りもみせずにむこうへ渡り、一度もこちらを振りかえらなかった。背の低い小太りの少女は、首尾よくむこうへ渡ったはいいものの、よろめいて転びそうになっていた。そして、ミランダ。すらりと背の高いあの金髪の少女は、さながら水面を滑っていく白鳥のようだった。三人の少女たちが賑やかに話しながらハンギングロックへ向かううしろで、ミランダは束の間足を止め、頬に落ちたまっすぐな金色の髪を耳にかけた。その瞬間初めて、マイケルは、真剣な表情の美しい顔を目にしたのだ。あの子たちは、どこへいったのだろう。運命がすでに定まっていたあのとき、少女たちは笑いさざめきながら、どんな秘密をささやきあっていたのだろう。

アルバートは、これまでのそう長くない人生のなかで、ありとあらゆる場所を寝床にしてきた。いずれも、マイケルなら片目も閉じられないような場所だ。いかがわしい橋の下、丸太のうろ、空き家。さらには、虫がうようよしている狭苦しい留置所。どんなところでも、まるで犬のように、深く短い眠りに落ちることができる。このときも、昼寝から目を覚ますとすっかり元気を取りもどしていた。くしゃくしゃの頭で立ちあがり、マイケルに声をかける。「なにかみつかったか?」ちびた鉛筆を取りだしながら続けた。「おれがちょっとした捜索プランを立てるけど、かまわないか? それとも、どこか目星をつけてるか?」

確かに、どこから捜せばいいのだろう。マイケルは、子ども時代に起きたある出来事のことを考えていた。整備された森のなかで、妹たちとかくれんぼうをしていたときのことだ。ツツジだったか洞のあるオークの木だったか、なにかの暗い陰にしゃがんで隠れていた。ところが、待てど暮らせど、だれもみつけにこない。不安に駆られたマイケルは、木陰から駆けだして妹たちを捜しにいった。あとになってわかったことだが、妹たちは、マイケルが死んだか行方不明になったかしたのだと思いこみ、わんわん泣きながら家にもどっていたのだった。理由は定かではなかったが、マイケルはいま、あのときの感情をありありと思いだしていた。もしかすると、このハンギングロック事件も、あれとよく似た幕切れを迎えるのではないか。こんな思いつきは、アルバートにさえ話すのがためらわれる。だが、あながち見当外れでもないのではないか——ブラッドハウンドやアボリジニの先導人にまで頼った警察の捜索は、事件の一端しか捉えていないばかりか、その限定的な捉え方さえも誤っているのではないか。この事件が解決するとしたら、警察が綿密に張り巡らせた捜査網とはまったく関係のない場所で、あっけなく解決するのではないか。

青年たちは二手に分かれ、アルバートが決めたそれぞれの担当範囲を捜すことになった。洞窟、張りだした岩の陰、倒木、いなくなった少女たちが身を隠していそうな場所には、特に目を光らせていなくてはならない。

南西のふもとの雑木林には一カ所、山の玄関のようにぽっかりと開いた場所がある。現場に居合わせた学院の関係者たちによると、イーディスは、二月十四日の日暮れ時に、そこからピクニック場へ飛びだしてきたという。なにかに追われているように無我夢中で走り、服も髪も乱れ、泣いたり笑ったりしていたらしい。そのあたりから捜索をはじめることになっていたアルバートは、さっそく出発した。口笛を吹きながら、ふもとの斜面を丹念に調べていく。かつて道があったとは信じられないほど、シダやブラックベリーの茂みが伸び放題に伸びていた。マイケルは、友人の褪《あ》せた青いシャツが木々のなかへ紛れていこうとしたとき、ぴたりと足を止めた。ふと振りかえったアルバートは、ひ弱な友人が怖気づいたのだろうかと首をかしげた。だとしても無理はない。そもそもが無茶な計画なのだ。

だがマイケルはただ、森で生きるものたちのざわめきに耳を澄ましていただけだった。ざわめきは、厚く生い茂ったあたたかな森の奥から、清水のように湧きあがってくる。真昼の静寂のなかでは、人間をのぞくあらゆる生き物の動きが緩慢になる。人間だけが、神に授かった静と動の調和を、とうの昔に捨て去ってしまった。

マイケルの手は茶色がかったなめらかなシュロの葉を握りつぶし、そのブーツは蟻《あり》やクモの作った精巧な巣を踏みつぶした。なにげなく手をついた木の皮の下からは、長い毛に覆われた毛虫の一群がうごめきながら這いだしてきて、容赦ない午後の日射しにその身をさらした。浮石《ふせき》の下でまどろんでいた一匹のトカゲは、地響きを立てながら迫ってくる人間に気づくと、大急ぎで安全な場所へ逃げていった。傾斜が急になるにつれ、下生えも厚くなっていく。温室育ちの青年は肩で息をし、ブロンドの髪と額を汗で光らせ、腰ほどの高さに茂ったシダをかき分けながら突きすすんでいった。一歩進むたび、土埃に覆われた茂みのなかには、大量の死と破壊がもたらされるのだった。

マイケルの五十メートルほどうしろには例の池があり、正面には、木々のまばらな急坂が続いている。そこはまさに、ミランダが少女たちの先頭に立ってシダをかき分け、ヤマボウシの枝を果敢に払いながら歩いていった場所だった。マイケルもまた、ミランダとまったく同じように歩いていた。ハンギングロックの切り立った断崖が近づいてくると、どっしりした岩棚やそそり立つ峰が、シダに覆われたふもとの景色とは別次元の恐ろしさをもって迫ってくる。前史時代からここにある岩場や巨礫《きょれき》は、どこまでも続いていた。それらの下では、朽ちかけた落ち葉や動物の死骸が、幾重にも層をなしている——骨、羽根、糞、蛇が脱ぎすてていった皮。角やトゲのように尖った岩もあれば、官能的な丸みを帯びた岩も、かさぶたに覆われているようにざらついた岩もある。百万年もの時の流れに洗われ、なめらかに輝く岩もあった。これらの岩のどれかに、ミランダは、美しいブロンドに覆われた頭をもたせかけ、束の間の休みをとったのだ。

マイケルは、自分がどこを目指しているのかもわからないまま、ただ闇雲に岩山を登りつづけた。ようやく足を止めたのは、背後から、かすかな、それでいてよく通るクーイー（もとはアボリジニが用いていた呼び声。高い声で「クーイー」と叫ぶ）が聞こえてきたときだった。完全に時間の感覚を失っていたマイケルは、肩ごしにうしろを振りかえり、わが目を疑った。いつのまにか、ピクニック場がはるか下に遠ざかっていたのだ。かろうじて木々のあいだから、夕陽を浴びてピンクと金色に染まった草地がみえる。また、クーイーが聞こえた。さっきよりも大きく、急かすような調子を帯びている。いまのいままで、正午にアルバートと交わした約束のことを忘れていた。四時前には池のところで合流しよう、と打ち合わせていたのだ。すでに時刻は五時半だ。ポケットからピグスキンの手帳を取りだし、何枚かページをやぶり取ると、それを低いアメリカシャクナゲの枝に刺し通した。夕暮れ時の穏やかな空気のなかで、紙は小さな白い旗のように揺れた。それからマイケルは、きた道をたどって小川へ引き返した。アルバートは紅茶を飲みながらマイケルを待っていた。めぼしい収穫はなにもなかったようだ。アルバートとしては、不審な点がないことが確認できたのだから、さっさと屋敷へもどって夕食にありつきたかった。「勘弁しろよ、おまえまで消えたかと思った。ぐずぐず残って、なにしてたんだ？」

「みてまわってただけだよ……手帳の紙を木に刺して、めじるしを残してきた。またもどれるように」

「ここがおれ様の陣地だ、ってか？　まあいいから茶でも飲めよ。飲んだら帰ろう。コックに、八時の夕食までにはおまえを連れて帰るって誓ったんだ」

マイケルは落ち着いた声でいった。「ぼくは帰らない。今夜は帰らない」

「帰らない？」

「聞こえてただろう？」

「ちょっと待てって！　気でもちがったのか？」

「叔父さんたちには、ぼくはウッドエンドかどこかに泊まってると伝えればいい。なんでもいいから適当な嘘をでっちあげて、あのふたりを黙らせてくれ」アルバートはあらためて友人に尊敬の念をいだいた。この坊ちゃんにこんな乱暴な物言いができるとは思いもしなかった。あかね色に輝く夕空をみあげて肩をすくめる。「もうすぐ暗くなる。ちっとは頭を使えよ。おまえがひとりでここに野宿したって、それがなんの役に立つ？」

「ぼくの勝手だ」

「なにを捜そうと勝手だが、暗闇のなかじゃみつかるものもみつからないぞ。それだけはまちがいない」これを聞いたマイケルは、たがが外れたように悪態をつきはじめた。アルバートを罵《ののし》り、警察官を罵り、他人のやることにいちいち首を突っこむ連中を罵り、オーストラリア生まれだからといってなんでもかんでも知ったかぶりをする連中を罵った。

「わかった、わかった」アルバートはそういうと、馬をつないでいるほうへ歩きはじめた。「食い物の残りは残してくよ。野外用の鍋も置いてく。そっちの袋には、まだまぐさが残ってる」

マイケルは、きまり悪そうにあやまった。「ひどいことをいったな。ごめんよ」

「気にするなって。思ってることは正直にいうのが一番だ。さてと、じゃあ、おれは帰るかな。明日は、かならず焚き火を消して帰ってこいよ。週末にハンギングロックくんだりまで出てきて消火活動をするのはごめんだからな」

ランサーは、主《あるじ》の合図を受けると、待ちかねていたように走りはじめた。アルバートは馬を並足で走らせ、平地を渡ってマセドン山へ向かった。土地の者らしい正確な知識に従って、ユーカリの木のあいだからわき道へ折れる。その姿は、みるみるうちに小さくなっていった。

なだらかな金色の平野に、森が投げかける影がゆっくりと伸びていく。夕闇はやがて、貧弱な木の柵も、草を食む羊の小さな群れも、動かぬ銀色の羽根を夕陽の残滓《ざんし》にきらめかせている風車も、包みこんでいった。ハンギングロックを輝かせていた太陽の光は、岩壁のあちこちにあるかび臭い洞穴に吸いこまれていった。洞窟の奥から滲み出てきた闇が、夕暮れの薄明かりと混ざりあっていく。こうして、夜がきた。アルバートのいっていたことは正しい。マイケルも、夜が明けるまで身動きがとれないことくらい百も承知だ。地の果てのようなこの場所では何時に太陽が昇るのだろう。マイケルは木の皮を集めてくると、消えかけていた焚き火にくべた。それから、頼りない炎にあたりながら、食べたくもないコールドマトンとパンを口に押しこんだ。食事のあいだも、闇夜に隠れたハンギングロックの気配を背中で感じていた。数メートルむこうで行き来している白い影は、小川で水を飲んでいるアラビア馬だ。シダの茂みに寝転がると思いのほか快適だったが、冷たい夜気に体が震えた。マイケルは上着を脱いで体にかけ、夜空を眺めた。戸外で眠ったことは一度しかない――フランスの紺碧海岸《コートダジュール》でのことだ。一緒に出かけたケンブリッジ大学の友人たちと、カンヌの丘陵地帯で道に迷った。夜空は星でいっぱいで、葡萄園と民家の明かりがみえた。女の子たちは地面に毛布を敷いて休んでいたし、ピクニックで残った果物やワインもあった。そんな野宿が人生最大の冒険だったとは、十八歳の自分は、なんと幼かったことか。

マイケルは浅い眠りに落ちると、半分覚醒したまま、夢のようなものをみた。耳に響くこの音は、浮岩《ふがん》を歩くアラビア馬の蹄《ひづめ》の音だろうか。それともハディンガム館の自室でメイドのアニーが鎧戸《よろいど》を開けている音だろうか。起きぬけのマイケルは眠い目をこすりながら、鎧戸を開けるのはもう少しあとにしてくれればいいのに、と思っている。だが、はっと目を開けてみると、そこは明るいイギリスの朝ではなく、闇の鎧戸を閉めきったオーストラリアの夜だった。手探りでマッチをつけると、小さな火を頼りに、そばに置いた懐中時計を確かめる。まだ十時だ。目はすっかり冴えているし、体中が痛かった。マイケルは、枯れ枝を焚き火に投げ入れると、火花を散らして燃えあがった炎が池の水面を輝かせるのを眺めた。

夜明けの光が射しはじめた頃には、マイケルはとうに起きだして、紅茶を淹れるための湯を沸かしていた。蟻が巣穴へ運ぼうとしていたパンを拾いあげ、乾燥したそれを紅茶で流しこむ。最後のまぐさをアラビア馬に与えると、出発の準備は整った。数日後、マイケルはバンファー巡査から矢継ぎ早な質問を受けることになるのだが、そのときになってようやく、自分が計画らしい計画をひとつも立てていなかったことに気づいた。小川を渡ると、あとはただまっすぐ、ハンギングロックに向かって歩きはじめた。このときのマイケルは、強い衝動に突き動かされていた。一刻も早くめじるしをつけた灌木《かんぼく》にもどり、捜索を再開したかった。

昨日と同じく気持ちのいい朝だった。あたたかく、風もない。眠れぬ夜を過ごしたあとでは、腰まで茂ったシダをかき分けながら、冷えきった体を思うさま動かすのが快い。ひねくれたアメリカシャクナゲは、めじるしのおかげですぐにみつかった。紙は朝露にぬれ、枝に貼りついている。オウムが一羽、前方の木立のあいだを飛んでいった。マグパイたちが、しゃがれた声をめいっぱい張り上げて朝の歌をうたっている。そそり立つハンギングロックの絶壁は、シダや草葉のレースに阻《はば》まれて、まだマイケルの視界には入っていなかった。底のみえない裂け目の手前でマイケルが注意深く足を止めたとき、数メートルむこうのシダの茂みから、一匹の小さなワラビーが飛びだしてきた。ワラビーがジグザグに飛びはねていくところをみるに、どうやら自然が作った道が延びているらしい。この世には人より獣のほうがよく知っていることがあるのだ――マイケルのコッカースパニエルも、一キロ先にいる猫や敵の存在を嗅ぎつける。ワラビーはなにをみつけたのだろう。なにを知っているのだろう。あの岩棚からマイケルをみおろしているのは、なにか伝えたいことがあるからではないだろうか。小動物の穏やかな目に、警戒の色は浮かんでいない。岩棚の上にあがるのはたやすかったが、ワラビーを追いかけるのは難しい。ワラビーは雑木林のなかを跳ねていくと、あっというまに姿を消した。マイケルの立っている岩棚は、溝のある円形の岩場に続いていた。岩場は、ごつごつした岩や丸い巨礫や固そうなシダの茂みに囲まれ、そこに、枝をいっぱいに広げたユーカリの木が木陰を作っていた。マイケルは、ここで少し、鉛のように重くなった脚を休めていくことにした。頭のほうは風船のようにふわふわとしていて、痛む肩の上にかろうじて繋ぎ止められているかのようだ。ベーコンエッグにコーヒーにポリッジといったイギリス風の贅沢《ぜいたく》な朝食に慣れた若者の腹が、からっぽにされた不満を声高に訴えている。だが、マイケル自身は空腹を感じていなかった――ただ、冷たい水を心ゆくまで飲みたいという渇望だけは、耐えがたいほど高まっていた。傾斜した岩場にはほとんど陰がない。岩のひとつに疲れた頭を置くと、マイケルはたちまち、浅く不快な眠りに吸いこまれていった――と思った瞬間、片目の上に針で突かれたような鋭い痛みを感じて目が覚めた。額から滴る血が枕ににじんでいく。燃えるように熱い頭をあずけた枕は、石でできているかのように硬い。首から下は、死体のように冷たい。マイケルは震えながら、毛布をつかもうと手を伸ばす。

一瞬マイケルは、窓の外に生えたオークの木の上で、鳥たちがさえずっているのだと思う。だが、目を開けると、そこにはオークではなくユーカリの木があった。先の尖った細長い銀色の葉は、熱を帯びた空気のなかでぴくりとも動かない。鳥のさえずりかと思った音はいま、四方八方から押しよせてきていた——意味を成さない低いささやき声のような音。彼方で人が話しているような音。そこに時折、かん高く震える音が混ざる。あれは、笑い声だろうか。だが、こんな海の底で、だれが声をあげて笑うというのだろう？　マイケルは粘つく深緑の水のなかを苦労して進みながら、鈴のような声の主を探しあてようとしていた。声は、ときにうしろから、ときに前から聞こえてくる。気ばかり急くが、非力な脚には緑色の水が容赦なく絡みついてくる。あと少しで笑い声の主にたどり着く。だが、笑い声はふつりとやんだ。水はますます体に絡みつき、黒ずんでいく。口からあぶくが立ちのぼりはじめたのに気づいた瞬間、息が苦しくなってきた。『溺れるというのはこういう感じなのか』次の瞬間、喉にたまった血でむせながら、マイケルは目を覚ました。額の傷から流れた血が頬を伝い、口のなかに流れこんでいる。

　意識を取りもどしたマイケルは、ふらつく足で立ちあがった。すぐむこうから、彼女の笑い声が聞こえてくる。「ミランダ！　どこにいる？　ミランダ！」応えはない。マイケルは力を振りしぼると、林を目指して走りだした。ヤマボウシのくすんだ緑の小枝が、マイケルのやわらかな皮膚を容赦なくひっかく。「ミランダ！」傾斜を這いのぼろうとするマイケルの行く手を、無数の巨礫が阻もうとする。ひとつひとつが悪魔のように意地が悪い。大きさも形もばらばらな岩を、まわりこみ、よじ登って越え、あいだをくぐり抜けていく。岩は途方もなく大きくなり、みるみるうちに増えていった。マイケルは声をかぎりに叫んだ。「ミランダ！　頼むから返事をしてくれ！」不安定な地面からふと顔を上げたマイケルは、一本の石柱《モノリス》が、太陽を背にして黒々とそそり立っているのに気づいた。無意識に蹴った小石が、岩場から足元の深い谷間へ転がり落ちていく。マイケルは、小さな岩につまずいて倒れこんだ。足首に刺すような痛みを覚えたが、かまわず立ちあがり、目の前の巨礫へむしゃぶりつく。意識にあるのは、たったひとつの言葉だった――前進せよ《Go on》。かつて百年戦争に赴いたフィッツヒューバート家の先祖も、アジャンクールの包囲網をやぶらんと剣を振りまわしながら、その一語を頼みにした。フィッツヒューバート家の紋章には、まさにその言葉がラテン語で刻まれている。前進せよ《Go on》。五世紀近くが過ぎたいま、マイケルもまた前進しつづけた。

8

アルバートは、緊急の用事でもなければ、まずもって悩むということがなかった。こんなふうに他人の問題で頭を悩ませるはめに陥ると、途方に暮れるしかなかった。金曜日の夕暮れ時に、馬の背に揺られて山を越えていくあいだ、頭のなかは置いてきた友人のことでいっぱいだった。マイケルは、小川のほとりで夜を明かすのだといってきかなかった。あのイギリスのぼうやは、肩のあたりに穴を掘ればシダのベッドでも気持ちよく眠れることさえ知らない。マセドン平野では、夏でも日が暮れたとたんに冷えこんでくる。木の皮一枚で火をおこす方法もあるのだが、もちろん、あのぼうやはそんなことなど知りもしない。マイケルはまちがいなく、なにかに取り憑かれていた。アルバートには想像もつかないなにかに。たぶん、マイケルのようなイギリス貴族は、ちょっと頭がおかしいのだろう。あるいは、行方をくらました女の子たちの捜索は、マイケルが信じているとおり、やがては実を結ぶのだろうか。アルバートも一度だけ、理由のつかない衝動に身をゆだねたことがあった。バララットの競馬場へいき、ろくに知らない騎手に有り金の五ポンドをすべて賭けたのだ。結果は四十倍の大勝だった。きっといまのマイケルは、そんな気分なのだろう。アルバート自身はというと、この失踪事件に飽き飽きしていた……失踪者たちはいまごろ、岩山のどこかで冷たくなっているにちがいない。冷たいといえば……と、アルバートはまったく別のことを考えはじめた。夕食には、コックがなにか温かいものを出してくれるといいのだが。フィッツヒューバートの旦那に事情を聞かれたら、どう取り繕えばいいのだろう？　アルバートはしきりに頭を悩ませながらのろのろと家路をたどった。

夜の闇が通りを包み、あたりに花と秘密のにおいが漂いはじめる頃、アルバートはレイクビュー館の門をくぐった。厩舎《きゅうしゃ》の庭でランサーの鞍を外し、馬の体を洗ってやってから、厨房《ちゅうぼう》へ入っていく。嬉しいことに、温めなおしたステーキ・アンド・キドニー・パイと、杏《あんず》のタルトがたっぷりあった。「旦那様たちに報告してきたほうがいいよ」コックの女がいった。「あんたがあんまり遅いから、旦那様はかりかりしてる――マイケル様はどこ？」

「心配するな。こいつを食ったら報告にいく」アルバートは、もうひとつタルトを取った。

十時をまわった頃、フィッツヒューバート大佐は、一階にある自分の書斎でソリティアをしていた。テラスのフランス窓は開け放してある。アルバートは咳払いをすると、鉛の窓枠をノックした。

「クランドールか、入ってくれ。遅かったじゃないか。マイケルはどうした？」

「伝言を預かってきました。マイケル様は――」

「伝言？　一緒に帰ってきたんじゃないのか？　なにかあったのか？」

「いいえ、なにも」アルバートは返事をしながら、もっともらしい言い訳をどうにか捻りだそうとしていた。杏のタルトを食べているあいだも、このことで頭がいっぱいだったのだ。どうにかして、大佐の鋭い視線から逃れなくては。「なにも起こっていないなら、なぜマイケルは帰っていない？　外で夕食をすませてくるなど聞いていない」この屋敷では、しかるべき説明もせずに食事の席に現れないということは、極刑に値する大罪だった。

「マイケル様は、遠乗りがこれほど長引くとは思ってなかったんです。帰るのが少し遅れちまったんで、今夜はマセドン・アームズに泊まることにしたんです。明日、帰ってきます」

「マセドン・アームズだと？　ウッドエンド警察署のそばの薄汚い宿屋か？　信じられん！」

アルバートは嘘がうまい者の例にもれず、だんだんと自信を深めていった。「マイケル様は、そのほうがみなさんに迷惑をかけないと思ったんじゃないですかね」

大佐は鼻を鳴らした。「コックは、三時間もあれの夕食を温めるはめになったんだぞ」

「ここだけの話ですが、マイケル様は炎天下のなか遠乗りをされて、ずいぶん疲れちまったみたいでした」

「どこまでいったんだ」

「かなり遠くまで。実は、宿屋に泊まるといいって入れ知恵したのは、おれなんです。無理しないで、ウッドエンドで休んでいったほうがいいと思ったんで」

「おまえが天才的な案を出したわけか。マイケルはぶじなんだな?」

「ぴんぴんしてます」

「宿の連中が馬を厩舎に入れてくれるといいんだが――あんな安宿に厩舎があるとは思えんがね。もう下がっていい。よく休みなさい」

「失礼します、大佐。明日はランサーをお使いになりますか?」

「ああ。いや、わからん。まったく、かなわんな。甥が帰ってくるまで土曜の予定が立たんのだ。総督から、別荘でテニスをしないかと誘われているんだが」

いつものアルバートは、頭を枕につけた瞬間、夢もみない深い眠りに落ちていくのが常だった。ところがこの日の夜は、不吉な夢に何度となく眠りを邪魔された。どの夢のなかでも助けを呼ぶマイケルの声が聞こえてくるのだが、どこから聞こえるのかは判然としない。湖に面した小窓から漂ってくることもあれば、通りを吹きぬける強い風に運ばれてくることもあり、すぐ耳元で聞こえることもあった。アルバート、助けてくれアルバート

――。そのたびにアルバートは、はっと飛びおきた。暗闇のなかで目をみひらき、全身には汗をびっしょりかいていた。このときばかりは夜明けが待ち遠しかった。ようやく朝日が狭い部屋に射しはじめると、起きだして井戸水で顔を洗い、馬たちの世話をしにいった。

朝食がすむと、アルバートはだれにも――仲のいいコックにさえ――告げずに、厩舎の戸にピンで書置きを留め、鞍をつけたランサーにまたがって屋敷を出発した。マセドン山を越えて、ピクニック場へ向かうつもりだ。『すぐもどる』。書置きにそう記したのは、屋敷の者たちを安心させて時間稼ぎをするためだ。騒ぎを起こしても意味がない。もしかすると、マイケルはいまこの瞬間にも、ぶじに家路をたどり、屋敷から数キロのところまでもどってきているかもしれない。冷静に考えれば、なにも心配することはないはずだった。マイケルは乗馬がうまいし、帰り道もちゃんと知っている。だが、わけもなく胸が騒いだ。

ランサーはゆるい駆け足で走り、やがて高い木々のあいだを延びる平坦な道へ出た。アルバートは、すばやく地面に視線を走らせた。めったに人が踏み入ることのない湿った赤土には、自分たちが昨日つけた蹄《ひづめ》の跡しか残っていない。道を曲がるたびに、アルバートは鞍の上から身を乗り出して目をこらし、白いアラビア馬がシダの茂みのなかをのんびり歩いてきますようにと祈った。山の頂上へくると木々がまばらになる。アルバートは、昨日の朝にマイケルと馬を寄せた木陰へいった。正面にはハンギングロックがそびえ、夏の太陽が照りつける平原に、黒々と濃い影を落としている。アルバートは、いい加減見飽きた岩山に一瞥をくれると、陽炎《かげろう》の立つだだっ広い平原をみわたしながら、またしてもアラビア馬の白い姿を捜した。枯れ草と浮石《ふせき》に覆われた下りの斜面は、ランサーのように屈強な馬さえもひるませる。ランサーは斜面をなかば滑りながら下っていくと、平らな地面の上で体勢を整え、ふたたび風のように疾走しはじめた。ピクニック場の端にあるまばらな木立に入った瞬間、ランサーが唐突に足を止め、もう少しで乗り手を放りだしそうになった。ランサーのしゃがれたいななきが、森のなかのぽっかりと開けた空き地に長々と響きわたる。物悲しい霧笛のようだ。その声に応えるかのように、それよりも少し小さないななきが聞こえた——と思った瞬間、雑木林から白いアラビア馬が走りだしてきた。鞍はつけず、端綱を地面の上に引きずっている。アルバートはほっと安堵の息をつくと、鞍から下りることはしないで、二頭の馬が小川を上流へたどっていくにまかせた。

池のほとりは、木々が作る陰のおかげで涼しく心地がよかった。一見、昨日マイケルと別れたときと、なにひとつ変わっていないようにみえる。石に囲まれた焚き火の跡には灰が残り、つばにオウムの羽根を刺したマイケルの帽子は、昨日と同じ枝にかかっている。切り口のなめらかな切り株の上には、イギリス製の高価な鞍が載っていた。アルバートは、あたりの様子を観察しながらこぼした。「まったく、鞍にはなにかかけとけよ。みろ、マグパイの糞まみれだ。それに、帽子をかぶっていかないなんて、なに考えてるんだ？　二月のオーストラリアの日射しをなめてるんじゃないか」友人になにかあったんじゃないかと何時間も気を揉んでいたアルバートは、ふいに説明のつかない苛立ちを――いや、怒りを――覚えた。「ほんとに世話の焼けるやつだ！　遭難してたら自業自得だ。こんな厄介事、首を突っこむんじゃなかった」だが、一度乗りかかった船だ。アルバートはしかたなく、密集した木々やシダの茂みを四苦八苦しながらかき分け、岩山へ続く新しい足跡がないか探しはじめた。

アルバート自身が昨日残したものも含めれば、足跡は無数についている。だが、マイケルのほっそりした乗馬ブーツは、湿った土の上にくっきりと跡を残しており、比較的みつけるのがたやすかった。だが、岩場に差しかかると、友人の足跡はごつごつした石に紛れはじめた。岩場を五十メートルほど登ったとき、別の足跡がみつかった。数十センチ離れたところで、ひとつ目の足跡とほぼ平行に続いている。だがこちらは、斜面を下って池のほうへ向かっていた。「なんなんだ？　いったん登って、同じ道を引き返してきたのか……うわ、あれはなんだ？」

そこにマイケルがいた。草むらの上で横向きに倒れ、片方の脚が曲がっている。気を失って死人のように青ざめているが、呼吸はあった。なにかにつまずき、この草むらに倒れこんだらしい――肋骨か足首か、どこかを骨折していてもおかしくない。なぜ額の上に切り傷があるのか、そして、なぜ顔と腕に無数のひっかき傷があるのかはわからない。アルバートは骨折の処置の仕方をよく知っていたので、楽な体勢をとらせようと無理に動かすようなことはしなかった。友人の頭をやわらかなシダの上にそっと寝かせると、小川から水をくんできて、汚れた顔から乾いた血を拭きとった。マイケルの上着のポケットには、ブランデーを詰めた水筒が入っていた。アルバートはポケットから慎重に水筒を取りだし、友人のわずかに開いた口のなかにブランデーを数滴落とした。マイケルはうめいたが、目は覚まさなかった。口からこぼれたブランデーが、あごを伝い落ちていく。どれくらいのあいだマイケルはここに倒れたまま、蟻《あり》に嚙まれ、ハエにたかられていたのだろう。顔に手のひらを当てると、冷たい汗にじっとりぬれていた。どうみてもまずい状態だ。一刻も無駄にできない。アルバートは助けを呼びにいこうと駆けだした。

二頭の馬のうち、元気が残っているのはアラビア馬のほうだった。ランサーのほうは、木陰につないでおけば数時間はおとなしく待っていられる。アルバートはアラビア馬に手早く鞍と馬勒《ばろく》をつけてまたがり、数分ののちにはウッドエンドの本道を走っていた。数百メートルいくと、若い羊飼いが牧羊犬と共に、柵に囲まれた狭い放牧地のなかを巡回しているのがみえた。アルバートは大声で、医者がどこにいるか知らないかとたずねた。ようやく質問を聞き取った羊飼いは、こちらも大声で、ウッドエンドのマッケンジー医師と別れてきたばかりだと答えた。医師はいまのいままで、羊飼いの妻の出産に立ちあっていたらしい。息子を持ったよろこびに舞い上がっていた羊飼いは——日に焼けた大きな耳が、昼の光のなかでやけに目立っていた——、労働で赤くなった両手を口のまわりに当て、土埃のなかで叫んだ。「台所の秤に乗せたら、四千百九十八グラムだった。みたこともないくらい真っ黒な髪なんだ！」アルバートは、アラビア馬の手綱を締めながらたずねた。

「いまはどこにいる？」

「揺りかごのなかさ」羊飼いは答えた。素朴な心は、丸々太った元気な赤ん坊のことでいっぱいなのだ。

「ガキじゃない！　先生はどこにいるんだよ」

「ああ、先生か！」羊飼いはくしゃっと笑うと、がらんとした本道の曲がり角を指さした。「馬車で帰ってったよ。その馬ならすぐ追いつける」そばにいる牧羊犬は、気持ちのいい夏の午後をめいっぱい楽しんでいて、だれが生まれようが死のうがどうでもよかった。はしゃいでアラビア馬のうしろ足にじゃれつく。驚いたアラビア馬は、土埃の立ちこめる道を全速力で走りはじめた。

マッケンジー医師の馬車はすぐにみつかり、事情を聞いた医師はただちに引き返してピクニック場へと急いだ。マイケルは先ほどと同じ草むらに横たわっていた。医師は青年の容態をすばやく確かめると、額の傷を手当てするために、黒革の鞄から包帯と消毒液を取りだした。この小さな鞄には、希望と癒しが詰まっている——馬車の座席の下に鎮座し、野原や舗装されていない悪路を幾度となく越え、いったい何キロの道のりを運ばれてきたことか。馬車を引く忍耐強い馬もまた、昼であれ夜であれ戸外に立ちつづけ、病の悲しみに包まれた粗末な家から医師が、鞄を抱えて出てくるのを何時間でも待った。「致命傷はないようだ」マッケンジー医師は、草むらに倒れたマイケルのそばに膝をついたまま言った。「足首をかなり痛めている。岩山のどこかで転んだのかもしれない。日射病にもなっているようだな。とにかく、一刻も早く連れて帰って休ませよう」医師の馬車にあった敷物（おもてはヒョウ柄で、裏はつやのある黒い防水布だ）と、まっすぐな二本の若木で急ごしらえの担架ができあがると、マイケルはそれに乗せられて馬車に運びこまれた。「あとはわたしにまかせなさい——三十年間患者を馬車で運んできたが、道路に放りだしたことはない」マッケンジー医師は言葉数こそ少なかったが、医師としての腕前は一流だった。穏やかな表情には、夜通し羊飼いの息子を取りあげるべく奮闘していた疲れは、微塵《みじん》もにじんでいない。

アルバートはアラビア馬にまたがると、嫌がるランサーの端綱を引きながら馬車を先導してゆっくりと走った。一行がレイクビュー館に帰りついたのは、真夜中近かった。大佐は、何時間も前にウッドエンドからの使いに事情を聞いていたが、ランタンを手に門の外へ出て、行ったり来たりしながら甥の帰りをじりじりしながら待っていた。夫人のほうは、マイケルがぶじ帰途についたと知ると、ひとまずは胸をなでおろし、すでに寝室へ下がっていた。フィッツヒューバート夫妻と親しいマッケンジー医師は、馬車の窓から顔を出して大佐に声をかけた。「甥御さんは大丈夫だよ。足首を捻挫して、おでこをケガしているだけだ。ひどいショック状態にあるがね」

マイケルはベッドに寝かされると、羽根布団にくるまれて湯たんぽをあてがわれた。メイドが廊下を行き来しては、湯を張ったたらいや清潔なリネンを運んでくる。温めたミルクが口のなかに滑りこんでくると、一瞬、恐怖を湛えた目を大きくみひらいた。「よほど恐ろしい目にあったにちがいない」マッケンジー医師は心のなかでつぶやくと、ダイニングルームにもどって大佐たちに診断を告げた。「いいかね大佐、しばらくは絶対安静、面会謝絶だ。あれこれ質問をするのもいかん――甥御さんが自分から話すまで待ってやりなさい」すると大佐は、怒気を含んだ声でいった。「質問はひとつだ。あのバカたれは、なんだってハンギングロックで野宿しようなどという気を起こした?」大佐は一日中、いっこうに帰ってこない甥の身勝手さに怒りを爆発させては、次の瞬間、最悪の事態を想定して震えるということを繰り返していた。我慢も限界だった。「クランドール、昨夜のたわごとはなんだ？　マイケルはウッドエンドの安宿に泊まるといっていただろう」

マッケンジー医師が割って入った。「まあまあ大佐、過ぎたことは忘れなさい。マイケルはこうしてぶじに帰ってきた。なによりじゃないか。それに、クランドールには感謝こそすれ、腹を立てるのは筋違いだ。この青年は、一時も無駄にしないでマイケルの救助へ向かってくれたんだ」

アルバートは顔をこわばらせ、ブーツのつま先で棚の脚を軽く蹴っていた。「じゃあ、話しますよ。昨日、あなたの甥っ子さんはおれを連れてピクニック場へいって、女の子たちを捜してたんです。なぜかなんて聞かないでください。おれだってわかりません。ぼちぼち帰ろうと思ってたら、マイケル様は、もう少し岩山を捜したいから今夜は家にもどらない、といったんです。おれだって、どうにか説得しようとしましたよ。おれの話を信じないなら、さっさとクビにして別の御者を探してください」啖呵《たんか》を切ったアルバートは、アラビア馬とランサーに別れを告げるところを想像した。ランサーには最後にしっかりブラシをかけてやってから、少しだけそのへんを走らせてこよう。ところが大佐は、許しを乞うかのように、片手を差しだした。老大佐の手が疲労で震えているのに気づいたとたん、アルバートは同情に胸を衝かれた。「おれの話、信じますか？」

「もちろん信じる……ただ、肝を冷やしたんだ。さあ、夕食のチキンを食べにいくといい」

「先に馬の世話をしてから、寝る前に厨房で軽く食べます」

「ウィスキーを一杯どうだ」

「いや、いいです。じゃ、厩《うまや》にいくんで。おやすみなさい、大佐。おやすみなさい、先生」

「おやすみ、クランドール。今日はありがとう」

「マッケンジー、きみのいっていたとおりだ。アルバートは粗野な男だが、いいやつだ。いなくなられると大いに困る」大佐はウィスキーを注ぎながらいった。「しかしまあ、朝から知らせを待たされて、神経がすり減った。前線で戦うほうがまだましだ。ウィスキーを一杯どうだね」

「ありがたいが、家に帰って部屋着に着替えるまで酒は飲まない。妻がかならず夕食を用意してくれるしね」マッケンジー医師は小さな黒革の鞄を持ち、運転用の革製の手袋をはめた。「この近くに、手の空きそうな看護師がひとりいる。奥さんさえかまわなければ、彼女にマイケルの世話を頼もう――そうか。では、明日か明後日に、また連絡するよ。心配なことがあったら、いつでも呼んでくれ。必要な指示はすべて看護師に伝えておく」

　フィッツヒユーバート大佐は玄関に立ち、医師の馬車が夜の闇に紛れてみえなくなるまで見送ってから、明かりを消した。マイケルの部屋はドアが開けてあり、常夜灯の光が廊下へもれている。ドアのそばには、看病当番のメイドが靴を脱いで椅子に座り、うとうと居眠りをしていた。大佐は寝酒のウィスキーをもう一杯注ぐと、毎夜の儀式をしようと書斎へいった。仕事机の上に置いたカレンダーの日付を替えるのだ。カレンダーは、二月二十一日土曜日になっている。信じられない思いだった。もう、日曜日の午前だ。二月二十二日の日曜日がきたのだ。ハンギングロックで悲劇が起こったあの日から、すでに八日が過ぎようとしていた。

馬の世話を終えたアルバートは粗末なベッドに直行し、服も脱がずにくしゃくしゃのシーツの上に倒れこんで眠った。だが、ほんの数時間後に、はっと目を覚ました。白みはじめた窓の外をみる。昨夜は、あまりにも疲れていたせいでまともに頭が働かなかったが、短時間でも休んだおかげで、昨日の出来事がすっきりと整理されてきた。パズルのピースがしかるべき場所にはまっていくような感覚だ。だが、重要なピースがひとつだけ欠けている。それは果たしてなんなのか。パズルのどこにはまるべきピースなのか。答えを探るには、土曜日の朝、草むらに倒れていたマイケルを発見したときまで遡ったほうがいいようだった。マイケルは、どこで転倒して足首をひねったのだろう。アメリカシャクナゲまでもどって、そこから捜索を再開したのだろうか。そうか、手帳だ……！　アルバートは跳ねおき、ブーツを履いた。

外に出ると、栗の木にとまった鳥たちもまだ起きていなかった。朝露にぬれた芝生を横切り、裏口から、鎧戸《よろいど》を閉めきった暗い屋敷のなかに滑りこむ。マイケルの部屋の外では、メイドが軽いいびきをかいて眠っていた。向かいのフィッツヒューバート夫妻の部屋からも、規則的ないびきの音がかすかに聞こえてくる。マイケルは鎮静剤のせいでぐっすり眠っていた。時折、弱々しいうめき声をもらす。穴だらけで泥にまみれた乗馬ズボンは、ベッドの足元に置かれた椅子の背にかかっていた。アルバートはマッチを擦ると、乗馬ズボンのポケットをそっと探った。思ったとおりだ。ピグスキンの手帳だ！　アルバートは手帳を持って窓辺へいき、夜明けの弱い光を頼りに、手書きの文字を苦労して読み解いていった。最初のページには去年の三月の日付があり、訪ねていく予定だったらしいケンブリッジの住所が記されていた。そのほかには、〈カントリー・ライフ〉誌から書き写したジステンパー病の治療の仕方、『テニスラケットを買うこと』というメモ。とうとう、『虫下しの薬』とだけ書かれたページの次に、目当ての走り書きがみつかった。ミミズが這ったような鉛筆書きの文字だ。

ちょうじょうに　リング
はやく　みつけ

走り書きはここで途切れていた。アルバートは夢中でメモを読みなおすと、ページをやぶり取り、手帳を乗馬ズボンのポケットにもどした。**めじるしつけた木のうえ　いそげ。**マイケルが一心にこっちをみつめているような気さえしてくる。岩山の頂上近くで、なにか重要な手がかりをみつけたにちがいない――だからこそ、小川のほとりで気を失いかけながらも、アルバートに伝言を残そうとしたのだ。**めじるし。**アルバートはたまらない気持ちになった。友人の眠るベッドに歩み寄り、シーツの上に力なく投げだされた青白い手の甲をなでる。フィッツヒューバート大佐は、お抱えの御者のことをいつも〝粗野な男〟と評した。だが、大佐のそんな形容は、頑丈なブーツが音を立てないよう細心の注意を払ってマイケルの部屋から出ていくアルバートの姿には、まるで当てはまらなかった。一刻の猶予もないことを確信したアルバートは、指示をあおぐべく、眠くて朦朧《もうろう》としているメイドに大佐を起こすよう頼んだ。こうして、マナッサ雑貨店の少年が、日曜日の朝にもかかわらず叩き起こされることになった。少年は半分眠ったまま自転車に乗り、ウッドエンド警察署へアルバートの伝言を届けにいった。アルバートは赤毛の小さな馬にまたがって屋敷を出ると、警察が指定してきた待ち合わせ場所へ向かった。ハンギングロックへ続く道の途中だ。いつもなら捜索隊に加わるバンファー巡査とマッケンジー医師は予定があったので、マセドン避暑地に住むクーリング医師と、バンファー巡査の部下のジム（手帳をにぎりしめていた。バンファー巡査からは、必要なことは全部記録し、むだ口をたたくんじゃないぞと厳命されていた）がやってくることになった。ふたりが乗ってきた馬車には、担架が一台と救急箱が用意されていた。

太陽が空高く昇る頃、捜索隊はピクニック場の門をくぐった。馬車を先導して馬を走らせてきたアルバートは、友人が残した大事なメモを、シャツのポケットにしっかりしまっていた。マイケルが土曜の早朝に残した足跡はすぐにみつかった。小川からハンギングロックへ続く足跡をたどると、低いアメリカシャクナゲがあった。あちこちの枝に刺さった白い紙のめじるしが、静かな午後の空気のなかでくたりと垂れている。アルバートはシャツのポケットから、何度も読みかえしたせいでくたびれたメモを取りだした。「めじるしつけた木のうえ……」「へえ……」ジムは民間の人間をみくびっていたが、それをみて感心したような声をもらした。「このめじるしは、マイケル卿がつけてったのか？」「あたりまえだろ。木から紙が生えるとでも思ったか？」

一行は、マイケルが踏んでいったシダの茂みをたどりながら、黙々と岩山を登っていった。クーリング医師だけがひとり遅れをとっている。町暮らしが長いせいで山歩きに慣れていないばかりか、日曜日用の細身のブーツを履いてきたのだ。「こいつはキツいな」ジムがこぼした。「イギリスのお坊ちゃんがここまで登ってきたとは驚きだ」

「そういうイギリス人が時々いるんだ。ブッシュでちょっと過ごしただけで、すぐに慣れてしまう」クーリング医師が、どことなく悔しそうにいった。

「マイクには、おれらが束になってもかなわないくらい知恵と根性があるんだ」アルバートがいった。

「とはいえ――」クーリング医師がぼやいた。足が急速に痛くなり、苛立ちを募らせていた。「どうも無駄骨のような気もするがね。冷静に考えると突拍子もない話じゃないか。このあたりに重要な手がかりが残っていたのに、昨日の昨日までだれひとり気づかなかったとでも？」アルバートは、すぐさま友人を弁護した。「先生、あんたはマイクをわかってないよ。あいつは適当なことをわざわざ手帳に書き留めるようなやつじゃない」だが、クーリング医師はろくに聞いていなかった。なめらかな岩に腰かけ、ブーツの靴ひもをほどきはじめている。「ジム、なにかみつけたら警笛を吹いて知らせてくれ。駆けつけるから」

アルバートとジムは、テリア犬さながらの注意深さで雑木林を捜索しつづけた。「あそこの低木が折れてるだろ？　折れたところがまだ緑色だ。たぶん、マイクが土曜日の朝に突っこんで折っちまったんだ」アルバートの読みは正しかった。ふたりは険しい岩山を登り、岩や穴に足をとられるたびに大声で罵《ののし》った。「マイケル卿が手帳に書いてたリングってのはなんのことだ？　ダイアの指輪《リング》かな」

アルバートは鼻を鳴らした。「たぶん、岩がリング状になってる場所のことだろ」

だがジムは、ダイアモンドの指輪がみつかるかもしれないという考えが気に入ったようだった。「いなくなった女の子たちのなかに、とんでもない金持ちのご令嬢がいるらしいぞ。おれみたいな警察官は訓練を受けてるから、こういう事件は多角的な視点でみるんだ」

「多角的な視点はいいから、足元をちゃんとみとけ。谷に転がり落ちるぞ。あそこにでかい岩があるだろ。あれは石柱《モノリス》っていうんだ」

「知ってるよ」ジムは浮石につまずきながら、むっとした顔で答えた。「じゃ、おれも教えてやろう。あそこの絶壁のあいだに、でかい岩がふたつはさまってるだろ？　あれはバランシング・ボウルダーズって呼ばれてる」マイケルは、石柱の手前でいきなり左へ折れたようだった。ハンギングロックの頂上が間近に迫っている。雲ひとつない青空の下で、のこぎり歯のような尾根は黄金色に輝いていた。

「きれいだな。絵葉書みたいだ――ちょっと待て、あれはなんだ？　なにか転がってないか？」

クーリング医師は岩に座って船を漕いでいたが、宙を切り裂くけたたましい警笛の音にはっと目を覚まし、ブーツを履きなおして音のするほうへ向かった。だがその歩みは、じれったくなるほど遅かった。アルバートは蒼白になって岩山を駆けおりてくると、死体がみつかったとかなんとか支離滅裂なことをまくしたてながら、医師を引っ張っていった。クーリング医師は、なかば引きずられるようにして、まばらな雑木に覆われた険しい岩場を這いあがっていった。ふたりがバランシング・ボウルダーズにたどり着くと、ジムは記録と測量に追われていた。「先生、手遅れだったようです。かわいそうですが」

「おまえは黙っとけ」アルバートはうめいた。できることなら、雑木林に駆けこんで、むかつく胃のなかのものを吐いてしまいたい。黒い巻き毛の少女は、岩棚の上でうつぶせに倒れていた。岩棚は、低いほうのバランシング・ボウルダーズの真下にあり、ゆるやかに傾斜している。少女は片方の腕を後頭部に乗せた格好で横たわり、暑い夏の午後に眠りこんでしまった子どものように無防備にみえた。血のついたモスリンのワンピースの腹部には、小さなハエが群がっている。新聞で繰り返し触れられてきた黒い巻き毛には、土と血がこびりついていた。「生きていたら奇跡だ」クーリング医師は少女のわきに膝をつくと、力なく投げだされた手首に指を当てて脈を確かめた。「信じられん。脈がある……生きているぞ……脈は弱いがまちがいない」クーリング医師は、ふらつく足で立ちあがった。「クランドール、馬車から担架を取ってきてくれ。そのあいだにジムは記録をとり、わたしはこの子を運ぶ用意を整える……ジム、この子に触れるとか、なにか動かすとか、そんなことはしていないだろうね？」「ええ、もちろんです。バンファー巡査から、遺体には決して触るなと厳命されていますから」クーリング医師は厳しい声で正した。「遺体ではないぞ。このとおり、この子は生きて息をしている。まさに神のご加護だ！　仕事に取りかかる前に、いまとった記録をみせてくれ」

気を失った少女の体には、争ったような跡も乱暴をされた形跡もなかった。精密検査をするまで断言できないが、みたところひどいケガはしていないようだ。奇妙なことに、靴下も穿いていないむき出しの足には、すり傷や痣のようなものがひとつもなかった。だが、後に得られた証言によると、ピクニック場を離れたときのアーマは、透かし模様のある白い靴下に、ストラップつきの子ヤギ革の黒い靴を合わせていたという。しかし、どこかで脱ぎすてられたらしい靴下と靴は、その後も永遠にみつからなかった。

ハンギングロックを出発したあと、ジム・グラントだけはウッドエンド警察署でふたりと別れた。一刻も早くバンファー巡査に報告しなくてはならない。こうして日曜の午後遅く、アルバートとクーリング医師は、意識を失った少女を、レイクビュー館の敷地内にある広々とした庭師専用の家に運びこんだ。庭師の妻のカトラー夫人の采配のもと、少女には一番上等の寝室があてがわれた。少女は、ラベンダーと石鹼の香りがする長い更紗《さらさ》の寝間着に着替えさせられると、大きなダブルベッドに横たえられ、パッチワークのキルトでしっかりくるまれた。カトラー夫人があとになって夫にもらした言葉を借りるなら、その姿は「人形のように愛らしし」かった。アーマが着ていた薄手の白い亜麻布の美しいペチコートとキャミソールは、ぼろぼろにやぶれて汚れていた。夫人は（「きれいなレースがこんなに贅沢《ぜいたく》にあしらってあるのに」と嘆きつつ）こうするのが自分の役目にちがいないと考えて、下着のたぐいは月曜日の朝、大釜を炉にかけるときに燃やしてしまった。夫人がなにより驚いたのは、愛らしい少女がコルセットをつけていなかったことだ。慎み深いレディとしては、紳士の前で〝コルセット〟などという言葉を口にするわけにはいかない。不審に思いはしたものの、クーリング医師の前でそんなことを口にするのは憚られる。医師もコルセットがないことには気づいていたが、ピクニックだったから動きやすい格好を選んだのだろう、とあっさり片づけてしまった。あんな代物で体を締めつけてピクニックへいくなんて、クーリング医師の感覚では考えられない。だが、世の女性たちがそれを聞けば、一斉《いっせい》に異論を唱えたにちがいない。こうして、コルセットが消えていたという重要な情報は、警察に伝わることも調査されることもなく、忘れ去られていった。アップルヤード学院の生徒たちも、その事実はとうとう知らずじまいだった。だが、学院の者ならだれであれ、アーマ・レオポルドが着るものに並々ならぬこだわりをもっていることは知っている。実際クラスメートの数人は、二月十四日の土曜日の朝、アーマがコルセットをつけているところを目撃していた。長いサテンのフランス製で、細い張り骨が入ったコルセットだった。

アーマの体は傷ひとつなく、暴行を受けた形跡もなかった。クーリング医師は患者の体を慎重に検査すると、こんな診断を下した。少女は精神的なショックを受けており、長いあいだ外気にさらされていたことで消耗しているが、それ以外は健康そのものである。骨も折れていないし、顔と腕にある小さな切り傷や打ち身の痕をのぞけば、ケガらしいケガもない。一番ひどい損傷を受けていたのは両手の爪で、こちらははがれたり割れたりしていた。また、頭に傷を負っていることから考えて、脳震盪《のうしんとう》を起こしている可能性もある。いずれも深刻ではないが、クーリング医師は別の医者の意見を聞きたかった。「いや、ほんとうによかった！」最悪の事態を想定して気を揉んでいた大佐は、医師の見解を聞くと、庭師の住まいの狭い廊下で声をあげた。「妻とも話したんだが、ミス・レオポルドは回復するまでここで療養するといい。カトラー夫人の看護の腕は一流だから」

日が沈む頃、マッケンジー医師が、往診先から家へ帰る前にマイケルの様子をみようと、屋敷に立ちよった。事情を聞いた医師は庭師の住まいへいき、帰る支度をしていたクーリング医師と少し話をした。「クーリング、きみのいうとおりだよ。まさに奇跡だ。常識的に考えれば、あの少女はとうに死んでいておかしくなかった」「ハンギングロックでなにがあったのでしょう。その謎が解けるなら、命を差しだしたって惜しくないくらいですよ」クーリングはいった。「それにしても、残りのふたりの少女はどこにいったんでしょう？　数学の先生もみつかっていません」

マッケンジー医師は、アーマ・レオポルドとマイケル・フィッツヒューバートの診察を両方とも引き受けることになった。手が足りなくなれば、マイケルの看護師が助けてくれるだろう。「まあ、そんなことにはならないよ」マッケンジー医師は微笑んで大佐に受けあった。「カトラー夫人のことはよく知っている。彼女なら、責任を持ってアーマの看病にあたってくれる。心からよろこんでね。とにかく休ませなければ。肝心なのはそれだけだ。願わくば、意識がもどったときに心の傷も癒えているといいんだが」

クーリング医師は夕闇のなか帰途についた。立ち去る前には、いかにも満足そうにマッケンジー医師にこういった。「終わりよければすべてよし、ですね。ご意見を頂戴できて安心しました。ああいう患者の診断は難しいものですから。岩山であの子になにがあったのかは、じきに新聞でわかるでしょう」

だがマッケンジー医師は、そこまで楽観的になれなかった。アーマが眠る寝室にもどると、枕の上のハート形の青白い顔をしげしげと眺めた。感受性の強い若者の場合は特にそうだが、精神的な衝撃を受けた繊細な脳がどんな反応を起こすのかは、だれにも予測がつかない。医師には、少女が恐ろしい目にあったにちがいないという確信めいた直感があった。ハンギングロックでなにがあったのかはわからないが、どんなに体が元気でも、心には深い傷を負っているはずだ。これは普通の事件ではない――医師は次第にそう思うようになっていた。なにがどう普通でないのかはわからない。だが、とにかく普通ではない空気を感じる。

マイケルは時間の感覚を失っていた。昼間かと思えば、気づかぬうちに昼は夜へと溶けこんでいく。起きていようと眠っていようとちがいはない。マイケルがいるのは灰色の茫漠とした世界だった。その場所で、なにを探しているのかもわからないまま、なにかを永遠に追いつづけている。そのなにかは、近づいたと思った瞬間、きまって姿を消してしまう。なにかをつかんだ手応えを感じてはっと目覚めると、その手はただ、毛布をにぎりしめているにすぎなかった。片方の足の燃えるような痛みは、強くなったかと思うと弱くなる。だがその痛みも、意識がはっきりしていくにつれて、ほとんど気にならなくなっていった。消毒液のにおいがするときもあれば、花の香りが庭から漂ってくることもあった。目を開けると、部屋にはいつもひとりの女がいた。知らない若い女で、動くたびに、白い紙でできたような前掛けがかさかさ音を立てた。三日目か四日目に、マイケルはとうとう夢もみない深い眠りに落ちた。目を開けると部屋は暗かったが、青白い光がぼんやりとみえた。光は、一羽の真っ白な白鳥から発せられていた。白鳥はベッドの足元に渡された真鍮《しんちゅう》製の横木にとまっている。マイケルと白鳥は、驚くこともなく静かにみつめあった。やがて、美しい鳥はゆったりと翼を広げ、開いた窓から外へと飛んでいった。マイケルはふたたび眠りに落ち、まぶしい日の光とパンジーの香りで目を覚ました。ベッドのわきには、短い髭をたくわえた年配の男性が立っていた。「お医者さんですか」たずねたマイケルの声は、かすれてもいなければしゃがれてもいなかった。「ぼくは病気なんですか?」

「きみは転んで足首を捻挫《ねんざ》したんだ。なにか無茶をしたらしいな。だが、今日は元気そうだ」

「どのくらい気を失っていましたか?」

「ちょっと数えてみよう。ハンギングロックからきみが運ばれてきてから、今日で五日か六日目のはずだ」

「ハンギングロック? ぼくはそこでなにを?」

「その話はまた、あとにしよう。きみはなにも心配しなくていい。心配は毒にしかならないからね。足首の具合をみておこうか」

足首の包帯を替えてもらいながら、マイケルがふいに声をあげた。「アラビア馬。ぼくは落馬したんですね」そういうと、気絶するように眠りこんだ。

翌朝、看護師が病室に朝食を運んでいくと、マイケルはベッドの上で体を起こしていた。そして、はっきりとした声で、アルバートを呼んでくれといった。

「まあ、急に元気になられて！　お茶が冷めないうちに飲んでくださいね」

「アルバート・クランドールと話がしたいんだ」

「御者のことですか？　あの人なら、毎朝あなたの容態を聞きにきますよ。ほんとうに優しい人みたいで」

「いつも何時くらいにくる？」

「朝食のすぐあとにきます。ただ、フィッツヒューバート様、あなたはまだ面会謝絶になっているんです。マッケンジー先生のご指示なんです」

「どうでもいい。いいから、さっさとアルバートを呼んできてくれ。どうしても呼んでこないなら、ぼくのほうから厩《うまや》へいく」

「落ち着いてくださいな」看護師は職業用の笑顔を作った。歯磨き粉の広告にでも出ていそうな、わざとらしい笑みだ。「あんまり興奮なさらないで。わたしが叱られます」だが若い患者は、見惚れてしまうほど整った顔に、ただならぬ表情を浮かべていた。看護師は青年の鋭い目つきにとうとう折れて、こう続けた。「お願いですから朝食を召しあがってください。叔父様を呼んでまいりますから」看護師に話を聞いたフィッツヒューバート大佐は、足音を立てないようにそっと病室に入ってきた。見舞いにふさわしい沈鬱《ちんうつ》な表情を浮かべていたが、ベッドの上の甥が血の気を取りもどして上体を起こしているのをみると、たちまち顔を輝かせた。「いや、めでたい。今日はずいぶんと元気そうだ。面会謝絶を解いてほしいと聞いたが、どういうことだね」

「ちがいます。アルバートだけでいい。アルバートに会わせてください」それだけいうとマイケルは、力つきたように枕に体をもたせかけた。

「まだ回復されてないんですから――どうか無理なさらないで」看護師がいった。「御者とお話なんかされたら、きっとまた熱が上がってしまいます。わたしがマッケンジー先生に大目玉を食らいます」

『この看護師の娘は、純朴というか、少々鈍いようだ』大佐は声に出さずにつぶやいた。よくわからないが、自分の与り知らないなにかが起ころうとしている予感がする。「マイケル、わかった。クランドールをここへよこすから、十分間だけ話しなさい。マッケンジーになにかいわれたらわたしが説明する」

ようやくやってきたアルバートは、イギリス産の煙草と新鮮な干し草のにおいを漂わせていた。そばの椅子にずしんと座る。暴れ馬を乗りこなそうと意気込んでいるようにもみえる。こんなふうに面会時間まで決められて病人を見舞うのは、初めての経験だ。マイケルはあごの真下まできっちりシーツでくるまれ、顔だけ浮かびあがっているようにみえる。こんなに不自然な状況で、どう会話をはじめればいいのだろう。「あの看護師、なんかいけ好かないな……おれをみたら、黙って逃げていきやがった」緊張を解くにはぴったりの切り出し方だ。マイケルは弱々しい笑みを浮かべた。たちまち、ふたりのあいだに、くつろいだ空気が流れはじめた。「あの子と話したってつまらないよ」

「煙草吸ってもいいか？」

「吸いなよ、叔父さんたちに追いだされてもいいなら」青年たちを包みこんだ沈黙は心地よく、暖炉の前で丸くなった猫のように穏やかだった。心が通じあっているのだ。マイケルがふたたび口を開いた。「聞きたいことがたくさんある。昨日の夜まで頭のなかがぐちゃぐちゃで、まともに考えられなかった。だけど、叔母さんがここへきて看護師と話をはじめたんだ――ぼくが眠ってると思ったんだろう。ふたりの話を聞いたら全部思いだした。ぼくはひとりでハンギングロックへいった。そして、きみにだけ、そのことを打ち明けていた。そうだろう？」

「そのとおり。いなくなった女の子たちを捜そうとしてた。マイク、落ち着け。まだ本調子じゃないんだぞ」

「それで、女の子たちのひとりをみつけた。そうだよね？」

「そのとおり」アルバートは繰り返した。「おまえがみつけた子は、庭師のところで看病されてる。ぶじに生きてるどころか、ケガらしいケガもない」

「どの子？」そうたずねたマイケルの声は、消え入りそうなほど小さかった。あの美しい顔を——ハンギングロックから担架で助け下ろされるときでさえ美しいにちがいないあの顔を——マイケルはいまや、片時も忘れられなくなっていた。

「アーマ・レオポルド。黒い巻き毛の小さい子だ」

部屋のなかは静かで、アルバートには友人の荒い息遣いがはっきりと聞こえた。マイケルは、急に顔を壁のほうへ向けると、全身からぐったりと力を抜いた。「だから、おまえはなにも心配しなくていい」アルバートは続けた。「さっさと元気になるこった……おい、マイク！　気絶してるじゃないか！　看護師！」約束の十分間はとうに過ぎていたので、看護師はすでに病室にもどっていた。小瓶とスプーンを持って駆けよってくる。アルバートは無言で看護師のそばを通ると、フランス窓を開けて厩へもどった。心は石のように重かった。

9

〈大富豪のご令嬢、ハンギングロックで発見される〉。ふたたび、女学院の失踪事件は新聞の一面に取りあげられた。記者たちは想像をいたずらにたくましくして、真偽のあやふやなことまで好き勝手に書き立てた。救出された少女はレイクビュー館に保護され、いまだ意識はもどっていない。マイケル・フィッツヒューバート卿もまだ、質問を受けられるほどには回復していない。当事者の裏付けが得られないことで、野次馬たちはますます好奇心や恐怖心をあおられ、すべてが解明される日を心待ちにするようになった。警察はおよそ可能性のなさそうな場所まで捜査範囲を広げると、メルボルンに応援を要請し、ブラッドハウンドとアボリジニの案内人を呼びもどした。三人の行方につながる手がかりを求めて、かすかに残った望みに賭けることにしたのだ。用水路、木の洞、暗渠《あんきょ》や池までもが捜された。寄せられた情報のなかには、先週の日曜日、廃墟になった豚小屋で光が揺れるのを目にした、というものもあった。ある日など、青い顔をしたひとりの男子生徒が、ブラック・フォレストの古い縦坑の底で確かに死体をみた、と通報にきた。その情報は間違ってはいなかった――腐乱した雄牛の死骸がみつかったのだから。再開された捜査は、今回も遅々として進まなかった。バンファー巡査は、答えを得られない問いで埋めつくされた手帳を一心ににらんでいた。いっそのこと、解決可能な殺人事件かなにかが新たに起こってほしいくらいだった。

アップルヤード校長が、簡潔かつ事務的な口調で生徒たちにアーマのぶじを伝えたのは、月曜日の朝のお祈りの時間の直後だった――慎重に検討したうえで、その時間を選んだのだ。一時限目がはじまるまで丸一時間あるから、そのあいだに生徒たちは心の整理をつけられるだろう。校長が事情を話しおえると、あたりは束の間静寂に包みこまれた。次の瞬間、少女たちはよろこびを爆発させ、泣きだし、ほとんど言葉を交わしたことのない相手とさえ固く抱き合った。ポワティエは、ブランシェとロザムンドが、普段は立ち話が禁止されている階段で泣きながら抱き合っているところに行きあった。「あらあら、ふたりとも《メザンファン》、嬉しい知らせなんだから泣かなくたっていいでしょう」ポワティエは少女たちに言葉をかけたが、そういいながらも長いあいだこらえてきた涙があふれてくるのを抑えられなかった。厨房《ちゅうぼう》ではコックとミニーが黒ビールで祝杯をあげていた。使用人の棟から離れた教師の部屋では、ドーラ・ラムリーが、自分までハンギングロックから救出されたような感激に襲われて、首元の安っぽいレースの襟をつかんでいた。トムとミスター・ホワイトヘッドは、鉢植えの並んだ温室でアーマ発見の朗報を祝っているうちに、有名な殺人事件のことを話しはじめた。話題が切り裂きジャックに及んだ頃、ミスター・ホワイトヘッドはしぶしぶ話を切りあげて、芝刈りの仕事へもどっていった。昼食がすんだ頃には、熱狂的な歓喜の余波が、学院をじわじわと蝕みはじめていた。午後の授業のあいだ、少女たちは落ち着きをなくし、小声でひそひそと私語を交わした。教師たちの居間では、アーマのことがほとんど話題にのぼらなかった。全員で示し合わせたかのように、沈黙の薄いベールが残酷な現実を覆いかくし、だれもが、そのベールに触れてしまわないよう慎重になっていた。ただひとり校長だけが、扉を閉めきった校長室の奥で、新たに湧いてきた問題に容赦なく切りこもうとしていた。四人の失踪者のうちたったひとりだけが発見されたことで、それまでゆっくりと学院を蝕んでいた不穏な空気は、加速度的に重く沈みはじめていた。

強い意志と権力を持った人間は、実際的な問題を処理することに長けている。どれだけ道理に反した問題だろうと、冷静さを欠かずに対処する。だが、学院を襲った不吉な空気——新聞は〝混乱〟という言葉を使ったが——は、そうした実際的な問題よりもはるかに始末が悪かった。〝混乱〟は、あとで検討するために棚にしまっておくことはできないし、〝混乱〟は、過去の書類を参考にして、ぴったりの解決法をあてがうこともできない。不穏な空気はたったひと晩で怪物になる。火種が実際にあろうとなかろうと、集団を不自然な状況下に置きさえすればいい。ベルサイユ宮殿でも、ペントリッジ刑務所でも、上流階級向けの女学院でも、抑えこまれた恐怖から立ち上る瘴気《しょうき》は、刻一刻と濃く暗く立ちこめていく。

翌朝、ほとんど眠れないままベッドを出た校長は、嫌な予感を覚えていた。ヘアピンがどっさり挿さったハリネズミのような重い頭に、学院の重苦しい空気がのしかかってくる。長い夜のあいだに、校長は若干の不安を抱きながらも、学院の方針を変える決意を固めていた——規律を少しゆるめ、日課に変化をつけるのだ。そうと決めるとさっそく、生徒たちの居間の壁紙を、悪趣味なストロベリーピンク色に張り替え、がらんとした応接室にグランドピアノを設置した。ある晩には、ウッドエンドの牧師館からローレンス牧師と牧師夫人を招き、応接室の幻灯機で、キリスト教について学ぶことのできるスライドを上映してもらった。応接室の暖炉には、ミスター・ホワイトヘッドが選り抜いた紫陽花《あじさい》がふんだんに飾られ、頭巾とフリルつきのエプロンを身につけたメイドたちが、コーヒーとサンドイッチとフルーツサラダを振る舞った。その光景はまさに、絵になりそうなほど理想的な寄宿学校の一幕だった。経済的に恵まれ、一流の教育を受け、望みうるすべてのものを手に入れた令嬢たちが集まっている。ところが、ローレンス夫人はみるみるうちに暗い顔になり、片頭痛を訴えて早々に帰ってしまった。次に校長は、上級生たちに特別な気晴らしをさせようと思いつき、監督役の教師をひとりつけて列車でベンディゴ町へいかせ、『ミカド』の昼公演を見物させた。だが、これも徒労に終わった。生徒たちは気晴らしをするどころか、いく前より落ちこんで帰ってきた。劇場の観客たちは、最前列に座ったアップルヤード学院の生徒に気づくと、無遠慮なまなざしをぶつけながら小声でささやきかわした。生徒たちは、見世物に――〝女学院失踪事件〟の登場人物に――でもなった気分になり、帰りの馬車に乗りこむときには、ほっと胸をなでおろしたのだった。

校長は、作戦がことごとく失敗に終わった現実を突きつけられると、もっと荒っぽい手段に訴えることにした。噂好きの職員たちをきつく叱りつけ、生徒たちには、教師のいないところでは私語を慎むように厳命した。この日以来、日課の散歩でベンディゴ通りにやってくる学院の少女たちは、夏の制服と不格好な麦わら帽子を身につけ、ふたり一組で手をつなぎ、言いつけどおりに固く口をつぐんで、女囚のように歩くようになった。

イースターが近づいていた。じきに今年度が終わる。夏の花は少しずつしおれていき、とうとうある朝を境に、屋敷の裏手の小川に沿って生えた柳が、淡い黄金色に染まりはじめた。だが校長は、秋の訪れをよろこぶような女性ではない。花壇と芝生は、よく手入れされ、学院の風格を守ってさえいればいい。重要なのは規律――整然と並んだ花壇も、そこで咲きほこる花々も、石垣のむこうを行き交う人々を感心させるための小道具だ。校長室の窓の外では、低い木がはらはらと葉を落としはじめていた。だが、落ち葉にわざわざ教えてもらわなくとも、校長は時の流れをはっきり意識していた。ピクニックのあの日から、ひと月が経とうとしていた。少し前、アップルヤード校長はメルボルンに何日か滞在して、ラッセル通りにある警察本部で長い時間を過ごした。どんなときも警戒を怠らない校長の目は、本部に到着するとすぐ、掲示板に貼りだされていた一枚の公示書をみつけた。〈行方不明。推定死亡〉の文字の下に、三人の失踪者に関する詳細な情報が記され、ひどい写りの写真が貼ってあった。ミランダと、マリオンと、グレタ・マクロウだ。校長の目には、〝死亡〟という文字だけがどぎつく光っているようにみえた。担当の刑事は、公示書についてこんなふうに説明した。ええ、死亡している可能性はありますが、確率としては非常に低いでしょう。校長はその刑事と二時間ものあいだ、狭い部屋で額をつきあわせるようにして話すことになった。刑事は話を続けた。お嬢さん方は、誘拐されたか、うまい話に乗せられたか、身代金目的で連れ去られたか、いずれかじゃないでしょうか。それより最悪な状況も考えられますが。校長は、不安と蒸し暑さで汗をかいた額にしわを寄せた。「失礼ですけど、その最悪の状況とやらがなんなのか、お聞かせいただけるかしら」刑事がほのめかしたのは、シドニーの売春宿のことだった——あの町ではしばしばそういう事件が起こるらしい。良家の令嬢が霞かなにかのように消えてしまい、しばらくあとに場末の売春宿で発見される。だが、そうした事例は、ここメルボルンではあまり多くなかった。アップルヤード校長は思わず身震いした。「あの子たちは、学院のなかでも飛び抜けて賢く洗練された生徒たちでした。見ず知らずの相手の誘いに乗るとは思えません」

「念のため申しあげておきますが」刑事は淡々といった。「若いお嬢さん方は、なにも自分から誘いに応じて、酔っぱらった人でなしに乱暴されるわけではありません。もし、そんなふうに考えていらっしゃるようでしたら、大きな間違いです」

「そんなことは、考えもしませんでした。その手の話はよくわかりませんから」刑事は、煙草のヤニで茶色くなった太い指で、デスクの上をとんとん叩いた。隙のない女ってのは厄介だ。賭けてもいいが、こういう女こそ好きものなんだ。胸のなかでそんな悪態をつくと、刑事は穏やかな口調で続けた。「もちろん、状況を考えると、売春宿に連れ去られたとは考えにくいですね。ですが、われわれ警察としても、迷宮入りした事件はあらゆる角度から調べなくてはいけないんです。通報があった日から、ただのひとつも手がかりがみつかっていないんですから。わたしの記憶が正しければ、事件があったのは二月十四日でしたね？」

「ええ。バレンタインデーでした」

一瞬刑事は、校長が気を失うのではないかと身構えた。顔は不気味な赤いまだら模様になっている。大きな頭がのしかかってくるのではないかと不安になった刑事は、席を立ち、今日はこれくらいにしましょうと告げた。アップルヤード校長は、ふらつく足で太陽の照りつけるおもてへ出た。面会は終わったが、悪夢は続いていた。この悪夢は、ホテルへ帰って、睡眠薬を一杯の——あるいは二杯の——コニャックで流しこんだとしても、終わることはないだろう。

その頃学院では、厄介な問題が起こっていた。校長が留守にしているあいだに、ミュリエルという名の生徒の父親が訪ねてきたのだ。父親はもっともらしい理由をつけて退学手続きをすませると、強引に娘を連れ帰ってしまった。数学教師のグレタ・マクロウは、こうした状況におかれると、意外なほどの辣腕《らつわん》ぶりと実際家の一面をのぞかせたものだ。だが、いまは行方知れずとなっている。判断を迫られたポワティエは、保護者の要求どおりにするしかないと思いこんでしまった。ミス・ラムリーも、父親からいわれるがままに、ミュリエルの荷物をまとめてメルボルンへ送った。厄介事は、これだけでは終わらなかった。ミス・ポワティエは、校長が学院にもどってくると、帽子を脱ぐ間も待ちきれない様子で辞表を提出したのだ。『M・ルイ・モンペリエと、イースターの直後に結婚するため』だった。校長は、女性をひと目みれば、本物の淑女かそうでないかをみわけることができる。ミス・ポワティエは学院の宝のような人材だった。後任をみつけるのはたやすくないだろう。ミス・マクロウのかわりはすでにみつけてあった。やたらとやかましい学院の卒業生で、飛びだした前歯と、バックという奇妙な名前が特徴的だった。生徒たちは、最初の数日でこの教員が嫌いになった。グレタ・マクロウはなにを考えているのかわからない変わり者だったが、それでも、ミス・バックのように生徒を私的な理由で嫌ったりするような教師ではなかったのだ。

夜、メルボルンからもどったアップルヤード校長が校長室へいくと、机の上に郵便物が小山になっていた。くたくたに疲れていたが、休む前に目を通さなくてはならない。ありがたいことに、クイーンズランドの消印があるものは一通もない。最初に封を開けた手紙は南オーストラリアに住む生徒の母親からのもので、『急を要する身内の都合のため』、娘をただちにアデレード急行に乗せて帰宅させてほしい、と書かれてあった。生徒の家は裕福で、社会的な地位も高い。郊外の豪邸に住まう気取ったあの両親は、根拠もない噂話を頭から信じこんでしまったにちがいない。身内の都合！　校長は軽く舌打ちをすると、戸棚からコニャックの瓶を取りだした。もう二通の手紙を読みおえたとき、郵便物の一番下に、ミスター・レオポルドからの電報が隠れていたのに気づいた。日付は数日前で、住所はベンガルのどこかだ。威圧的な文章は、いつもの形容詞をふんだんにちりばめた手紙とは大違いだった。『ムスメヲ　ソッコク　タイガクサセタシ。オッテ　レンラクスル』桁外れの財産と並外れた社会的地位に恵まれた生徒を、こうもあっさり失うとは。校長は文字どおり気が遠くなり、吐き気を覚えた。アーマ・レオポルドが退学すれば、学院の評判には致命的な傷がつく。その傷は一朝一夕に回復できるものではない。ほんの数週間前、主教の妻にこう話していたばかりだというのに。「アーマ・レオポルドはほんとうに素晴らしいご令嬢です。それに、成人したら五十万ポンドの相続金を手にするんですよ。でも、不思議はありませんね……アーマのお母様も、有名な銀行のご令嬢ですから」散々な一日にとどめを刺したのは、肉屋と食料品店から届いた巨額の請求書だった。

すでに夜も更けていたが、校長はどうしても気になって、学院の帳簿を確認することにした。五、六人の生徒の学費が未納になっている。常識的に考えて、あんな事件があった直後に、ミランダの保護者とマリオン・クイードの法定後見人が来年度の授業料を前払いしてくれるはずがない。だが、レオポルド家からの小切手は頼みの綱だった。あの家はいつも、追加料金をたっぷり払ってくれた。ダンス、絵画、毎月メルボルンへ観にいく芝居。こうした課外授業に支払われる学費は、学院の重要な収入源だった。丁寧に罫線を引いた帳簿をみていた校長は、ある名前に目をつけた――セアラ・ウェイボーン。セアラの後見人はもともと連絡がつきにくかったが、この数カ月は一度も学院を訪ねてきていない。あの紳士は直接学院へ出向いてきて、札入れから現金を出して授業料を支払うのが常だった。目下のところセアラの課外授業の料金は、一学期分が丸ごと未払いになっていた。ミスター・コスグローヴはいつも上等の服を着て、オーデコロンとモロッコ革のにおいをたっぷり振りまいている。滞納する事情はないはずだ。

この頃の校長は、庭園で本を読みふけっているセアラをみるだけで、激しい怒りに駆られ、張り骨をしたレースのカラーに覆われた首が紅潮するようになっていた。あごの尖ったあの小さな顔が、学院にはびこる正体不明の病を象徴しているように思えてならない。学院の生徒全員が、多かれ少なかれその病に苦しんでいる。セアラがもし、もう少し幼く頼りなげな顔をしていれば、校長の同情を買うこともできたかもしれない。だが、セアラの痩せた青白い顔は、校長の怒りを煽《あお》るだけだった。その貧弱な少女が、胸の奥に芯の強さを秘めていることが――まさに自分と同じような鋼の精神を秘めていることが――、校長には許しがたかったのだ。時折校長は、神聖な校長室から教室へ出向いていって、みずから聖書の授業をおこなうことがある。そんなときにも、机にかがみこんだセアラの姿がみえると、口にするのも憚られるような恐ろしい衝動が吐き気と共にこみあげてきて、一瞬声を詰まらせることがあった。忌々しいセアラは、みたところ素直で礼儀正しく、勉強熱心な生徒だ――だが、異様に大きな目には、いつも傷ついたような表情を浮かべている。

時刻はとうに真夜中を過ぎていた。校長は立ちあがって台帳を引き出しにもどすと、重い体を引きずるようにして自室へあがっていった。

翌朝セアラ・ウェイボーンは、ミセス・ヴァランジュの美術の授業に備えて画材をそろえているときに、校長室へ呼びだされた。

「セアラ、あなたを呼んだのは深刻な問題が起こったからです。説明しておかなくてはなりません。姿勢を正して、これから話すことをよく聞きなさい」

「はい、校長先生」

「お気づきかわかりませんが、あなたの授業料は半年前から払われていません。後見人のコスグローヴさんが使っている銀行に手紙を書きましたが、毎回、宛先不明でもどってきてしまいます」

「はい、先生」セアラは表情ひとつ変えずにいった。

「最後にコスグローヴさんから手紙を受け取ったのはいつです？　慎重に思いだしなさい」

「よく覚えています。クリスマスのときでした。休暇のあいだも学院に残れるか、聞かれたんです」

「わたしも覚えています。あのときはほんとうに迷惑でしたから」

「そうだったんですか？　どうしてこんなに長いあいだお手紙がこないのかしら。本とクレヨンを頼みたいのに」

「クレヨン？　ああ、それで思いだしました。あなたのほうでもコスグローヴさんと連絡がつかないのなら、ヴァランジュ先生にいって、あなたの絵画の授業は打ち切りにしてもらわなくてはいけません——ええ、今朝の授業から中止です。あなたが持っている画材はすべて学院の備品ですから、かならずラムリー先生に返却してください。それから、靴下に穴が開いていますよ。どこかへ奉公に出て繕い物でも習ったらどう？　本や絵にうつつを抜かしている場合じゃないみたいだわ」

校長室から出ていこうとしたセアラは、扉の手前で呼びもどされた。「いうのを忘れていましたけど、イースターまでに後見人の方と連絡がとれなければ、あなたの学校生活には別の手段を講じます」

このとき初めて、セアラの大きな瞳に動揺が走った。「別の手段って、なんですか？」

「それは、これから検討しなくてはなりません。施設はいくつもありますから」

「嫌です！　お願い、それだけは嫌です！　孤児院にだけは二度ともどりたくないんです！」

「現実と折り合う術を身につけなさい。もう十三歳なんですから。話は以上です」

校長室でこうした会話が繰り広げられている頃、メルボルンから通勤している美術教師のミセス・ヴァランジュがウッドエンド駅に到着した。小柄な美術教師は、迎えのトムに、溺れかけた船乗りのようにしがみつきながら、なかばかつぎ上げられるようにして馬車に乗せてもらった。例によって荷物が大量だ。スケッチブック、日傘、ぱんぱんに物が詰まったトランク。トランクの中身は、いつもほとんど同じだった――上級生用に持ってきた石膏《せっこう》のキケロの首像は、フランネルのガウンでくるまれている。がたがた揺れる列車のなかで、とがった鼻が欠けたりしたらおおごとだ。それから、下級生の授業で使う石膏の足像。それに、薄い紙をひと巻き。ウールの丸い飾りがついた履き心地のいいスリッパ。そしてコニャックを詰めた水筒（ブランデーはフランス産に限る。校長とミセス・ヴァランジュのあいだで酒の好みが話題にのぼるようなことがあれば、この点だけは意見が一致するにちがいない）。

「最近はどう？」話し好きで朗らかなミセス・ヴァランジュは、馬車が街道に差しかかるとたずねた。ユーカリの並木が影を落としている。「恋人とはうまくいってる？」

「実は先生、イースターがきたら、ミニーと一緒に学院を辞める予定なんです。あそこで働くのは、なんだか、気が進まなくて。おれの言いたいこと、わかってもらえますかね」

「ええ、わかりますとも。気の毒だわ。あの事件からずっと、町の人たちはとんでもない噂をしてるのよ。わたしはいつも、忘れるのが一番よっていってるんだけど」

「そのとおりですよ」トムはうなずいた。「だけど、やっぱり、おれもミニーも一生忘れられないと思います。ミス・ミランダのことも、ほかのふたりのことも。それこそ、死ぬまで忘れられません」

馬車が学院の門をくぐると、ミセス・ヴァランジュは、前庭の芝生に、お気に入りの生徒のセアラ・ウェイボーンがいるのをみつけた。さっそく日傘を振って挨拶する。「ごきげんよう、セアラ。トム、いいのよ、トランクは自分で運ぶから。セアラ、いらっしゃい。メルボルンで、きれいなクレヨンをひと箱買ってきたのよ。ちょっと高いけど、授業料に入れてもらえばいいわよね……あら、なんだか元気がないじゃないの」

ミセス・ヴァランジュは、セアラから悪い知らせを聞くと、持ち前の正義感を爆発させた。「あなたの授業を打ち切る？　嘘でしょう！　授業料なんか問題じゃありませんよ。この学院で美術の才能があるのはあなただけなんですから。校長先生に直談判してきます――授業がはじまるまで、時間はまだ十分ありますからね」

その後校長室で繰り広げられた舌戦は、ここでつぶさに記録するほどのものではない。このとき初めて、そしてこれを最後に、ふたりの婦人はにらみ合い、怒りにまかせて感情をぶちまけた。最初におざなりの挨拶をすませると、さっそく戦いの火蓋が切られた。普段は温厚なミセス・ヴァランジュは小さな体で日傘を振りまわしながら、思いつく限りの罵声《ばせい》を浴びせかけた。いっぽうアップルヤード校長はよそゆきの冷静さをかなぐり捨て、これでもかというほど威圧的な物言いで、顔を紫色にして応戦した。やがて、乱暴な音が響きわたった。ミセス・ヴァランジュが、校長室の扉を叩きつけるように閉めたのだ。精神的には勝利したが、学院の決まりを振りかざす相手にはかなわず、荒い息をつきながら廊下に立ちつくすしかなかった。トムを呼び、片手には日傘、片手にはガウンにくるまれたままの石膏像が入ったトランクをつかんで、もう一度馬車に乗りこんだ。ミセス・ヴァランジュが学院から駅へと続く道をたどるのは、これが最後となった。

駅へ向かう馬車のなかで、ミセス・ヴァランジュは珍しく押しだまり、紙の切れ端にチョークのかけらでなにか書きつけていた。しばらくすると、セアラ・ウェイボーンの宛名を書いた封筒と半クラウンをトムに渡し、これをなるべく急いでセアラに渡してほしい、校長先生には決してみつからないでほしい、と頼んだ。トムは喜んで引き受けた。小柄なミセス・ヴァランジュのことも大好きだが、セアラのことも同じくらい気に入っていたのだ。手紙と半クラウンは翌朝すぐに渡そうと心に決めた。生徒たちは、朝食後の三十分を庭園で過ごす決まりになっている。手紙はそのときに渡すのがいいだろう。ところがトムは、ミセス・ヴァランジュと別れた直後にアップルヤード校長から急な仕事を申しつけられ、慌ただしく働いているうちに手紙のことをすっかり忘れてしまった。

数週間後、トムは引き出しの奥でくしゃくしゃになっている封筒をみつけた。ミニーがロウソクの光にかざした手紙を声に出して読むと、それから夜半過ぎまで、ふたりは寝付くことができなかった。ミニーは、あたしたちが良心を痛めたってなんの意味もないんじゃない？ といった。確かにそのとおりだった。状況を考えれば、手紙がセアラに届けられなかった責任をトムが負う必要はない。手紙にはこんなことが記されていた。『セアラへ。ミセス・Aにすべて聞きました。あんなにつまらないことで騒ぎたてるなんて、時間の無駄よ！ 伝えておきたいことがあって、この手紙を書きました。聖金曜日（イースター前の金曜日。キリストが十字架にかけられた日）までに後見人と連絡がつかなかったら、東メルボルンのわたしの家にいらっしゃい（住所は同封の紙をみて）。好きなだけうちにいてくれていいから。とにかく、きてくれる気になったら知らせてちょうだい。駅まで迎えにいくわ。課外授業なんか受けなくても絵は描けるんだから、時間ができたら描きつづけなさい。レオナルド・ダ・ヴィンチだってそうしてたのよ。愛をこめて。ヘンリエッタ・ヴァランジュより。』

ミセス・ヴァランジュがひと騒動起こして学院を出ていくと、数日前から漂っていた緊張感はいやが上にも高まっていった。校長の敷いた緘口令《かんこうれい》は役に立たなかった。いくら、無用の私語は慎みなさい、教師の監督なしに集まっておしゃべりをしてはいけません、とうるさく命じられようと、少女たちはメモをまわしたり様々な工夫をこらしたりして、夕食前には事の次第を完全に把握していた。校長室で美術教師が校長と激しくやり合ったことも、その一件にセアラが関係していることも、すべて探りあてた。例によってセアラは、なにも語ろうとしなかった。「あの子、この頃、牡蠣《かき》みたいにコソコソ**這いまわってない？**」生物も国語もあまり得意ではないイーディスがいった。ブランシェはいった。「若くてかっこいい先生がこないなら、美術の授業はやめようかな。チョークの粉が爪のあいだに入るのって苛々するし」ドーラ・ラムリーが、ひそひそ声で話していた少女たちの一団に慌てて駆けよってきた。「あなたたち、ベルが聞こえなかったの？　着替えの時間ですよ。すぐ部屋へいきなさい。廊下で立ち話をしていたんですから、全員一点ずつ減点しますからね」

その直後、見回りを続けていたミス・ラムリーは、セアラ・ウェイボーンがひとりでいるのをみつけた。リネン室の前の螺旋《らせん》階段でうずくまり、小さなドアに頭をもたせかけている。泣いているようにみえたが、暗がりで表情はよくわからなかった。ミス・ラムリーがセアラを連れて踊り場へいくと、壁から吊りさげられたランプが少女の顔を照らした。飢え死にしかけた捨て猫のように打ちひしがれた表情だった。「セアラ、どうしたんです？　具合でも悪いの？」

「大丈夫です。ひとりにしてください」

「こんなに暗いところで冷たい石段にすわりこんでいるなんて、非常識ですよ。もうすぐ夕食なんですから。気でもちがったの？」

「夕食なんかいりません。なにも食べたくないんです」

ミス・ラムリーは鼻を鳴らして叱りつけた。「生意気なことをいうんじゃありません！　わたしだって食欲があるわけじゃないのよ」それから、声に出さずに胸のなかでうめいた。『この子、みてるだけで苛々するわ。めそめそ泣いたりして。この学院も大嫌い……』今夜にでも兄に手紙を書いて、新しい勤め先を世話してもらわなくては。『お兄様へ。ほかの女学院でも働くつもりはありません。もう教職はうんざり……』次の瞬間、ミス・ラムリーは、ぎょっとして思わず叫びそうになった。夕食を知らせるベルが、がらんとした階下からこだましてきたのだ。応接室でのんびり遊んでいたネズミたちは、ベルの音に慌てふためき、覆いをかけられたソファや椅子の下に逃げこんでいった。「セアラ、いまの音が聞こえたでしょう？　クモの巣まみれで階下へおりていくなんて、許しません。食欲がないなら、もう部屋へいって休みなさい」

セアラの寝室は、かつてミランダとふたりで使っていた部屋だった。寄宿舎のなかでは一番人気の部屋で、細長い窓からは庭園がみわたせたし、カーテンは薔薇《ばら》の模様だった。校長の厳命により、部屋のなかのものはピクニックの日からなにひとつ変わっていない。

ミランダの繊細で美しいドレスも、杉のクローゼットに整然とかかったままだ。セアラはあの日以来、クローゼットを直視できなくなっていた。テニスラケットも、最後に壁に立てかけたときのままになっている。あの夏の夕暮れ、ミランダはマリオンとの試合を終えると、頬を紅潮させてはしゃぎながら階段を駆けあがってきた。マントルピースの上には、銀の楕円形の写真立てに納まったミランダの写真がある。これはセアラの宝物だ。化粧ダンスの引き出しにはいまも、ミランダに贈られたバレンタインのカードがたくさん入っていた。化粧台の上には、ミランダの小ぶりなクリスタルの花瓶。セアラはこの花瓶に、いつも花を活けるようにしていた。夜にはよく、ベッドに横になって眠ったふりをしながら、ミランダがロウソクの明かりを頼りに美しいブロンドの髪を梳かすのを眺めた。

「セアラ、起きてるんでしょう？　わかってるんだから」ミランダは、暗い湖面のような鏡をみたまま、にこっと笑ってくれたものだった。歌をうたってくれることもあった。セアラだけが知っている調子外れな節で、家族のことをうたう――お気に入りの馬のことや、弟が飼っている大きなオウムのこと。「セアラ、今度うちの農場へきてちょうだい。大好きな家族に会わせたいの。楽しい人たちよ。いいでしょ？」セアラは寂しくてたまらなかった。ミランダ、ミランダ、大好きなミランダ、どこにいっちゃったの？

やがて、夜がきた。学院の者たちはそれぞれに眠れぬ夜を過ごしていた。南の棟では、トムとミニーが抱き合い、いつまでも愛をささやきあっていた。アップルヤード校長は、頭にヘアピンをどっさり挿したまま、何度も寝返りを打っていた。ドーラ・ラムリーはペパーミントキャンディーをなめながら、熱っぽい頭で、兄へ送る手紙の文面をいつまでも練りつづけた。ニュージーランドからきた姉妹は、心細くなって同じベッドにもぐりこみ、いまにも地震が襲ってくるのではないかと震えていた。ミス・ポワティエの寝室には、まだ明かりがついていた。いつもなら、ロウソクの明かりでラシーヌの詩を読めば、すぐにまぶたが重くなる。だが、なぜか今夜はいつまでも眠れなかった。セアラもまた、横になったまま大きな目をみひらき、深い暗闇をみつめていた。

しばらくすると、弱い月明かりに照らされた鉛板葺《えんばんぶ》きの屋根の上を、数匹のポッサムが跳ねはじめた。キイキイ鳴きながら、わが物顔で走りまわる。ポッサムたちの真ん中では、屋根の上から突きでた不格好な小塔の影が、濃紺の空を背にして黒々と浮かびあがっていた。

10

あのピクニックの日から、様々な出来事が起こった。一部始終を目にしてきた本書の読者たちは、気づいただろうか。ピクニックとはなんの関係もなかった人々までが、ひとりまたひとりと、綴織《つづれおり》のように複雑さを増していく事件の一部に織りこまれていく。ミセス・ヴァランジュ、レグ・ラムリー、ムッシュー・ルイ・モンペリエ、ミニーとトム。彼らが送っていた日常は、行方不明事件を機に、大きく——ときに暴力的なほど——変化していった。生き物の世界でも、夥《おびただ》しい数の被害者たち——クモ、ネズミ、カブトムシ——が、急変を迫られた人間界の余波を受け、大急ぎで安全なすみかへ逃げていった。不吉な綴織は、なんの前触れもなく織られはじめたのだ。聖バレンタインのあの朝、最初の日射しが花壇の赤いダリアを燃えるように輝かせ、早起きをした生徒たちが無邪気にカードやプレゼントを贈りあっていたあのときから。三月十三日金曜日の夜になっても、事件の綴織は依然として広がりつづけていた。模様はいよいよ複雑に奥深くなり、織物が完成する兆しはなかった。マセドン山の避暑地でも綴織は織られつつあった。だが、レイクビユー館があるあたりでは、織物の色合いが心持ち明るかった。屋敷の人々は、なんの自覚もないまま、歓喜や悲哀や光や影によって織りなされる事件の一部に組みこまれていった。彼らが淡々と営む日々の生活は、本人たちも気づかないまま無数の縦糸と横糸になり、互いに絡みあいながら、複雑な模様を織りあげていくのだった。

屋敷で療養していたふたりの病人は順調に回復しつつあった。マイケルはベーコンエッグの朝食を食べられるようになった。アーマもマッケンジー医師から、バンファー巡査の質問を短時間なら受けても問題ないと判断されるほどになっていた。前もって巡査は、アーマ・レオポルドはハンギングロックで起こったことをひとつも覚えていないと聞かされていた。そのうえ、マッケンジー医師も、シドニーとメルボルンから呼ばれたふたりの名医も、ミス・レオポルドがこの先記憶を取りもどす可能性は極めて低いと考えていた。繊細な脳の一部が、取り返しのつかない損傷を受けているようだった。マッケンジー医師はこんなふうに説明した。「時計のようなものだ。異常な環境にさらされると、ある時刻から針が先へ進まなくなる。昔、うちにもそんな時計があった。三時から先にはなにがなんでも進まんのだ……」だがバンファー巡査は、どうしてもアーマから話を聞きたいといって引かなかった。本人の言葉を借りるなら、「ものは試し」ということだ。

面談は三月十三日の午前十時にはじまった。巡査はきちんと髭を剃って現れると、ベッドわきの椅子にかけ、鉛筆と手帳を手に質問をはじめた。正午をまわるころ、バンファー巡査は紅茶をすすりながら椅子に深くもたれ、二時間も面談に付き合ってくれたことへの礼を述べていた。だが、めぼしい情報はほとんど得られなかった。とびきり美しい少女から悲しげに微笑みかけられるという僥倖を別にすれば、面談はおおむね徒労に終わった。

「ミス・レオポルド、そろそろ失礼いたします。なにかの弾みに記憶がもどるかもしれません。そのときはすぐにご連絡を。アヒルが尻をふた振りするあいだに駆けつけますから」巡査は席を立つと、ページが真っ白なままの手帳にゴムバンドをはめなおし、なるべく顔に失望を出さないように注意しながら病室を出た。待たせてあった大きな葦毛《あしげ》の馬にまたがり、速足で大通りを走らせる。午後一時に、たっぷりした昼食をとることになっていた。だが、好物のプラムパイのことを考えても、気分はいっこうに晴れなかった。

翌日の土曜日の午後、マセドン避暑地の住人たちは、またしてもアーマ・レオポルドのもとに来客があったことを噂しあった。なんでも絵のように美しい女性で、ライラック色のシルクのドレスをまとい、二輪馬車でやってきたという。馬車を走らせていたのは黒い口ひげをたくわえた外国人の紳士で、マナッサ雑貨店でレイクビュー館への道をたずねたらしい。この避暑地の住人なら、カトラー夫人がアップルヤード学院失踪事件の唯一の生存者を看病していることも、そのヒロインが、フィッツヒューバート大佐の屋敷にいるハンサムな若いイギリス人の甥に救出されたことも、すべて知っている。見知らぬ美女がレイクビュー館を訪ねてきたと知ると、近隣の住民たちは色めき立ち、熱心に噂しあった。噂によると、フィッツヒューバート大佐の甥は二十メートルの絶壁を這い登ったときに上下の前歯を折ってしまい、助け出した少女に狂おしいほどの恋をしているらしい。また、美しい若き令嬢は、メルボルンからシフォンの部屋着を二ダースも取り寄せ、ベッドで休むときも三連の真珠の首飾りをしているという。

実際は、アーマの持ち物が入ったモロッコ革のトランクは、カトラー夫妻の住まいの玄関に積まれたままになっていた。ミス・ポワティエは、久しぶりにアーマの姿をみると、愛しい気持ちがこみあげてきた。色褪《あ》せた日本のキモノをまとっただけで、こんなにも美しくさまになる少女はめったにいない。ベネチア風の木製のブラインドは下げられていた。ブラインドの隙間から射しこむ庭園の光が、素朴な漆喰《しっくい》塗りの壁や、パッチワークのキルトをかけた大きなダブルベッドの上に、さざ波のような影を作っている。海岸の洞窟にベッドが漂い浮かんでいるようにもみえた。部屋には、清水のように涼しいそよ風が吹きこんでいた。ポワティエとアーマは少しだけ泣き、愛情をこめて固く抱きしめあった。夢中で再会をよろこぶと、そのあとは沈黙し、ふたりだけがよく知る悲しみに、心ゆくまで身を浸した。話したいことは山のようにあったが、言葉にできることも言葉にすべきことも、ほんのわずかしかなかった。ハンギングロックはふたりの心に影を落とし、その影は体で感じとれるほど重かった。言葉は役に立たなかった。嬉しいのか悲しいのかさえも、ほとんどわからなかった。やがて、自分たちはぶじで、だからこそこうして、終わりゆく夏の穏やかな午後に再会できたのだと気づいたのは、ポワティエのほうだった。立ちあがると、小気味いいカチッという音を立ててブラインドを上げ、外の静かな庭園を眺める。窓辺の楡《にれ》の木には、鳩《はと》が集まってなにやら噂話をしている。

「アーマ、やっと会えたわね」少女の小さな顔は、深紅のリボンでゆるくまとめた巻き毛に縁取られ、更紗《さらさ》の枕カバーに負けないくらい白かった。「顔色がよくないけれど、きれいよ。あなた、ゼラニウムの花で唇に紅を差そうとして、わたしに叱られたことがあったわよね。覚えてる？　ああ、そうだ！　すごくいい知らせがあるの！」そういうと、ディアーヌ・ド・ポワティエは、甲を上にして左手を差しだしてみせた。薬指に光るフランス製アンティークの指輪が、パッチワークのキルトの上に無数の虹を落とす。とたん、アーマの頬に星のようなえくぼが浮かんだ。「先生、すごい！　おめでとう！　ルイってすごくすてきな人よね！」

「まあ！　わたしの秘密、すぐに当ててしまったのね」

「当てたんじゃなくて――知ってたの。ミランダがいつもいってた。あたしは頭で当てて、心で知るんだ、って」

「ミランダ……」ポワティエはため息をついた。「まだ十八歳で、ほんとうに賢い子なのに……」ふたりは、またしても沈黙した。ミランダの幻が金色の髪をなびかせながら、芝生を漂ってくるような気がする。そのとき、カトラー夫人が、クリームを添えた苺《いちご》をトレーに載せて運んできた。夫人は、上品なフランス人女性のことを、ひと目会った瞬間に好きになっていた。「カトラーさん、ありがとう。先生、あたし、カトラーさんがいなかったらどうなってたかわからない。フィッツヒューバートのご夫妻にもすごく感謝してる。ほんとに親切な人ばっかり！」

「ハンサムな甥っ子さんはどう？」ポワティエは、好奇心をのぞかせていった。「あの方も親切？　新聞で読んだけれど、本物の紳士みたいね」

その問いには答えられなかった。アーマが知っているのは、マイケル卿は体調が回復せず、病室から出られないということだけだ。「先生、忘れちゃった？　あたし、マイケル・フィッツヒューバート卿のことは遠目からみかけただけよ。ピクニックの日に一度だけ」

「女はひと目で百のことを見抜くものよ」ポワティエは断言した。「わたしだって、ルイのうしろ姿をみた瞬間に心のなかでつぶやいたんだから。『ディアーヌ、彼が運命の人よ』

って」

ちょうど同じ頃、たまたまマイケルは芝生に出て、デッキチェアに座っていた。長い脚は、叔父の馬車から運ばれてきたひざ掛けにくるまれている。芝地は、湖に向かってゆるやかな下り坂になっていた。湖にぽつぽつ浮かんだ睡蓮《すいれん》の花が、白鑞《しろめ》の杯のように午後の日射しを照りかえしている。ボートを漕いでいるアルバートとミスター・カトラーは、賑やかに騒ぎながら睡蓮のあいだを縫い、水草を取り払っていた。今日のように晴れわたった青空こそが、のちにマイケルにとって、マセドンで過ごした夏の象徴になった。マセドン山の上にある黒い松の植林地のあたりを、やわらかそうなちぎれ雲が流れていく。マイケルは、意識をなくしたあの日以来初めて、景色を眺めるよろこびをかすかに感じた。

「マイケル、そこにいたの！　やっと外の空気を吸えるようになったのね！」フィッツヒューバート夫人が、屋根つきのテラスに出てきて声をあげた。日傘とクッションと針仕事の道具を両手一杯に抱えている。「明日はすてきなお客さんがいらっしゃいますよ。総督の別荘にいらしてるミス・アンジェラ・スタックを覚えてる？」マイケルはスタック嬢とデートできると知っても、嬉しそうな表情はみせなかった。なにしろ、ほとんど記憶にないのだ。確か、シャンパンボトルのような細い脚に、色白で血色のいい顔をしていた。わざとらしい笑みを浮かべたその顔をみたときは、ハディンガム館の食堂に飾ってある古めかしい肖像画を思いだしたものだ。

「かわいそうに。アンジェラのことをそう嫌わなくてもいいでしょうに」フィッツヒューバート夫人がいった。

「嫌ったりしてません。ぼくが悪いんです。ミス・スタックは――どういえばいいのかな――なんというか、いかにもイギリス人という感じで」

「馬鹿をいうな。いかにもなイギリス人で、大いに結構」スパニエル犬を何匹か連れた大佐が、生垣のむこうから現れた。「だいたい、いかにもイギリスらしいとは、具体的にはどういうことだ？」

だがマイケルには、大英帝国のなんたるかを論じるような話で叔父にかなう自信はなかった。結局、翌日の午後には、叔母の招待した客が総督の別荘から訪ねてきた。スタック嬢は、マイケルが想像していたとおりの女性だった――イギリスで大がかりな舞踏会に出席すると、きまって母親が、あのお嬢さんをかならずワルツに誘ってさしあげるのよ、と念を押してくるような令嬢。「アンジェラ、あの体たらくはなんだったんだ」父親の少佐は、レイクビュー館から帰る馬車のなかで娘を叱りつけた。「まったく、ほんとうに気のきかないやつだ。イギリス中探したって、これほどの良縁はないんだぞ。マイケル様は由緒正しき家柄の出で、いずれ爵位を継がれる……財産も申し分ない」

「むこうがわたしに興味がないんだから、どうしようもないでしょう？」ミス・スタックは、みじめな気分で鼻をすすりながらいった。「お父さまだって、さっきの様子をみてわかったはずよ。マイケル様はわたしが嫌いなの。なにをしたって無駄なのよ」

「頑固な娘だ！　ちょっとは分別を働かせろ！　おまえがぐずぐずしているうちに、庭師小屋にいるとかいう美人がマイケル卿を落としてしまう。ご令嬢だろうがなんだろうが、それはまちがいない」

律儀なマイケルは、ひょろりとした脚の令嬢が二輪馬車に乗りこむのに手を貸すと、夕食前に湖のまわりを散歩することにした。退屈な客というのは得てしてそうだが、スタック一家もやたらと長居をしていった。空にはすでに、夕焼け雲が浮かんでいる。夕陽に照らされた湖は、穏やかに凪いで美しかった。二輪馬車を見送るとすぐに歩きはじめたが、その足取りは危険なほどおぼつかなかった。芝生を歩いていると、ふと、湖のほうから水の跳ねる音がした。みると、白いドレスを着た少女が立っている。オークの木陰にある、貝殻の形をした鳥の水浴び場のところだ。顔をそむけているが、髪のあいだからかすかにのぞいた横顔をひと目みた瞬間、マイケルは少女に向かって走りだした。強い不安で気分が悪い。また、手が届く前にいなくなってしまうかもしれない。悪夢のなかで何度少女を逃がしたことか。あと少しでつかまえられる。だが、そう思った瞬間、モスリンのドレスが、かすかに震える白鳥の翼に変わった――白鳥は、蛇口からほとばしる水に誘われてきたのだった。マイケルが草むらに倒れこむのと同時に、白鳥は貝殻の上に舞いあがり、虹色のしずくを雨のように降らせながら湖の上を飛んでいった。白い鳥はやがて、対岸で風に葉をそよがせている柳の木立のむこうへ姿を消した。

マイケルは日増しに気力を回復し、弱っていた脚が思うように動きはじめたことを実感していた。その日、フィッツヒューバート夫人は甥にいった。「マイケル、一度くらいはミス・レオポルドのお見舞いにいきなさい。ロックから救出して、あとは知らんぷりだなんて、少しどうかと思うわ。礼儀の問題よ」

「あの子はたいした美人だ」大佐がいった。「わたしがおまえくらいの年だったら、とうの昔に、シャンパンとブーケをみやげに見舞いにいっていたぞ」

マイケルも、ふたりの意見はもっともだと思った。面会にいくことが決まると、さっそくアルバートが、明日の午後に伺ってもかまわないかとたずねる手紙を届けにいった。返ってきたミス・レオポルドの手紙は、カトラー夫人の一番上等なピンク色の便箋に、くっきりとした癖の強い文字で綴《つづ》られていた。よろこんでお会いしたいので、ぜひお茶を飲みにきてください、ということだった。

しかし、夜のうちには至極まっとうに思われた決断も、朝になってみると妙に億劫な用事になっているものだ。マイケルは重い足で庭師の住まう建物へ向かった。初めて会う女の子となにを話せばいいのだろう。カトラー夫人は、玄関先でにこやかに待っていた。

「アーマお嬢様は、庭園へお連れしました。少しは新鮮な空気に触れていただきたくて」

格子に囲まれた小さなあずまやには、お茶のためのテーブルが出されていた。白いかぎ針編みのクロスが敷かれ、来客用のデッキチェアには、赤いビロードのハート形のクッションが置かれている。アーマは背すじを伸ばして行儀よく座っていた。たっぷりしたモスリンのドレスには、レースと深紅のリボンがたっぷりあしらわれている。少女を守ってでもいるかのように、あずまやの屋根を覆う真っ赤なつる薔薇《ばら》は満開に咲いていた。その光景をみると、マイケルはなんとはなしに、イギリスから妹たちが送ってきたバレンタインのカードを思いだした。

マイケルはこれまで、アーマ・レオポルドは「まれにみる美少女」だと繰り返し聞かされてきた。だが、一途そうな愛らしい顔が自分のほうを振りむいた瞬間には、想像以上の美しさに胸を衝かれるような衝撃を覚えた。思っていたより若い――いや、幼いといってもいい――が、その印象はすぐに変わった。微笑みながら、見事なエメラルドのブレスレットをつけた片手を差しだす少女の仕草は、自然だが、貴婦人の落ち着きを備えていた。

「いらしてくださって、ほんとうにありがとうございます。お庭でお茶を飲むのがお嫌いじゃないといいんですけど。マロングラッセはいかが？　フランスから取り寄せたものなんです。あたし、マロングラッセが大好きなの。デッキチェアってしょっちゅう壊れてしまうけど、カトラー夫人が、この椅子は丈夫だとおっしゃってました」マイケルは、会話を誘導しなくてすむことにほっとしながら――大勢に会ってきたわけではないが、美しい女というのは得てして驚くほど無口だ――、キャンバス地のデッキチェアに腰をおろし、庭園で飲むお茶は格別ですよね、と心からの相槌を打った。庭でお茶を飲んでいると、イギリスを思いだす。アーマがもう一度微笑むと、頬にえくぼが浮かんだ。近い将来、社交界の人々をとりこにする笑みだ。「父はすてきな人ですけど、外でお茶を飲むのだけは嫌がるんです。いつも『野蛮だ』っていって」マイケルは、思わず笑った。「うちの父も同じです」そう答えると、リラックスして椅子にゆったりもたれ、アーマに勧められるより先にマロングラッセをもうひとつ取った。「妹たちはピクニックが大好きで……ああ、失礼。ほんとうに申し訳ない……あなたの前では決してピクニックの話をしないはずが――失礼、またいってしまった」

「いいんです。お願いですから、そんなに悲しそうな顔をなさらないで。口に出しても出さなくても、あの事件のことはいつも頭から離れないんですから……ほんとに、いつも」

「ぼくも同じなんです」マイケルは低い声でつぶやくようにいった。突如としてふたりのあいだに、妖しく輝くハンギングロックが立ち現れていた。

しばらく沈黙が流れたあと、アーマが口を開いた。「ほんとうは、ほっとしたんです。ピクニックのことに触れてくださって、気持ちが楽になりました。これで、ハンギングロックで助けていただいたことに、お礼がいいやすくなりました」

「ぼくはなにもしていません。たいしたことはしてないんです」マイケルは、上質なイギリス製のブーツに視線を落としたままつぶやいた。「それに、あなたを助けたのは厳密にはぼくじゃない。友人のアルバートです」

「ごめんなさい、マイケル様。マッケンジー先生が新聞を読ませてくれなかったから、詳しいことは知らないんです。アルバートさんというのは、どういう方なんです？」それを聞くとマイケルは、ハンギングロックでの救出劇について熱心に語りはじめ、アルバートのことを、〝英雄〟や〝本物の勇者〟という言葉でしきりに褒めたたえた。最後に「アルバートは叔父の御者なんです。たいしたやつですよ！」といって、話を締めくくった。

「早くお会いしたいわ。きっと、とんでもない恩知らずだと思われてるでしょうね」

マイケルは声をあげて笑い、きっぱりと否定した。「まさか！」そう、アルバートほど謙虚で、勇ましくて、賢い男はいない。「だけど、アルバートのことはぜひ紹介させてください」

しかしアーマは、目の前に座る青年の顔に見惚れて、ほとんど聞いていなかった。頬を紅潮させて友人のことを熱心に称えるマイケルは、とても魅力的にみえた。顔も知らないアルバートの話題に少し退屈しはじめた頃、カトラー夫人が盆を持って庭園に現れた。話題はとたんにチョコレートケーキのことになった。「六歳のとき、妹の誕生日ケーキをひとりでたいらげてしまったんです」マイケルが白状した。「カトラーさん、聞いてた？いまのうちに、ひと切れいただける？マイケル様が、うっかりひとり占めしてしまうかもしれないから」三人は声をあげて笑った。そうした健やかな笑いこそ、心身を病んでいた若者たちに必要な薬だった。

その夜、叔母とふたりの夕食から早々に逃げだすと、マイケルはランタンと冷えたビール二本を持って厩《うまや》へいった。アルバートはシャツを脱いでベッドに寝そべり、〈ホークレット〉誌をめくりながら、競馬でひと山あてるコツを研究している最中だった。わきに置いたロウソクの炎が揺らめき、厚い胸板や黒くこわい胸毛の上にさざ波の様な影を落としている。たくましい腕を動かすたび、そこへ彫られた竜や人魚の刺青《いれずみ》が身をよじらせた。そばの小窓の下には、壊れた揺り椅子がひとつある。

「夜になってもムカつくくらい暑いな。まあ、慣れたけど。上着なんか脱げよ。そこの棚にコップがひと組ある」コップにビールが注がれると、ロウソクの明かりに引きよせられた羽虫がさっそく飛びこんできた。「マイク、すっかり回復してほんとによかったな」少しのあいだ、馴染み深く心地のいい沈黙が流れた。アルバートが、すぐに沈黙をやぶっていった。「今日、おまえとミス・なんとかが芝生にいるのがみえたぞ」

「そうそう、それで思いだした！　明日、ボートに乗せてほしいって頼まれたんだ」

「ボートなら、ボートハウスの前につないどく。オールは台の上に用意しとくからな。浅瀬で睡蓮の根にひっかからないように気をつけろよ」

「ああ、わかってるよ。あの子を泥のなかへ放りだしたくないからね」

アルバートは、にやっと笑った。「例のミス・シャンパンボトルなら、泥に放りだされたって悲鳴ひとつあげないだろうな。ああいう輩は、どんなときでも澄まして黙りこんでるんだから」片目をつぶってみせ、ビールをぐいっと飲む。

マイケルは声をあげて笑いながらいった。「ところで、アーマ・レオポルドがきみに会いたがってるんだ」

「またまた、冗談いうなって。しかし、こういう夜には冷えたビールが最高だな」

「ぼくが今日話すまで、アーマはだれにハンギングロックから助けだされたのか全然知らなかったんだ。明日の午後、きみもボートハウスにこないか？」

「まさか！　いくかよ！」アルバートは、もうひと口ビールを飲むと、有名なミュージカルの曲を口笛で吹きはじめた。息継ぎのために口笛をやめた隙を逃さず、マイケルは急いでもう一度たずねた。「じゃあ、いつならいい？」ところがアルバートは、キーを変えて同じ曲を最初から吹きはじめた。これみよがしの調子でドラマチックに緩急までつけている。ようやく息が切れて口笛がやむと、マイケルはめげずに質問を繰り返した。「それで？　いつならいい？」

「いつだろうと、やなこった。そんな約束はまっぴらだね」

「じゃあ、アーマにどういえばいい？」

「そんなもんは自分で考えな」アルバートはまたしても口笛を吹きはじめた。さすがのマイケルも機嫌をそこね、飲みかけのビールを残して立ちあがると、跳ね上げ戸から梯子を伝いおり、真っ暗な飼料小屋へと下りていった。アルバートの考えていることはさっぱりわからない。なにが気に食わないのだろう。

翌日、アーマがボートハウスの簡素な椅子にかけてマイケルを待っていると、砂利の上を車輪が転がるキイキイという音がした。顔を上げると、広い肩を褪せたダンガリーのシャツに包んだ青年が、手押し車を押しながら湖に沿った小道を歩いていくのがみえた。青年は足早に歩いていたので、アーマが慌ててボートハウスの入り口から呼びかける頃には、低い生垣の手前にたどり着いていて、声が聞こえなかったようだった。あるいは、聞こえないふりをしただけかもしれない。アーマがもっと大きな声でもう一度呼びかけると、青年は足を止めて振りかえり、のろのろと引き返してきた。アーマは、ようやく青年と向かいあって立った。四角張った赤茶色の精悍な顔に、明らかに櫛を通していないくしゃくしゃの黒髪。くぼんだ目は、幽霊でもみつけたようにアーマの頭上をみている。「お嬢様、おれを呼んでました?」

「アルバートさん、呼ぶどころか叫んだわよ! あなたがアルバート・クランドールさんでしょう?」

「まあ、そうですけど」アルバートはまだ、アーマと目を合わせようとしない。

「あたしのことはご存じ?」

「もちろん知ってます。それで、おれになにか用ですか?」アルバートが日焼けした両腕を一輪車の長い取っ手にもたせかけると、彫られた藍色の人魚たちが、飛びだそうとするかのように身を縮めた。

「お礼をいいたかったんです。ハンギングロックから助け出してくださって、ほんとうにありがとうございました」

「ああ、あのこと……」

「握手してくださいません？　あなたは命の恩人なんですから」とたんにアルバートは野生の子馬のように飛びすさり、手押し車の取っ手のあいだに逃げこんだ。あらぬ方へ逸らしていた目を、しぶしぶアーマの目と合わせる。「正直いうと、医者の先生とジムがお嬢さんを担架に乗せたあとは、あのときのことは忘れちまってたんです」アーマの命を救ったというのに、当のアルバートは、置き忘れた傘か小包を届けでもしたかのような口ぶりだ。「マイケル卿の話だけ聞いとくのが一番ですよ」そのとき初めて、日焼けした頬がかすかにゆるんだ。「マイケル卿は、なんというか、最高にいい方ですから」

「そのマイケル様が、あなたのことをたくさん話してくださったんです！」

「へえ、そうですか。そりゃどうも。愛想がなくてすみませんね、お嬢さん――あなたみたいな上流の方とお話しする機会はめったにないもんで。ええと、じゃあ急ぎの仕事が色々あるんでそろそろ失礼します。じゃ、これで」太い手首が手押し車の柄をつかむと、刺青の人魚たちがとたんに活気づく。アーマは立ちつくし、去っていくアルバートを呆然と見送った。ろくに話も聞いてもらえなかった。

時刻はちょうど三時だった。自転するこの惑星で暮らす人類にとっては、時間の法則から逃れられる瞬間など存在するはずがない――だが、カレンダーでも時計でも計りえない一瞬の永遠というものがあるのだとしたら、それはどのようなものだろう。アルバート・

クランドールにとって、それは、湖畔でアーマと言葉を交わしたごく短い時間だった。長い人生を送るうち、このときの短い時間は記憶のなかでひとりでに引き延ばされ、ついには、夏の午後いっぱいを占めるほど長くなった。アーマのいったことも、アルバートの答えたことも、あまり重要ではなかった。実をいうとアルバートは、まばゆいほど美しい少女を直視してしまわないよう、星のように輝く黒い瞳から注意深く目を逸らしていたのだ。そんな状態では、まともな会話など望むべくもない。十分後、生垣の涼しい陰に逃げこんだアルバートは、からっぽの手押し車にぐったりもたれて、顔と手の汗をぬぐっていた。だが、心身の落ち着きを取りもどすための時間ならたっぷりある。なぜなら、アルバートは一片の疑いもなく確信していたからだ。アーマ・レオポルドとふたたび話す機会は、永遠に訪れない。

アルバートが月桂樹のむこうへ退散した直後――木製のスイス時計が三時を知らせた瞬間に――マイケルが屋敷から現れた。アーマは、ボートハウスの入り口の小さな木彫りの女性像のそばに立ち、急いでやってくるマイケルをみていた。木漏れ日の落ちた芝地の上を、軽く足を引きずりながら歩いてくる。「アルバートさんにようやく会えました」アルバートの名前を聞いたマイケルは、いつものようにぱっと顔を輝かせた。「そうですか！ぼくのいったとおりのやつだったでしょう?」子どものような喜びようだ。アーマは、なぜあの不愛想な青年がこれほどマイケルを惹きつけるのか不思議に思いながら、岸辺につながれてあったボートに乗りこんだ。

気持ちのいい晴天が続いていた。穏やかな湖でボート遊びをしていると、渓流の心地いいせせらぎが聞こえてくる。フィッツヒューバート夫妻は、緑の滴る庭園で籐製の長椅子にゆったりと腰かけ、終わっていく夏を味わっていた。この年の夏、レイクビュー館は不思議なほど静かだった。夫妻が応接間で過ごしていると、窓辺に茂ったニオイアラセイトウのなかを飛びかうミツバチの羽音や、湖にいるアーマの明るい笑い声が漂い聞こえてきた。時折、オークと栗の木立のむこうにあるチョコレート色の急坂から、ハッシー貸し馬車屋の四輪馬車が走っていく音が聞こえた。馬車がくるたびに、芝地に群れていた鳩たちが驚いて飛びたっていく。白いクジャクは眠り、二匹のスパニエル犬も、木陰で一日中うとうと居眠りをしていた。

この日マイケルとアーマは、屋敷の隅々を探検してまわった。大佐の薔薇園、菜園、一段低くなった芝生のクリケット場、灌木《かんぼく》の迷路。迷路を歩いていくと、奥には美しい小さなあずまやがあり、そこで子どもっぽい遊び――ボードゲームにすごろく――をすることができた。あずまやには、鉄製のシダを編みあわせたような造りの、背もたれのまっすぐな椅子が何脚か置かれてあった。探検やゲームをしていれば、無理に会話をする必要もない。口下手なマイケルとしては気が楽だった。フィッツヒューバート夫人は、池にかかった素朴な橋の上で手をつないでいるふたりをみかけると、ため息をもらしながらつぶやいた。「なんて幸せそうなの！　若いというのはすてきなことね」それから、夫にたずねた。「一日一緒にいても話題が尽きないなんて、どういうことかしら」

時折アーマは、遠い昔のことのように思える学院生活でそうしていたように、ひとりで話しつづけた。澄んだ空気へ言葉を放つことに、純粋なよろこびを感じるのだ。そのよろこびは、子どもが凧《たこ》を揚げるときに感じるそれとよく似ていた。マイケルが答えてくれなくてもかまわなかったし、聞いていなかったとしてもかまわなかった。そばにいてくれさえすれば、アーマは満足だった。そのあいだマイケルは橋の欄干《らんかん》にもたれ、片目にかかる豊かな金髪をかきあげることもせずに、池のなかに置かれた石造りのカエルの口めがけて、いつまでも小石を投げていた。

夕暮れが近づいてくると、小さな湖のほとりは冷えこんできた。木々が湖面に影を伸ばしはじめ、葦《あし》の茂みのあいだには、黄色い落ち葉が浮いていた。「夏がもう終わっちゃうなんてほんとに悲しい。そろそろボート遊びもおしまいね」

「ちょうどいいよ」マイケルは、睡蓮をたくみによけながらボートを漕いでいた。にやっと笑って付け加える。「このおんぼろボートは寿命が近い」

「そんな……じゃあ、ほんとうにおしまいなのね」

「だけど、楽しい思い出ができたんだから」

「ミランダがよくいってたわ。物事のはじまりと終わりには、かならず正しい時と場所があるんだって」

マイケルが、オールを漕ぐ腕に力をこめすぎたらしい。朽ちかけた船底の下でゴボゴボと水音が立ち、ボートが大きく揺れながら勢いよく前へ進んだ。「ごめん……水がはねたかい？　睡蓮の根が邪魔で……」

桟橋のまわりの睡蓮の花はすでにしぼみ、薄暮のなかで息をひそめている。少し離れた葦の茂みのなかから、一羽の白鳥が優雅に舞いあがった。アーマとマイケルが桟橋の上に立って見守っていると、白鳥は翼を羽ばたかせながら湖を渡り、対岸の柳のむこうへ消えていった。のちにアーマは、このときのマイケル・フィッツヒューバート卿の姿を、何度も思いだすようになる。ふとした瞬間に、記憶が鮮やかによみがえるのだ。たとえば、パリのブーローニュの森や、ロンドンのハイド・パークの木の下で。記憶のなかでは、マイケルの片目にひと房の金髪がかかっている。マイケルは顔を心持ちアーマからそむけたまま、遠ざかっていく白鳥の姿をいつまでも目で追っている。

その夜、山の頂上の松林から濃い霧が降りてきた。朝になっても、あたりは白く霞《かす》んでいた。湖を望むアーマの寝室の窓からも、白い霧のほかはなにもみえなかった。ミスター・カトラーは、庭師らしい敏感さで冬の気配を早くも感じとり、温室の植物の様子をみにいった。マナッサ雑貨店では、朝刊を買いにきた客が時折、気のない調子で、女学院の失踪事件は、なにか進展があったかとたずねた。進展はなかった——少なくとも、店先に並ぶ新聞が取りあげるようなニュースはなかった。世間には、ハンギングロックで起こった事件はすでに過去のことであり、そして過去は忘れるのが一番だという空気が漂いはじめていた。

この夏、最後に湖を滑っていったボート。最後に水を切ったオールの軽いひとかき……目撃もされず、記録もされないまま、綴織のような失踪事件の余波は、黒く静かに広がりつづけていた。

11

朝食の席についていたフィッツヒューバート夫人は、霧の立ちこめる庭園を眺めながら、メイドたちに出す指示を考えていた。夏用の更紗《さらさ》のシーツやカバーはそろそろ片づけて、ビロードやレースで飾り立てたトゥーラックの邸宅へもどる支度をはじめなくては。

「みろ、このハムは焼きすぎだ」大佐がいった。「ところで、マイケルのやつはどこへいった？」

「部屋にコーヒーを運ばせていましたよ。ねえ、あなたも、あのふたりはお似合いだと思うでしょう？」

「骨のところなんか食べられたもんじゃない！　だれがお似合いだって？」

「もちろん、マイケルとアーマ・レオポルドですよ」

「なににお似合いなんだ。種の繁殖か？」

「わざと下品なことをおっしゃって。あの子たち、昨日はふたりきりで湖へ遊びにいってたのよ。少しは関心をお持ちになったら？」

「関心を持てば焼きすぎのハムを食べずにすむのかね」

「もう、何度もハムハムうるさいわね。さりげなく伝えようとしたのに、無駄だったわ。今日の昼食に、あのお嬢さんをお招きしていますからね」

フィッツヒューバート家においては、立派な盆で運ばれてくる豪勢な食事が、ひとつの神聖な儀式として重んじられている。食事は、義務もないかわりにめりはりもない日々に、目的と規則性をもたらしてくれる。食事時になると、住み込みのメイドが廊下でインド製の銅鑼を打ち鳴らす。すると、フィッツヒューバート家の人々の腹のなかでは、美食家専用の体内時計が静かに時を刻むのだった。「昼食がすんだら、わたしは少し昼寝をする。四時十五分にテラスで軽食をとることにしよう。アルバートには、五時に二輪馬車をまわすように頼んでおいてくれ」

レイクビュー館の昼食は、一時ちょうどにはじまることになっていた。アーマはあらかじめマイケルから、叔父と叔母は食事に遅れたお客さんに罪人の烙印を押すんだと警告されていたので、早めに玄関の前に着いていた。腰に締めた真っ赤なサッシュをなでつけながら、小さなダイアモンドの腕時計をしきりに確かめる。霧はようやく晴れ、黄色い太陽がじりじり照りつけていた。晩夏の真っ昼間にあらためて眺めると、厚いツタに覆われた堂々たる屋敷は、どことなく非現実的にみえた。マイケルがなかなか現れないので、アーマはしかたなく、正面玄関よりはまだ近寄りやすいテラスの入り口へ近づいた。呼び鈴を鳴らすと、タイル張りの暗い廊下の奥からメイドが出てきた。廊下の壁には陰気な表情のヘラジカの首が据えられ、その下は雑多なものでいっぱいだった。帽子がいくつか、外套が数着、テニスラケットと傘が数本ずつ、馬の目隠し布《フライベール》が数枚、インドの日よけ帽がいくつか、杖が数本。湖を望む応接間に通されると、室内の空気がどことなくピンクがかっているように感じられた。銀の花器に活けられたフランス原産のピンクの薔薇《ばら》が、強い芳香を振りまいているのだ。フィッツヒューバート夫人は、小さなピンク色のソファに座り、時代遅れのピンクのサテン地のクッションに埋もれていたが、若いお客が入ってくるのをみると立ちあがって迎えた。「夫とマイケルもすぐにきますからね。いってるそばから、夫がきたみたいだわ。あの人ったら、薔薇園で泥だらけになったブーツのまま上がってくるのよ」

アーマは、マッターホルンで夕陽をみたこともあれば、タージ・マハルで月を眺めたこともあった。だが、大佐の薔薇園はほんとうに美しかったですという称賛の言葉は、心からのものだった。

「上質な絨毯《じゅうたん》に泥をつけられると、落とすのがとても難しいのよ」フィッツヒューバート夫人はいった。「あなたもそのうちわかるでしょうけどね」夫人はアーマをみながら、確かに評判どおりの美人だわ、と考えた。ごくシンプルなドレスを品よく着こなしている。深紅のリボンを巻いたレグホン帽子は、おそらくパリ製だろう。「母も二枚持ってるんです——片方はフランス製だといってました」

「フランスということはオービュッソンかしら」フィッツヒューバート夫人はたずねながら、やきもきしていた。どうしてマイケルはやってこないのかしら！　それに、アーマに『そのうちわかるでしょうけどね』といったのは、絨毯のことなどではなく、余計な家事を増やす夫のことだ。「インドにいたとき、夫はよくいっていたものですよ。上質な絨毯はダイアモンドの次に賢い投資先だって」

「母はいつも、男性の趣味はどんな宝石を選ぶかでわかるといっています。父はエメラルドのことならなんでも知ってるんです」夫人は返事に窮《きゅう》し、色素の薄い小さな口をぽかんと開けると、どうにか短い相槌を打った。「あら、そうなの」話題はそれきり尽きてしまい、ふたりは祈るような思いで応接間の入り口をみつめた。ようやくドアが開き、大佐が現れた。足元には、始終よだれを垂らす老いたスパニエル犬を二匹連れている。

「二匹とも伏せだ！　伏せ！　お嬢さんの白百合のような手をなめたりするんじゃないぞ。ようこそミス・レオポルド、犬はお好きかな？　甥はこいつらが太りすぎだというんだが——おや、マイケルはどこだ？」フィッツヒューバート夫人は天井をちらっとみあげた。

もちろん、甥がカーテンの上の飾り布に隠れているとか、シャンデリアから逆さまにぶら下がっているとか、突拍子もないことを思いついたわけではない。「一時に昼食会があることはちゃんとわかっているはずですよ」

「昨夜、松林へ足をのばすつもりだといっていたな――だが、ミス・レオポルドが初めて昼食へいらっしゃったんだ。そんなことは遅刻の言い訳にならん」大佐はそういいながら冷静な青い目で令嬢を観察し、ほとんど無意識的に、ほっそりした手首に輝くエメラルドを記憶に刻みこんだ。「すまんが、つまらん老人ふたりとの食事に付き合っていただくことになりそうだ。ほかにはだれも招いていないんでね。ベンガル・クラブ（一八二七年に設立されたインドの社交クラブ）じゃ、小さめの昼食会でも八人は招くことになっていたんだが」

「あそこの昼食で出るチキンにはぞっとしたけれど、もうお目にかからなくてすむわね」夫人がいった。「昨夜、総督の別荘にいらっしゃるスタック少佐が、ご親切にイワナを送ってくださったのよ」

大佐はちらっと腕時計をみた。「これ以上、あのまぬけを待ってられん。せっかくの魚が冷めてしまう。ミス・レオポルド、イワナのグリルはお好きかな？」アーマは、グリルしたイワナは大好きなんですといって夫妻を喜ばせたばかりか、イワナによく合うソースの知識まで披露してみせた。大佐は、頼りない甥っ子がこのお嬢さんのハートを射止められたらいいんだが、と考えた。まったく、マイケルはどこをほっつき歩いているのだろう？

イワナの感想をひととおり述べあうと、三人は、長い昼食をどんな話題で切り抜けるべきかわからず、途方に暮れてしまった。しばらくすると、マイケルの席に用意されていた食器類は片づけられた。舌肉のテリーヌが出される頃には、気まずい沈黙が流れはじめた。大佐が薔薇の成長具合について滔々と語っても、ボーア人は大英帝国の女王にまるで感謝していないからけしからんと怒ってみせても、いっこうに話は盛り上がらなかった。夫人とアーマは、どうにか顔に笑みを張りつけながら、イギリス王室のことや、果物を瓶詰にする方法——アーマにとっては退屈極まりない話題——について話し、しまいには苦し紛れに音楽の話題まで持ちだした。フィッツヒューバート夫人が、うちの妹はピアノが好きなのよというと、アーマは、あたしはギターを弾きますと返した。「きれいなリボンで飾ったギターで、ジプシーの歌を弾くのが好きなんです」応接間に移ってコーヒーが出されると、大佐はひとり離れたところに座り、葉巻をゆっくりと吸いはじめた。ふたり残された夫人とアーマは、インド製のテーブルのうしろで、ピンク色のソファに並んでかけることになった。アーマはフランス窓から湖を眺めた。空は灰色に曇り、湖も重苦しい鉛色だ。応接間は空気がこもって蒸し暑かった。考えごとに沈んだアーマの視界は薔薇色の空気にかすみ、そのなかで、フィッツヒューバート夫人の取り澄ました小さな顔が、現れては消えた。ちょうど、『不思議の国のアリス』のチェシャ猫のように。なぜ――ほんとうに、なぜ――マイケルは昼食会にこなかったのだろう？　アーマの耳に、フィッツヒューバート夫人の質問が聞こえてくる。カトラー夫人の料理はどうかとたずねている。「ええ、あたしカトラーさんのことが大好きなんです！　お料理もほんとうに素晴らしくて。美味しいチョコレートケーキの作り方も教えてもらいました」

「わたしも、寄宿学校時代にマヨネーズの作り方を習ったものだわ――木の匙《さじ》でお酢を一滴ずつ垂らして……」アーマの心はゆっくりと、マイケルの幻と共にさまよっていた霧の松林から屋敷へもどってきた。応接間が回転している――。

ようやく、マントルピースの上の置時計が暇乞《いとま》いをしてもよさそうな時刻を指した。アーマは席を立った。「少しお疲れのようね」フィッツヒューバート夫人がいった。「ミルクをたっぷりお飲みなさい」アーマの礼儀作法は非の打ちどころがなかったし、十七歳とは思えないほどの気品もあった。マイケルは二十歳――年の差もちょうどいい。夫人はアーマを正面玄関へ送っていきながら――フィッツヒューバート家の友人として受け入れた、確固たる証だ――、余人にはとうてい理解しがたい様々な理由から、この少女がトゥーラックの屋敷にも訪ねてきてくれますようにと祈った。「甥から聞いているかもしれませんけど、イースターのあと、マイケルのために舞踏会を開くつもりなのよ。あの子、オーストラリアには同世代の友人がいませんから、いい機会になるかと思ってね」

息苦しい応接間を出てきたあとでは、松の香りのする湿った空気がえも言われぬほど快かった。ふいに起こった一陣の風が、壁を覆うツタを大きく揺らし、砂利の上に赤い葉をはらはらと落とした。円形の花壇に植わった冴えない薔薇が、お辞儀でもするかのように一斉《いっせい》に頭を垂れる。静寂がもどり、時計塔の鐘の音が湖にこだました。朝のあいだは世界中を包んでいるかにもみえた霧は、すでに跡形もなかった。曇り空にはサフラン色の雲が垂れこめている。マセドン山は、鋭く尖った松林を鉄の王冠のように戴いていた。実際にはみえなくとも、アーマの頭のなかでは永遠に、マセドン山のふもとから広がる平原が、蜂蜜《はちみつ》色の太陽の光に照らされながら揺らめいている。頭のなかでさえ、平原のむこうにそびえるハンギングロックは生々しく、黒々と不気味だった。だが、マッケンジー医師のいったことは正しい。「ハンギングロックのことを考えてはいけないよ。ハンギングロックは悪夢で、悪夢とは過去なのだから」アーマは、老医師の忠告に従って、現在にだけ意識を集中させようとした。この屋敷はほんとうに美しい。芝生の上では白いクジャクが尾を広げ、太った灰色の鳩《はと》は短いピンク色の足でよちよち歩いている。時計塔の鐘の音はやまない。薄れていく光のなかで、ミツバチたちが巣へ帰ろうとしている。レグホン帽子に雨粒が落ちてきた。カトラー夫人は、家の軒先で傘を差してアーマを待っていた。「マイケル様が、嵐が近づいているとおっしゃってましたよ。わたしのウオノメもしくしく痛んでいるし」

「マイケル様が？　ここへきたの？」

「ええ、数分前に。あなたにお手紙を届けにいらしたんです。若いのに、ほんとうに礼儀正しい方！　あら、お帽子を落とされましたよ！」アーマは、かぶっていたレグホン帽子を脱ぎ、磨きこまれたリノリウムの床に放り投げていた。「いいの――そんな帽子、二度とかぶらない。手紙をください」アーマは寝室にもどるとドアを閉めた。カトラー夫人は、可愛いアーマとおしゃべりするのを一日中心待ちにしていたのだが、期待はあえなく潰えてしまった。夫人は帽子を拾い、リボンに丁寧にアイロンをかけた。それから何年も、教会へいく信心深い夫人の頭にはその帽子が載ることになった。

アーマの部屋は、日中の強い日射しをさえぎるためにベネチア風のブラインドがおろしてあった。ブラインドを上げて勢いよく窓を開けはなったアーマは、マイケルの手紙を開こうとした。その瞬間、暗い空に稲光《いなびかり》が走った。青白い光が閃《ひらめ》き、葉ひとつ揺らさずに立っている楡《にれ》の木を照らしだした。生ぬるく強い風がおこり、楡の木を震わせる。風をはらんだカーテンがぶわりとふくらんだ。太鼓を連打しているような雷鳴が響いたかと思うと、次の瞬間、嵐が襲いかかってきた。雨をたっぷり含んだ厚い雲が、とうとうその重みに耐えきれなくなると、マセドン避暑地の住人の記憶にある限りもっとも激しい雨が、馬車道の砂利を押しながし、渓流を早瀬に変えた。レイクビュー館の池では、茶色く濁《にご》った水が波立ち、石造りのカエルの頭に当たって砕けた。湖では、もやい綱の切れたボートが、睡《すい》蓮《れん》の上で激しく揺れていた。鳥たちは強風に煽《あお》られ、木から振り落とされ、吹きつける雨のなかでなかば溺れかけていた。アーマのいる窓のすぐ下では、一羽の死んだ鳩が風に流され、機械仕掛けのおもちゃのようにまっすぐ地面を滑っていった。しばらくすると、雨と風は最初の猛威を徐々に失っていった。青白い太陽が雲間から現れ、水に浸かった芝地や無残に荒れはてた花壇を、作り物めいた光で輝かせた。嵐は終わった。アーマは窓辺に立ったまま、手触りのしっかりした封筒を開いた。

敬称がつけられた宛名も、形式ばった文体も、式典への招待状や起訴状のようによそよそしかった。だが、文字は妙に子どもじみていて、綴《つづ》り方の教科書を写したようにぎこちなかった。ところどころに角ばった文字が交じるのは、ケンブリッジ大学で苦労しながら短期間だけ受けた、古代ギリシャ語の講義の影響だろう。ケンブリッジに通っていようがいまいが、マイケルは、ペンを取ってものを書くという行為が元々苦手だった。頭のなかが混乱して、なにを伝えようとしていたのかわからなくなってしまうのだった。いっぽうのアーマは、綴りで迷ったときは直感に従い、正しい句読法などはたいして気にせず、感情のおもむくまま自由にダッシュや感嘆符を使った。どんなに短いメモであっても、そこにはかならずアーマの個性があらわれた。マイケルの手紙は謝罪からはじまっていた。午前中に松林に長居しすぎたこと、時計を確かめるのを忘れていたこと、気づいたときにはイワナの昼食会がはじまる時間をとっくに過ぎていたこと(『もちろん、きみと会うのにも遅すぎた』)。アーマは苛立ちを募らせながら二枚目の便箋を読みはじめた。『実は今朝、早急にうちの銀行家を訪ねるようにと知らせる手紙を受け取った。退屈な仕事だけど仕方がない。いまは大急ぎで荷造りをしている最中で、明日は早朝の列車で出発しなければならない。きみが目を覚ますより前に。レイクビュー館は、あと数日で、冬に備えて閉められる。だから、ここにはもどってこないことにした。きみにさよならをいう暇はなさそうだ。残念だけど、きみならわかってくれると思う。オーストラリアでは会えないかもしれないけれど、親切にしてくれてほんとうにありがとう。ここでの思い出は、きみなしでは語れない。

マイクより

追伸：書くのを忘れていたけど、これからオーストラリアをゆっくり旅してまわるつもりなんだ。手始めにクイーンズランド北部へ行ってみる。きみみたいなお嬢さんには縁のなさそうな場所だね。』

文章で感情を表現するのが苦手な者にしては、伝えたいことがよく書けている手紙だった。

こと歴史的な事件になると、人間というのは、どうしても日中に起こったことばかりに注目しがちだ。だが、歴史を注意深くみてみれば、真夜中と夜明けの狭間の静かな時間にこそ、人の心はもっとも遠くへ飛翔していることがわかる。記録に残されることはめったにないが、実り多い闇が密かに花開くとき、平和と戦争が生まれ、愛と憎しみが生まれ、王冠を授けるか奪うかの裁定が下される。たとえば、一九〇〇年三月のまさにこの夜、太った小柄なヴィクトリア女王は、バルモラル城の寝室でフランネルの寝間着にくるまれて横になりながら、唇の両端をきゅっと上げて小さく微笑んだ。このとき、女王の心にはどんな考えが浮かんだのか。それを知る者はいない。

この晩、静まりかえった暗闇のなかで、この物語に登場する人々もまた、苦しみ、夢をみていた。厚いカーテンを閉めきったアップルヤード校長の寝室では、昼間の光のもとではみえない瘴気《しょうき》が、校長の獣脂のような灰色の顔をむくませ、まだらに染みをつけていた。少し離れた寝室では、セアラが、痩せた小さな顔をよろこびに輝かせながら眠っていた。

ミランダの夢をみていたのだ。セアラは、愛と喜びにあふれた夢に魅入られ、翌日も一日中夢のことばかり考えていた。授業中には、もっと集中しなさいと繰り返し叱られ、ミス・ラムリーにはなかば引きずられるようにして体操室へ連れていかれ、半時間ものあいだ「猫背を直すため」に背骨矯正板に縛りつけられた。この頃のセアラがうつむきがちになっていたのは、頭が幸福な夢で重たくなっていたせいだ。レイクビュー館では厩《うまや》の時計が朝の五時を知らせ、コックの女があくびをしながらベッドを出た。早い朝食をとるマイケル卿のために、オートミールを用意しなくてはならない。マイケルはほとんど眠れないまま夜を明かした。浅い眠りのなかでみた夢には、銀行と、荷造りと、早朝に乗るメルボルン急行で席を確保するまでの落ち着かない時間が交互に現れた。一度、アーマの夢をみた。揺れる列車の通路を急ぎ足で歩いてきて、こういうのだ。「マイク、あたしのとなりに席をとっておいたわ」だがマイケルは、傘でアーマを押しのけて通りすぎた。

カトラー夫妻のもとで休んでいたアーマにも、五時を知らせる時計の音が聞こえていた。眠気でかすんだ目で窓の外をみると、新たな一日を迎えつつある庭園が、薄闇のなかでかすかに色づきはじめていた。ハンギングロックでは、最初に射してきた灰色の朝日が、東側の厚い岩やそそり立つ峰をゆっくりと照らしはじめていた――いや、それはもしかすると、夕陽だったのかもしれない……それは、あのピクニックの日の、午後の光だったのかもしれない。四人の少女たちが池に近づいていく。ひとりの少女は、きらめく小川をみて、木陰に停められた四輪馬車をみて、草の上に座って雑誌を読んでいる金髪の青年をみる。少女は青年に気づくと同時に顔をそむけ、二度と振りかえろうとしない。「なぜ？　なぜ……？」「なぜ？」芝生のクジャクが鋭い声で鳴いている。なぜなら、あのときでさえ少女には、マイケルを愛することになるだろうとわかっていたから。

12

三月十九日木曜日の午後二時、アップルヤード学院の校舎は寒く、静かで、羊のローストとキャベツのにおいが立ちこめていた。昼食が終わったばかりで、メイドたちは休憩に入っていた。午後の授業がはじまるまで、まだ少し時間があった。ドーラ・ラムリーはベッドに横たわり、好物のペパーミントキャンディーをなめていた。ポワティエは窓辺の椅子に腰かけ、おもての私道に目を配りながら、今朝アーマから届いた手紙を読みかえしていた。

レイクビュー館のカトラーさんのおうちより

大好きなディアーヌ先生へ

忙しくて――あたしもミセス・Cも、ドレスを包む紙の海に溺れそうなの――ペンがみつからなくて。しかたないから、鉛筆で書きます。ミセス・Cは、こないだきたフランスの美人さんがドレスのたたみ方を教えにきてくれないかしら、ってぼやいてます。これを書いてるのは、最高のニュースを知らせたかったからなんです。今週、大好きなパパとママがインドから帰ってくるの。これからメルボルンへいって、メンジーズ・ホテルにあるうちのスイートルームでふたりを待つつもり。なんだか、長い長い物語が終わるような感じがします。いきなりおしまいの章にきて、この先を読むことはできないみたい。だから、たぶん木曜の午後になると思うけど、駅へ向かうとちゅうで学院におじゃますることにしました。先生にさよならをいいたいから。大好きな友だちにも。みんなが、あんなことがあったあとも学院に残ってるなんて、考えるだけで胸が痛みます。もちろん、ミニーとトムにも会いたいし。でも、ミセス・Ａだけはいや。お願いだから、どうか会わずにすみますように！　こんなひどいこと書きたくないんだけど、あの人と話さなきゃいけないなんて、想像するだけで気が重いんです。先生に結婚のお祝いを買いたかったんだけど、無理だったの――マナッサ雑貨店には、長ぐつとジャムとブリキのやかんしか置いてないし。だから、愛をこめて、あたしがいつもつけてるエメラルドのブレスレットを送ります。どうか受け取ってね。これは、ブラジルのおばあさまがくれたものなんです。いつだったか、緑色のオウムの話をしたときに、ブレスレットの話もしたでしょ？　覚えてる？　おばあさまはもう亡くなってるし、生きてたときだってゆるしてくれたはず。ああ、ミセス・Ｃが青いシフォンのドレス——先生がほめてくれたドレスよ——に手こずってるから、ここまでにするわね。

アーマより

P.S. 学院に着いたら、まっすぐ先生の部屋にいきます。授業中だったら教室に。ミセス・Aがゆるしてくれなくたってかまわないわ。

校舎のいくつもの窓から、いくつもの顔がのぞき、ミスター・ハッシーの馬車が私道へ乗りこんでくるのを見守っていた。真っ先に気づいたのはポワティエだった。馬車から降りたアーマは、深紅の外套に身を包み、同じく深紅の浅いウールの帽子をかぶっていた。動くたびに、帽子の羽根飾りがあちこちへなびく。一階の校長室にいたアップルヤード校長も、アーマの到着に気づいていた。階段を半分ほど下りてきていたミス・ポワティエは、学院はじまって以来の無礼な仕打ちを目にすることになった。校長がつかつかと正面玄関へ出向き、型どおりの挨拶を並べたてながら、強引に引き立てるようにアーマを校長室へ連れていったのだ。

階段にはランタンを掲げる石像がいくつも並んでいるが、曇り空のこの日の午後、明かりが灯されているのはひとつきりだった。ドーラ・ラムリーが、薄暗い階段を小走りに駆けおりてくる。「ミス・ポワティエ！　準備はできました？　体育の授業に遅刻しますよ！」

「体育なんてうんざり！　すぐにいくわ」

「最近は散歩だってめったに許されないんですから――生徒たちには体操が必要です」

「体操！　体操って、バーだのダンベルだのを使ったバカみたいな拷問のこと？　年頃の女の子に必要なのは木陰の散歩よ。軽いサマードレスを着て、同い年の男の子たちに、腰に腕をまわしてもらって」

ドーラ・ラムリーは、呆気にとられて返事もできなかった。

校長にしてみれば、アーマ・レオポルドの訪問はこれ以上ないくらいタイミングが悪かった。まさにこの日の朝、ミスター・レオポルドから非難がましい手紙が届いたのだ。そこには、ミスター・レオポルドがすぐにでも学院を訪ねてくること、なぜあのような事件が起こったのか、新しく判明した事実も含めて、詳細な報告を要求することなどが綴《つづ》られていた。『この要求は、奇跡的に救出されたわたしの娘のためだけではない。いまだわが子の行方がわからない気の毒なご家族のためでもある』手紙にはまた、ロンドン警視庁からトップクラスの刑事が派遣されることも書かれていた。費用はすべてミスター・レオポルドが負担するらしい。ほかにも、とうてい受け流せないほど辛辣《しんらつ》な言葉が、長々と書きつらねられていた。

校長室に入ったアーマは、部屋が記憶していたよりもずっと狭いことに驚いていた。だが、変わったものはひとつもない。蜜蠟《みつろう》とインクのにおいも以前のままだ。マントルピースに置かれた黒い大理石の時計が、前と同じように耳ざわりな秒針の音を立てている。重苦しい沈黙が流れた。アップルヤード校長が机のむこうの椅子に座ると、アーマは単なる習慣から、機械的に膝を曲げてお辞儀をした。シルクのブラウスに包まれた校長の大きな胸の上で、カメオのブローチが上下している。そのリズムもまた、アーマの記憶のとおりだった。

「どうぞ、かけてちょうだい。もうすっかり回復されたと聞きましたよ」

「はい、校長先生。おかげさまで」

「それなのに、ハンギングロックでなにがあったのか、まったく思いだせないとか」

「そうなんです。ちょうど昨日もマッケンジー先生がいらして、最初の診察と同じことをおっしゃってました。この先も、ハンギングロックに登ったときの記憶はもどらないみたいです」

「残念です。非常に残念ですよ。関係者のみなさんは、さぞがっかりされることでしょう」

「そんなふうにおっしゃらないでください」

「もうすぐヨーロッパへ発たれるとか？」

「数日後には出発するつもりです。両親が、あたしはしばらくオーストラリアから離れたほうがいいって考えているんです」

「そうですか。アーマ、この際だから正直に伝えておきましょう。あなたのご両親の判断には大変失望しています。アップルヤード学院を卒業しないでヨーロッパの社交界へ出入りしようだなんて、無謀もいいところですからね」

「先生、あたしはもう十七歳です。世間をみて、大事なことを学べる年齢です」

「あなたはもう学院の生徒ではありませんから、教えておいてあげましょう。この学院の先生たちは、なにかというとわたしに、あなたがいかに注意散漫かこぼしていましたよ。いくら莫大な資産を相続するとはいえ、単語の綴りもろくに知らないのではどうしようもないわね」皮肉を吐いた瞬間、校長は、自分が取り返しのつかない過ちを犯したことに気づいた。なにをさしおいても、裕福なレオポルド家を敵にまわすようなことだけは避けるべきだった。金は力だ。金は強く、金は安全だ。静寂でさえ、金がなくては手に入らない。アーマの顔が一瞬で蒼白になった。「綴り？　あたしにも、あのピクニックの日になにが起こったかはわかりません。でも、正しい綴りを知っていれば、あれを防げたとでも？」

手袋をはめた華奢《きゃしゃ》な手で校長の机を叩きつける。「校長先生、お言葉ですけど、あたしが学院でなにかを学んだのだとしたら、それは全部ミランダが教えてくれたことです」

「残念だわ。それなのに、ミランダの素晴らしい自制心は学ばなかったようね」校長は意志の力を振りしぼって椅子から立ちあがると、打って変わって丁寧な口調になってたずねた。「よかったら、今夜はいままで使っていたあなたの寝室に泊まっていってちょうだい。それからメルボルンへいけばいいでしょう?」

「せっかくですけど、結構です。おもてで馬車が待ってますから。でも、出発する前に友だちとポワティエ先生に会わせてください」

「もちろんですとも! ミス・ポワティエはミス・ラムリーと体育の授業中です。こんなときくらいは大目にみましょう。規則違反ですが、みなさんにお別れをいいにいってかまいません。ミス・ポワティエには、わたしが許可したと伝えなさい」

冷ややかに握手をかわすと、アーマは校長室をあとにした。この部屋でいったい何度——学院の生徒だった頃がはるか昔のことのようだ——、校長の気まぐれな指示を聞き、叱責に耐えたことか。アーマはもう、扉のむこうへ残してきた女性を恐れていなかった。

いっぽう、ひとり残された校長は、抑えようもなく震えはじめた手を机の下へ伸ばし、隠してあったコニャックの瓶をつかんだ。

緑色のベーズ張りの扉（ベーズ生地が張られた防音性に優れた扉。家の主の居住空間と使用人の作業場を区切る）の陰で待ちかまえていたミニーは、アーマが校長室から出てくると両手を広げて駆けよった。「ミス・アーマ！　トムから、あなたがいらしたのを聞いたんです。ほんとにきれいになって……もう立派な貴婦人ですよ！」

アーマはかがみこみ、ミニーの温かくなめらかな首にキスした。安物の香水のにおいがする。「ミニー、会えてほんとうによかった」

「こちらこそ！　噂に聞きましたけど、イースターのあともここへはもどらないんでしょう？」

「そうなの。でも、みんなにお別れだけはいいたくて」

ミニーはため息をついた。「その気持ちはよくわかります。そりゃもう、あたしもみんなも、さみしくてたまりませんけど。でも、この頃の学院の雰囲気は、ひどいってもんじゃありませんから」

「想像がつくわ」アーマは薄暗い玄関広間をみわたした。真鍮《しんちゅう》の花瓶にはミスター・ホワイトヘッドが育てた季節外れの深紅のダリアが活けられているが、鮮やかな花でさえ、広間を明るくすることはできないようだった。ミニーが、ぐっと声を落としていった。「あれも禁止これも禁止でうんざりです！　生徒のみなさんが話していいのは授業中だけなんですから！　でも、ありがたいことに、あたしとトムは、あと数日でこんな暮らしとはおさらばです」

「ミニー！　おめでとう――結婚するのね？」

「ええ、復活祭の次の日の月曜《イースター・マンデー》に。ミス・ポワティエと同じ日なんです。聖バレンタインが縁を結んでくれたんですねっていったら、ミス・ポワティエってば、大真面目にこういうんです。『ミニー、そのとおりだわ』って。まあ、聖バレンタインは恋人たちの守護聖人ですからね」

　体操室は、生徒たちのあいだで「恐怖の部屋」と呼ばれていた。西の棟にある縦長の部屋だ。明かりのもとは格子のはまった天窓だけで、室内はいつもぼんやりと薄暗かった。もとの所有者はおそらく、身内の者だけが使う部屋としてここを作ったのだろう――予備の食料を入れておいたり、使わない調度品を置いておいたりする倉庫として。その倉庫が体操室として使われるようになると、石灰塗りの簡素な壁に、生徒の美と健康を保つための器具がいくつも設置された。天井からは縄梯子《なわばしご》と吊り輪が吊るされ、平行棒も据えつけられている。片隅には背骨矯正板がある。詰め物をした板に革紐を取りつけた装置で、これにセアラは、体育の授業が終わるまでくくりつけられることになっていた。何度注意しても猫背が直らないからだ。ほかには、重すぎてトムにしか持ちあげられない鉄のダンベルがひと組、少女たちが小さな頭に載せてバランスをとるための重りがいくつか、瓶のような形をした体操用の棍棒が数本。どれをみても、教育者たちがいかに無知かよくわかる。生徒たちの自然な発育になにが必要なのか、まるで把握していないのだ。

部屋の奥には高さ一メートルほどの壇があり、すでにそこには、授業を担当するミス・ラムリーとミス・ポワティエが上がっていた。監督役のミス・ラムリーは生徒たちの挙動に目を光らせ、アップライトピアノに向かったミス・ポワティエは、ウェールズの近衛連隊の行進曲『ハーレックの男たち』を弾いていた。ワンツー、ワンツー、ワンツー。三列になった少女たちは、黒い綿の靴下に黒いサージのブルマ、白いゴム底の運動靴という格好で、音楽に合わせてけだるそうに体を動かしていた。ミス・ポワティエにとっては、体育の授業などただの苦行だった。あと少しで五分間の休憩だ。そうしたら生徒たちに、アーマ・レオポルドがいままさにアップルヤード学院へきていて、じきにこの体操室へ挨拶にくると告げられる。ワンツー、ワンツー、ワンツー……ポワティエは機械的にピアノを弾きながら考えごとにふけっていた。ひょっとすると、この子たちはもう、アーマがいることを知っているのかもしれない。学院には秘密の情報網があるのだから。ワンツー、ワンツー……。「ファニー」ミス・ポワティエは、束の間鍵盤から指をはなして注意した。「リズムに遅れてますよ。音楽に集中してちょうだい！」「ファニー、一点減点」ミス・ラムリーはつぶやきながら手帳に書き留めた。緩慢な手足の動きとは裏腹に、少女たちの十四組の目はすばやく左右を見張っていた。ワンツー、ワンツー……。隙を狙っているような、油断のならない目つき。檻に入れられたノルマンディーの野ウサギたちのような目つき。ワンツー、ワンツー、ワンツー、ワンツー……単調なリズムが、ポワティエには耐えがたいほど苦痛だった。

そのとき、体操室のドアが、がちゃりと音を立てた。そのむこうにいる者は、入るのをためらっているかのように、遠慮がちにそっとドアを押している。体操室にいる全員の顔が一斉《いっせい》に入り口へ向けられ、『ハーレッフの男たち』の演奏は途中でやんだ。ポワティエは微笑み、ピアノの椅子から立ちあがった。入り口に現れたアーマ・レオポルドは、真っ赤な外套に身を包み、小柄な体は幸福と美しさで輝かんばかりだ。「アーマ！　入ってちょうだい！　すてきなおどろきよ《コム・セテュヌ・ボンヌ・シュルプリーズ》！　みなさん《メザンファン》、これから十分間は自由におしゃべりして結構です。さあ《ヴォワラ》、授業はおしまい！」アーマは体操室の中央へ向かって歩みだしていたが、急に気後れしたように足を止め、弱々しく微笑みかけた。

だが、笑みを返す者はいない。はしゃいだ歓声もあがらない。少女たちは無言のまま列を崩し、ふらふらと歩きだした。ゴム底の靴が床のおが屑を蹴って、かさかさ音を立てている。壇上にいたポワティエは胸騒ぎを覚えながら、心持ち上を向いた少女たちの顔をみおろした。真っ赤な外套を着たアーマをみている者はひとりもいない。十四組の目は、アーマの背後にあるなにかに据えられていた。そのなにかは、石灰塗りの壁のむこうにあるようだ。うつろな目つきは夢遊病者のそれだ。ポワティエは、胸のなかで悲鳴をあげた。この子たち、いったいなにをみているの？　わたしにはなにもみえない！　少女たちは、同じひとつの幻をみている。目にみえない紗《しゃ》のような幻想をうかつにやぶってしまうことを恐れて、ポワティエは声をもらすことさえできなかった。

少女たちの視界のなかで、壁は次第に薄く透明になり、天井は花のように開いて、晴れわたった青空に変わった。そこに、ハンギングロックがそびえ立っている。ハンギングロックの落とす影は、黒くきらめく水のように、木漏れ日の落ちた野原を浸していた。少女たちはそこでピクニックをしている。ゴムの木の陰で、太陽に温められた枯れ草の上に座っている。小川のほとりにはランチの用意が整っている。バスケットが置かれ、そばに座ったポワティエは——日よけ帽をかぶってくつろいだ表情だ——、ミランダにナイフを渡し、ハート形のケーキを切りわけてちょうだいと頼んでいる。マリオン・クイードは片手にサンドイッチ、片手に鉛筆を持っている。ミス・マクロウは暗赤色のコートを着込んだまま、ランチには興味を示さず、ひとりで木の幹にもたれている。少女たちは、ミランダが聖バレンタインの健康を祝して乾杯する声を聞き、マグパイの鳴き声を聞き、せせらぎの音を聞く。白いモスリンのドレスを着たアーマは、黒い巻き毛を揺らしながら声をあげて笑い、ミランダと一緒に小川でグラスを洗っている……ミランダ。帽子を脱いで、美しい金色の髪を日の光にさらしたミランダ。ミランダがいなければ、ピクニックなど楽しくない。ミランダはどこにでも現れる。まぶしい太陽の光を浴びながら、現れたかと思うとすぐに消える。虹のように。ミランダとマリオンはどこへいってしまったのだろう？　ハンギングロックの影は、いっそう暗く、いっそう長くなっていた。少女たちは地面に座ったまま、根が生えたように動けない。ハンギングロックが怪物のようにのそりと動きだし、岩や巨礫《きよれき》をあたりへ振り落としながら、じわじわと野原を渡って近づいてくる。ロックが間近に迫ってくるにつれ、深い裂け目や洞窟のなかがみえてくる。そのとき少女たちは、薄気味悪い洞窟の奥に、行方不明になったふたりの少女の遺体をみる。下級生のひとりが聖書の一節を思いだす。人間の死体にはウジ虫が湧き、体中を這いまわるという。下級生は、おが屑をまいた床の上で激しく嘔吐《おうと》する。だれかが木の椅子を倒し、イーディスがけたたましい悲鳴をあげる。ミス・ポワティエは、イーディスのハイエナのような声にヒステリーの兆候を聞き取ると、激しい動悸を静めようとしながら、努めて冷静に壇の端へ歩いていく。「イーディス！　声を抑えなさい！　ブランシェ！　ジュリアナ！　静かに！　みなさん、静かにしなさい！」だが、手遅れだ――ミス・ポワティエの上品な声は、少女たちの耳には届かない。火のように激しい感情は、あまりに長いあいだ、炉の灰のような規律の下でくすぶりつづけてきた。抑えつけられてきた恐怖が、一気に燃えあがったのだ。

ピアノの上には小さな真鍮の銅鑼《どら》が置かれてあった。生徒たちを静かにさせ、注意を引きつけるためのものだ。ポワティエは、ほっそりした手で力いっぱい銅鑼を打ち鳴らした。ミス・ラムリーは、ピアノの椅子のうしろに退散している。「無駄だと思いますけど。銅鑼の音なんか聞こえやしません」

「ミス・ラムリー、横の扉から外へ出てください。この子たち、もう手に負えない。校長先生を連れてきて。このままでは大変なことになるわ」

ミス・ラムリーは薄ら笑いを浮かべた。「ミス・ポワティエ、まさか怖がってらっしゃる?」

「ええ、ミス・ラムリー。わたし、ものすごく怯えてる」

アーマは、ヒステリーを起こして笑ったり泣いたりしている少女たちに取りかこまれ、身動きがとれなくなっていた。帽子についた真っ赤な羽根飾りが、少女たちの肩や頭のあいだにのぞいている。羽根飾りはひらひら震え、翼の折れた小鳥が頼りなげに飛んでいるかのようだ。少女のものとは思えない叫び声があがる。熱狂の波がますます高まっていく。

ずっとあとになってから、ミセス・ディアアーヌ・モンペリエは、自分の孫たちにこのときの話をすることになる。オーストラリアの学校で目撃した、奇妙な集団パニックの話を。「あなたたち《メザンファン》、もう五十年も前のことなのに、おばあちゃんはいまでもあのときの夢をみるのよ。あの場にいたときも、悪夢をみているみたいだったけれど」。老いたモンペリエ夫人はまちがいなく、この時体操室で目にした光景と、フランス革命を描いた一枚の古い絵を混同していた。幼い頃にその絵をみた夫人は、残酷で露悪的な描写に震えあがったものだった。孫たちに語る夫人の話のなかには、きまって、真っ黒なブルマ、体操室にずらりと並ぶ拷問道具、ヒステリーを起こして怒りと恐怖に顔を歪めた少女たち、振りみだした髪やかぎ爪のある手が登場した。「気が気じゃなかったわ――生徒たちが正気を失って、アーマを引き裂いてしまうんじゃないかって。あれは復讐だった。道理の通らない、残酷な復讐。あの子たちは復讐をしたかったのよ……いまなら、はっきりそうと断言できる。美しいアーマにはなんの罪もなかったのに、あの子たちは、耐えがたい苦しみをすべてアーマのせいにして、復讐をしようとしていた……」それこそは、一九〇〇年三月のある静かな午後、若いフランス人教師だったディアーヌ・ド・ポワティエが突如として直面し、たったひとりで立ち向かうことになった恐ろしい事態だった。ポワティエはたっぷりした絹のスカートをたくしあげると、壇上から床へ飛びおり、アーマのまわりにひしめく少女たちのもとへ向かった。賢明な彼女は直感に従い、敢えて胸を張って悠然と歩いていった。

アーマはなにが起こっているのかまったく理解できないまま、少女たちに小突きまわされて窒息しそうになっていた。もともと潔癖なところのあるアーマは、人の香りをちくいち講評し、ラムリー先生が教室にいるとペパーミントのにおいがすごいわ、と皮肉をいったものだった。そのアーマはいま、憎しみに歪んだいくつもの顔に取りかこまれ、途方に暮れていた。ファニーの小さな低い鼻は輪郭《りんかく》がぼやけてみえるほど迫り、テリア犬のそれのようにひくつく鼻孔も、こわそうな鼻毛もあらわになっていた。ぽっかりと洞窟のように開いただれかの口は、奥で光る金歯——ジュリアナの口だろう——や、よだれを垂らした舌をあらわにしていた。酸っぱいにおいの生温かい息が、何度も頬にかかる。熱を帯びたいくつもの体が胸に押しつけられている。アーマは恐怖に駆られて悲鳴をあげ、少女たちを押しのけようとした。だが、無駄だった。そのとき、人垣のあいだに、満月のように丸い顔が浮かびあがった。「イーディス！」

「そうよ、美人さん。あたしよ」イーディスは、突如として集団の中心になったことに興奮し、短い人さし指をこれみよがしに振りながら叫んだ。「アーマ——早く話してよ。あたしたち、ずっと待ってたんだから」ふたたびアーマは体を小突きまわされた。少女たちが口々に声をあげる。「そうよ」「イーディスのいうとおり」「教えてよ、アーマ」「話してよ！」

「なにを話せっていうの？　なんだか、みんな変よ！」

「ハンギングロックで起こったことよ！」イーディスが少女たちを押しのけてアーマに詰めよった。「あそこで、ミランダとマリオン・クイードになにがあったのか教えて！」

ニュージーランドからきた姉妹のうち口数の少ないほうが、いつになく大声をあげた。「学院の人たちはなにも教えてくれない！」まわりから次々と声があがる。「ミランダ！」「マリオン・クイード！」「どこにいるの？」

「なにも教えてあげられない。あたしも知らないんだもの」アーマがいった。

ポワティエはひしめく生徒たちのなかへ力任せに体をねじこむと、どうにかしてアーマのとなりへいき、集中砲火を浴びていた少女の腕をつかんだ。細く上品な声で、生徒たちを叱りつける。「なんて騒ぎです！　少しは頭を使いなさい！　思いやりはないの？　アーマはなにも知らないといっているじゃないの！」「知ってるのにいわないだけです！」

ブランシェは巻き毛を振りみだし、人形のように整った顔を怒りで紅潮させていた。「アーマはあたしたちを子ども扱いして、わざと秘密を作るんです。いつもそうでした！」

イーディスが、陶製の首振り人形のように激しくうなずく。「アーマがいわないつもりなら、あたしがかわりに教えてあげる。いい？　みんな死んじゃったのよ……死んだの。ミランダも、マリオンも、マクロウ先生も。死骸はハンギングロックに転がってる。あの三人は、コウモリが飛びまわる不気味な洞窟のなかで死んでるの」

「イーディス・ホートン！　でまかせをいうのもいい加減になさい！」ポワティエはイーディスの頬を平手打ちすると、祈りの文句を唱えた。「ああ、マリア様、お助けください」

唯一騒ぎに加わっていなかったロザムンドも、ひざまずいて祈っていた。ロザムンドがすがったのは聖バレンタインだ。彼女自身がだれよりも親しみを感じていた聖人だ。ミランダも聖バレンタインを愛していた。ミランダは、なににもまして愛の力を信じていた。

「聖バレンタイン様。どうお祈りしたらいいのか、よくわかりません……でも、どうかアーマを解放してあげてください。ミランダのためにも、みんながもう一度愛しあえますように」

聖バレンタインがこれほど私心のない祈りを捧げられることはめったにない。バレンタインに寄せられるのは、もっぱら、たいして急を要さないロマンチックな願いごとばかりだ。聖バレンタインは速やかに現実的な答えを与えてくれることで評判だが、それはただの噂ではなかったらしい——いつのまにか体操室の入り口に、トムの姿を借りた天の使いが現れている。惚れ惚れするほど頼もしい姿だ。目を丸くして、からから笑っている。トムはウッドエンドの歯医者から帰ってきたところだった。抜歯したばかりの歯ぐきは疼《うず》いていたが、このところ元気のなかった生徒たちが賑やかに騒いでいる場面に行きあうと、人のいいトムはすっかり嬉しくなってしまった。にこにこしながら、ミス・ポワティエが自分に気づくかどうか待っている。騒ぎ（なにがあったのかは知らないが）が落ち着いたら、適当な間合いを計って声をかければいい。ベン・ハッシーからミス・レオポルドへの言伝を頼まれている。

トムの存在に気をとられた少女たちは、一斉にそちらをみた。その隙にアーマは、身を振りほどいて輪の外へ出た。ひざまずいていたロザムンドは立ちあがり、イーディスは、ポワティエに打たれた頬を手で押さえた。トムは、ハッシーさんからの伝言ですと前置きして、話しはじめた。メルボルン急行に乗るおつもりなら、いますぐ出発したほうがいいみたいです。それから、これはハッシーさんからじゃありませんけど、おれも、ほかの使用人の連中も、アーマお嬢さんのご幸運を願ってます――。こうして、異様な騒ぎは唐突な幕切れを迎えた。生徒たちは、もはや習慣となった礼儀正しさでうしろへ下がり、アーマのために道を開けた。ポワティエがアーマの頬に軽くキスをした。「あなたの日傘は玄関にかけてありますからね――さようなら《オ・ルヴォワール》、また会いましょう」（残念ながら、ポワティエが可愛いアーマと再会することはなかった。）

少女たちは、通り一遍の別れの言葉を気の抜けた様子でつぶやきながら、アーマが体操室の扉へ歩いていくのを見送った。優美な歩き方は、以前と少しも変わらない。ふと、アーマの胸の奥から、思いもよらないほど深い憐れみが湧いてきた。それは、この先どんなに時が経とうとも、決して説明のつかない感情だった。アーマは振りかえると、手袋をはめた小さな手を振り、弱々しく微笑んだ。こうしてアーマ・レオポルドは、アップルヤード学院からも、そこで暮らす人々の生活からも永遠に姿を消した。

ポワティエは腕時計を確かめた。「みなさん、終業時間を過ぎてしまいました」日中でさえ薄暗い体操室が、どんどん暗くなっている。「急いで部屋へもどりなさい。見苦しいブルマは脱いで、夕食にふさわしい服に着替えてちょうだい」

「ピンクのドレスを着てもいいですか?」イーディスがたずねると、ポワティエは厳しい顔で答えた。「好きなものを着ればいいでしょう」最後まで残っていたロザムンドは、立ち去りがたそうな表情でたずねた。「先生、片づけを手伝います」「あら、大丈夫よ、ロザムンド。頭も痛いし、少し休んでいきたいの」扉が閉まると、ポワティエはがらんとした体操室にひとり残された。そのときになってようやく気づいた。校長を呼びにいったはずのドーラ・ラムリーが、まだもどってきていない。

狭い戸棚のなかで身を縮め、外の様子を鍵穴からうかがっていたあとでは、堂々と外へ出ていくのは難しい。ドーラ・ラムリーはしかし、出ていくならいましかないと腹をくくると、安全な隠れ家から外へ出た。とたん、にわかには信じがたい言葉が耳に飛びこんできた。

「やっぱり！　勇敢なヒキガエルが、やっと巣から出てきたわ！」

ドーラ・ラムリーは干上がった舌で、乾いた唇をどうにか湿した。「なんて失礼なことをおっしゃるんです！」ポワティエは楽譜を丁寧にそろえながら、蔑みのこもった目で年下の教師をちらりとみた。「あなたなんかに頼むんじゃなかった。どうせ、校長室へ報告しにいこうともしなかったんでしょう？」

「手遅れだったからです！　あの子たちに気づかれたらなにをされたか……落ち着くまで待っていたほうがいいと思ったんです」

「戸棚のなかで？　ヒキガエルにしては賢いわ」

「そうですよ、いけません？　あんなに大騒ぎするなんて、ほんとにはしたない子たち！　わたしには、どうすることもできませんでした」

「できることなら少しはあるわよ。片づけを手伝って。もうめちゃくちゃ！　明日の朝、使用人たちが不審に思うといけないわ」

「ミス・ポワティエ、それより、アップルヤード校長にどう報告するかを考えましょう」

「しないわよ」

「しない？」

「聞こえたでしょう！　校長先生には報告しないわ」

「ご冗談！　あの子たち、鞭で打たれてもいいくらいなんですよ！」

「ミス・ラムリー、フランス語にはね、あなたみたいな人にぴったりの言葉があるの。品性を疑われてしまうから、わたしは使わないでおくけど」ミス・ラムリーのくすんだ顔がさっと赤らんだ。「よくもそんな！　もう我慢できません！　さっきのみっともない騒動のことは、わたしから校長先生に報告しておきます。今夜にでも」

　それを聞いたディアーヌ・ド・ポワティエは、すっと床にかがみ、積み重ねられていた体操用の棍棒を一本つかんだ。「この手になにを持っているかみえる？　ミス・ラムリー、わたし、こうみえて結構力が強いの。体操室を出る前に誓ってちょうだい。さっきここで起こったことはだれにも話さない、と……誓わないなら、これであなたを殴るわ。手加減はしない。あなたがだれかに泣きついたって、上品なフランス人教師が同僚を殴ったなんて、絶対に信じてもらえない。わかる？」

「あなたみたいな女が教師だなんて」

「ええ、わたしもそう思う。小さいときは、もっとすてきな未来を夢見てた。でも、これが人生《セ・ラ・ヴィ》ね。早く誓いなさいよ」

　ドーラ・ラムリーは追い詰められて出口をみた。一瞬、走って逃げようかという思いが頭にちらついた。だが、偏平足なうえに息があがっているとなると、ポワティエから逃げきれる自信はない。

ポワティエは、退屈したように棍棒をくるくる回している。「ミス・ラムリー、わたしは本気よ。理由をあなたに説明する気はないけれど」

「わかりました、誓います」ドーラ・ラムリーはあえぎながらいった。体は小さく震え、顔色は大理石のように蒼白だ。ポワティエはそれを聞くと、棍棒をもとの場所にきちんともどした。

「待って。この音はなに?」

体操室の隅はほとんど真っ暗になっていたが、その暗がりの奥から、弱々しくかすれた悲鳴が聞こえている。異様な騒動に気をとられていたミス・ラムリーが、背骨矯正板の革紐を解くのを忘れていたのだ。セアラは水平な板にきつく縛りつけられたまま、悲鳴をあげていた。

13

体育の授業での一件がアップルヤード校長に報告されたのかどうか、はっきりしたことはわからない。だが、ポワティエの警告に震えあがったドーラ・ラムリーが、危険を冒して約束をやぶったとは考えにくかった。その夜、生徒たちの夕食には校長も同席した。気が向くと一緒に夕食をとることがある。生徒たちはたいして空腹ではなかったが、校長の視線を気にして行儀よく食事をしていた。ポワティエがみる限り、生徒たちは控えめな声でおしゃべりを楽しみ、別段変わった様子もなかった。いつもとちがうことといえば、セアラ・ウェイボーンが片頭痛を理由に部屋に下がっていることと、イーディス・ホートンがミス・ラムリーに、なぜか右の頰がヒリヒリするんですと訴えていることくらいだった。イーディスは、体操室で隙間風に当たっていたせいだと思います、といった。「ええそうよ。あの体操室は隙間風がひどいもの」ポワティエは、テーブルの反対側からイーディスに声をかけた。

ポワティエの正面の席にいる校長は、陰気な顔で子羊のカツレツを切り刻んでいる。容赦ない手つきは、人喰いザメと格闘しているのかと見紛うほどだった。ほんとうは悠長に夕食をとっている場合ではない。ナイフで滅多刺しにしているカツレツは、胸に秘めた不安の象徴だった。校長の懸念は、二通の手紙だ。一通はミスター・レオポルドから、もう一通はミランダの父親からで、いまだ返事を書かれないまま校長の机の上に置かれていた。だが校長は、生徒たちと会話をして学院の雰囲気を改善することも仕事のうちだと考えていた。そこで、右に座っているロザムンドのほうを向くと、たいして興味もない話題を振った。「アーマ・レオポルドは、オリエント・ラインの船でイギリスへ帰ったの？　それともP&Oかしら？」

「わかりません、校長先生。アーマは少し顔をみせにきただけで、わたしたち、ほとんど話していないんです」

「顔色が悪くて、疲れてるみたいでした」ニュージーランドの姉妹のうち、口数の多いほうがいった。

「あら、そう？　わたしには、もうすっかり元気になったと話していましたけど」校長のブレスレットについた南京錠形の金色のチャームが、皿に当たって耳ざわりな音を立てた。思わず身をすくめた校長は、ふと、正面の席にいるフランス人教師の視線を不愉快に感じた。妙な目つきで無遠慮にこっちをみている。そのとき、ポワティエの手首に光る見事なエメラルドのブレスレットに目が留まった。なんて大きくて立派なエメラルド。現実のものとは思えないくらいだ。宝石をみたせいで、校長はまたしてもレオポルド一家のことを思いだした。あの一族はブラジルにダイアモンドの鉱山を所有しているという。校長はカツレツにナイフで鋭いひと突きを食らわせ、今夜は必要とあらば徹夜をしてでも手紙を書きあげようと心に決めた。トムに届けさせれば、金曜朝一番の配達に間に合う。

食事が終わると、校長はデザートのライスプディングとプラムのコンポートを飲みこんで席を立ち、校長室へいって扉に鍵をかけた。机に向かってペンを取り、忌まわしい仕事に取りかかる。普通の女性なら、これほどの窮地に追いこまれ、そこから大小様々な問題が次々に派生してくるのを目の当たりにすれば、とうの昔に一番安全な解決策をとっていたはずだ。もっと前なら逃げ道も残されていた。たとえば、イギリスで喫緊の用事ができたと適当な言い訳をこしらえて、さも無念そうに学院を廃校にしてしまえばいい。買い手がつくうちに言い値で売却してしまってもよかった。売却のときに使われるあのビジネス用語は、なんだっただろうか——そう、営業権《グッドウィル》。校長は歯ぎしりをした。世間の好意《グッドウィル》など、もう雀の涙ほども残っていない！　世間の人間は、学院には幽霊が出るだとかなんだとか、悪意のあるでたらめを好き勝手にいっている。校長は一日の大半を鍵のかかった校長室で過ごしていたが、あらゆることを見通していたし、あらゆることを聞きつけていた。

昨日も、校長の地獄耳のことをうっかり忘れたコックの女が、ミニーにこんな話をしていた。なんでも〝町の人たち〟は、日が落ちたあと、暗い学院の敷地内を奇妙な光がいくつもさまよっているのを目撃したらしい。

過去には何度も、亡夫と共に薄氷を踏むような思いをしたものだった。だが、これほどの危機に直面したことはない。公私共に生活が崩壊していくような状況は初めてだ。白昼堂々剣を取って敵の心臓を刺しつらぬくには、単純で明確な勇気がいる。だが、闇のなかでみえない敵の首を絞めるには、まったく別種の力が必要になる。この夜、校長がなによりも望んでいたのは、決断力だった。だが、なにを決断するというのか。仮にアーサーが生きていたとしても、ハンギングロックの謎が解けないうちは、次善の策を練ることなど不可能だっただろう。

一通目の手紙に取りかかる前に、校長は机の一番下の引き出しを開けて台帳を——これで今日は二度目だ——取りだし、子細に調べはじめた。イースターのあとも学院に留まる見込みのある生徒は、失踪事件が起こる前の二十四人から九人ほどに減っていた。校長はもう一度、生徒の名簿に目を通した。一番最後のイーディス・ホートンの名は、横線を引いて消さなければならない。ちょうど今日、腹立たしいほど愚鈍なホートン夫人が手紙を送ってきて、うちの一人娘には〝別の計画〟がありますから退学させます、と知らせてきたのだ。数カ月前であれば、校長はこの知らせをむしろ歓迎し、嬉々として劣等生を厄介払いしただろう。イーディスがいなくなるとなれば、残るは九人。そのなかにはセアラ・ウェイボーンの名前もある。校長のうしろの戸棚には、コニャックがひと瓶しまってあった。棚の鍵を開けて瓶を取りだし、酒をグラスに半分ほど注ぐ。強いアルコールが緊張を解きほぐすと、頭のなかにかかっていた霧がたちまち晴れていく。校長はふたたび机に向かい、見事なまでに美しい字で手紙を書きはじめた。印刷されたように整った字は、書き手の個性も、その鉄の意志も、完璧に隠している。午前三時をまわる頃、校長はようやく手紙に封をして切手を貼り、疲れきった体を二階へ引きずっていった。

翌日は何事もなく過ぎていった。バンファー巡査から手紙があった。こちらからお知らせできる新しい情報はないが、ラッセル通りの警察本部の者が、校長に会って話を聞きたいといっている。来週のどこかで時間を作ってもらえないか、ということだった。ほかにも、いくつか対応すべき問題があった。一部の保護者たちが、ピクニック事件が起こるまでの学院の規律について、説明を求めてきたのだ。厄介事は尽きなかったが、空はよく晴れ、穏やかな気候だった。ミスター・ホワイトヘッドは先延ばしにされていた休暇をとると、長靴から足を解放し、日がな一日園芸雑誌を読んで過ごした。トムは自分の仕事を片づけていた。歯を抜いたところがひどく痛むので、ミニーがくれたフランネルのペチコートの端切れであごを縛っていた。セアラ・ウェイボーンは、ポワティエの指示で、一日中ベッドに寝かされていた。こうしたことをのぞけば、すべてが普段どおりに過ぎていった。土曜日にはいつも、細々した用事を片づけることになっていた。生徒たちは繕い物をしたり、家族に手紙を――内容は、校長の机のアルコールランプが一言一句照らしだし、細かく検閲される――書いたりする。天気が良ければ、クリケットやテニスをしたり、敷地内を散歩したりした。トムはこの日、ダリアの花壇のそばでミス・バックにつかまってしまい、長いおしゃべりに付き合わされていた。折良くミスター・ハッシーの馬車が正面玄関に走ってきたのをみると、トムは、お客さんの手伝いをしなきゃといって、ようやくミス・バックから逃げだした。だが、トムが降ろすべき荷物はなかった。馬車に乗っていたのは、ケチくさい雰囲気の青年ひとりだけだった。年齢はトムと同じくらいで、持っている小さな鞄までケチくさい感じがする。青年は御者に、校内からみえないところに馬車を停めて、こちらから指示を出すまで待っていてくれ、といった。青年の地味な顔をみたとたん、トムはすぐに、ミス・ラムリーの兄だと気づいた。自意識過剰で偉ぶった男だ。レグ・ラムリーが学院へ妹を訪ねてくるのは、ほぼ半年ぶりだった。アップルヤード校長は、窓からレグ・ラムリーの姿に気づいて、舌打ちしたい気分になった。どうして、よりによってこんな日にきたのかしら？　レグは手袋をはめて粗末な外套をなでつけると、玄関の呼び鈴を鳴らした。

アップルヤード校長の隠れた特技は、気に入らない客を三分以内に――必要とあらばじつに感じよく――追いかえすことだ。初めてレグと握手をしたときから、あの青年のしつこさとしぶとさは見抜いている。要するに、妹のドーラと同じく、愚かで退屈な人間なのだ。そしていま、レグ・ラムリーが校長のもとへ到着した。いや、厳密には、使用人のアリスが、レグの薄汚い名刺を届けにきた。名刺には、ワラガルの勤め先の住所が印刷されている。「アリス、ミスター・ラムリーをお通しして。わたしはあまり時間をとれないとお伝えしておきなさい」

レグ・ラムリーは、陰気で常識知らずの青年で、ワラガルのとある店で販売員をしていた。ありとあらゆることに意見や批評を加えずにはいられない性格で、女子教育にも、地元の消防隊の役立たずぶりにも、かならず口を出した。校長は苛々と指で机を叩きながら、今日はどんな議論を吹っかけにきたのかしら、と考えた。事前の連絡もなしにわざわざワラガルからやってくるとは、いったいなんの用事だろう？「ごきげんよう、ラムリーさん。いらっしゃるときは、前もって手紙で知らせていただけないかしら。よりによって、今日はほんとうに忙しい日なんです。あなたの妹さんも仕事が山積みよ。帽子はそこの椅子へ置かれたらどう？　傘もそこへどうぞ」

前の晩、レグはベッドに横たわったままほとんど眠らず、校長室へ行ったらどう振る舞おうかと頭のなかで繰り返し練習していた。想像のなかのレグは、校長の前で胸を張って立ち、堂々たる態度で最後通牒を突きつけるのだった。だが、いざその瞬間がきてみると、レグはおどおどと椅子にかけ、傘を膝のあいだにはさんだ。「そう申されましても、僕も、今日お伺いするつもりはありませんでしたから。ドーラが、昨日の夕方に電報を送ってきまして。あんな電報を読んだら、だれだって飛んできますよ」

「そうですか。理由をお聞かせ願えるかしら」

「ドーラの電報を読んで、僕は自分の意見に確信を持つに至りました。すなわち、こちらの学院は妹の勤め先としてふさわしくない、という結論に至ったわけです」

「あなた個人の意見にはなんの関心もありません。なぜいきなりいらしたのか、理由をお聞かせください」

「ええ、それはもちろん。理由ならいくらでもお話しできますよ。じつは――」レグは、擦り切れててかてかしているポケットを両手で漁った。「手紙もあるんです――先生がいらっしゃらなかったときには置いていこうと思いまして。読んでさしあげましょうか？」

「結構です」校長は肩ごしに振り返って壁の時計をみた。「できるだけ簡潔に用件を話してください」

「いや、まあ、ではまずひとつ目ですが、僕としては、この学院が何度も新聞に取りあげられていることを遺憾に思っています。あの――なんというか――ええと、その、ハンギングロックであの不幸な事件が起こってから、この学院はあまりにも頻繁にニュースになっています」

校長は皮肉たっぷりに返した。「あら、忘れてしまいましたけど……あなたの妹さんも、記事になにか書かれたのかしら……？」

「いや、たぶん、うちのドーラが新聞に載ったことはありません……ですが、世間の噂は先生の耳にも入っているはずです。最近じゃ、新聞を開けばかならず事件のことが載ってるんです。僕としましては、ドーラのようにきちんとした若い女性は、犯罪と名のつくものにはなんであれ関わるべきではない、と思うわけです」（レグ・ラムリーが詩人のように自分の心の内を曝《さら》けだすとしたら、なにより目立つのは〝世間体〟という言葉だろう。彼にしてみれば、ニュースになるということは、世間体に傷がつくということと同義なのだった。ニュースになるなら、キッチナー卿くらい盤石な地位を築いていなくてはならない。）

「ラムリーさん、言葉遣いには気をつけてください。あれは犯罪ではありません。いってみれば、未解決の謎です。犯罪と謎は大違いですよ」

「わかりました。謎ですか……。まあ、僕は謎なんかとは関わりを持ちたくないんです。うちのドーラも同じように考えています」

「お言葉ですが、相談している弁護士たちは、この謎はじきに解決すると考えています。あなたやワラガルのご友人たちがどう考えるかは自由ですが。お話はそれだけかしら?」

「いえ、もうひとつ。ドーラはあなたとの雇用契約を打ち切りたいと希望しています。ええ、今日で。三月二十一日土曜日をもって、ドーラを退職させてください。実をいうと、すぐにでもドーラを連れていけるように、おもてに馬車を待たせているんです。お手数ですが、ドーラに僕がきたことを伝えて、荷造りをさせてやってくれませんか。かさばる荷物はあとから送ってください」

その瞬間に目にした奇妙な光景を、レグは列車のなかで妹に話さずにはいられなかった。アップルヤード校長のレースに覆われた首元に奇妙な赤い斑点が浮きあがり、たくさんの虫が這いあがってきたかのように、ゆっくりと広がりはじめたのだ。さらに、校長の目玉——レグが威圧的な校長の目を正視したのは、おそらくこのときが初めてだった——は、一対のビー玉のようにぐるぐる回り、いまにも眼窩《がんか》から転がり落ちてきそうにみえた。そして次の瞬間、校長は猛烈な怒りをぶちまけたという。「ドーラ、あれは参ったよ。おまえも聞いてたらよかったんだけどな。だけどまあ、反論すれば火に油を注ぐだけだとわかったから、僕は冷静になって、売られたケンカを買うような真似はしなかった」

だが、実のところラムリー青年は、冷静になるどころか蠟のように蒼白になり、目にみえてわかるほど震えていた。

「ミスター・ラムリー、あなたの妹はただの役立たずです！　もともとイースターの前に解雇するつもりだったんですから、さっさとクビにするべきだった。そうすればご足労いただくまでもなかったわね。でも、おかげさまで手間が省けたわ。おわかりでしょうけど、そっちの都合でいきなり辞めるんですから、お給料は出しません。これは契約違反よ！」

「給料についてはちょっとお答えしかねます。まあ、あとで調整すればいいでしょう。それはともかく、次の職場への推薦状が必要なんですが、いただけるでしょうね？」

「推薦状！　ドーラをどこかへ推薦するなんて至難の業だわ。仮にできたとしたって、あんな役立たずに新しい職場がみつかるもんですか！」校長は叫び、吸い取り紙の束を平手で叩きつけた。あまりの衝撃に紙の束が机から跳ねあがり、レグ・ラムリーもぎょっとして椅子から飛びあがった。「ミスター・ラムリー、わたしは嘘がつけない女なのよ。まだご存じないようでしたら教えてさしあげましょう。あなたの妹はね、どうしようもなく気難しくて、バカで、役立たずだった。さっさと連れて帰ってくれれば、こっちも大助かりだわ」校長はそう吐きすてると、呼び鈴の紐を引っ張った。「さあ、あとは廊下でお待ちになって。使用人がドーラを連れてきますから、急いで荷造りをしろと伝えてください。急げばメルボルン急行に間に合うでしょう」

「校長先生！　まだ僕の話は終わっていません！　事件に関する僕の意見は、一聴の価値がありますよ！　いいですか、極めて多くの人間がですね――」ところが、レグ・ラムリーは力尽くで校長室の外へ押しだされ、鼻先で扉を閉められた。レグは震えながら廊下で立ちつくした。おまけに、帽子は部屋のなかだ。熱弁を封じられたことは大きな苦痛だったし、自尊心はずたずたに傷ついていた。だがレグは、背もたれの高いマホガニーの椅子にじっと座り、時が過ぎるのを待つしかなかった――どうすれば品位を保ったまま帽子を奪還できるのか、あれやこれやと策を練りながら。

ドーラ・ラムリーは、たった一時間で荷造りをすませた。わずかばかりの服や私物――日本製の扇子《せんす》、誕生日に贈られた本、母親から譲り受けた指輪――を、柳細工のトランクと鞄に詰めこみ、細かいものは茶色い紙で包んだ。それから、兄と共にミスター・ハッシーの馬車に乗りこんだ。敢えて書くまでもないことだが、校舎のあちこちの物陰では、物見高い無数の生徒たちの目が、校門へ向かう馬車をじっとみつめていた。好奇心には独特な表情がある――言葉ひとつ発されるときでも、吊りあげられる眉、忙しないうなずき、首を横に振る仕草や肩をすくめる仕草が、そこに無数の感情を添えるのだ。二十一日、土曜日の夕暮れ、アップルヤード学院に渦巻く好奇心は病的な熱を帯びていた。私語は慎むようにと繰り返し厳命してきたにもかかわらず、過敏になった校長の耳には、ブヨの羽音のようなささやき声が、階段からも踊り場からも絶えず聞こえつづけていた。少女たちの好奇心は、さざめきとなってあたりにあふれ、いつまでも満たされなかった。ミス・ラムリーとその兄が午後遅くに学院を出発してからというもの、噂の中心はもっぱら、みるからに焦ってまとめたらしい不格好な荷物の山だった。御者席に積みこまれていた荷物に、少女たちは否が応にも好奇心をかき立てられた。あんなに大荷物で出ていくってことは、ほんとうにミス・ラムリーは学院をやめてしまったの？　それなら、どうしてあんなに急ぐの？　ミス・ラムリーのような女性が、大仰で感傷的な別れの場面を省略するとは思えない。ラムリー兄妹の応対をしたメイドのアリスは、生徒たちにせがまれて何度も同じ話をした。学院に到着したとき、ミス・ラムリーの兄はどんなことをいっていたのか。兄はどれくらい廊下で待つはめになったのか。ミス・ラムリーは、兄と馬車が下で待っていると知らされた時、なんといって答えたのか。謎めいた出来事は、退屈な日々を長らく強いられていた少女たちにとって、一服の清涼剤《コミックリリーフ》のようだった。前々から、ドーラ・ラムリーと冴えない兄は格好の噂の種なのだ。

　立ち去ったミス・ラムリーになんの興味も示さなかったのは、セアラ・ウェイボーンひとりだった。セアラはこの日の午後も、本を片手にひとりで敷地内をさまよい歩いていた。ポワティエはセアラの蒼白な顔をみて、心臓をつかまれたような不安を覚えた。ためらっている暇はないと覚悟を決めると、校長に直訴して、セアラのためにマッケンジー医師を呼んでもらうことにした。体操室での一件以来、ポワティエは、自分のなかに名状しがたい新たな力が湧いてくるのを感じていた。怒れる校長のことなど、もう怖くない。校長が起こすかんしゃくは、学院を襲っている神の怒りに比べれば、比べようもなく矮小にみえた。

あと四日で水曜日になり、イースター休暇がはじまってしまう。休暇が終われば、アップルヤード学院は、不気味なだけで実体のない悪夢のような場所になるだろう。その頃にはもう、ポワティエは夫の腕のなかだ。夕食の席についていたロザムンドは、ふと、離れた席のポワティエが、アイリッシュ・シチューを食べながら口元をほころばせたことに気づいた。きっと婚約者のことを考えているのだろう。学院生活は、人を惹きつけてやまないポワティエのような教師がいなければ、とうてい耐えられなかった。ロザムンドは考えた。わたし、どうしてこんなところにいるのかしら。バカみたいな子たちばっかりなのに。イースター休暇で家にもどったら、両親に学院をやめさせてほしいと頼むことにしよう。セアラ・ウェイボーンだけでなくアップルヤード校長も、マッケンジー医師に診てもらったほうがいいようだった。ほんの数週間で目立って体重が落ち、シルクのスカートが、かつてはあれほど肉付きのよかった腰からずり落ちそうになっている。たるんだ頬は、青白くこけてみえる日もあれば、赤黒い斑点が浮かんで腫れあがっているようにみえる日もある。「校長のほっぺたって」ブランシェがイーディスに耳打ちした。「日なたで腐りかけてる魚みたいじゃない？」ふたりは、踊り場のアフロディテ像の陰でくすくす笑いながら、校長が玄関前の階段を大儀そうに上ってくるのをみていた。校長が最初の踊り場に着くより早く、裏階段から、両手にトレーを持ったミニーが現れた。トレーにはレースで縁取りをしたマットが敷かれ、洒落《しゃれ》た日本製の器が並んでいる。校長は問い詰めるような調子でたずねた。「どうかしたの？　病人なんかいたかしら？」

ミニーは、コックの女やアリスとちがって、校長の居丈高な物言いにもたじろぐことがなかった。「ミス・セアラのお夜食です――ポワティエ先生に、なにか差し入れてちょうだいと頼まれて。土曜日の夜は宿題もありませんし、ミス・セアラはご気分がすぐれないみたいですから」

校長は今夜、校長室の真上にある広々とした寝室へ早めに引き上げようとしていた。だが、ミニーがセアラの部屋の戸をノックしようとしているのをみると、その背中に声をかけた。「ミス・セアラに、明かりを消さずに待っているように伝えてください。わたしから、少し話がありますから」

セアラは、ランプの明かりを絞って部屋を暗くし、ベッドの上に起きあがっていた。三つ編みをほどいた豊かな髪が、華奢な肩の上にかかっている。頬は熱のせいで紅潮し、大きな黒い瞳は暗がりで輝いている。いまのセアラは美しいといってもよかった。「お嬢さん、ミス・ポワティエの特別注文で固ゆで卵を持ってきましたよ。クリーム添えのゼリーは、校長先生のお夕食から勝手にもらってきたの」セアラは、痩せた腕でベッドカバーをはねのけた。「いらない。食べたくない」

「さあさあ、赤ちゃんみたいなこといわないで。もうお姉さんなんですから。十三歳っていったら――十三歳でしたよね?」

「さあ。後見人のおじさんもわたしの年は知らない。時々百歳になった気がする」

「そんな気分も卒業するまでですよ。そしたら、男の子たちがこぞってお嬢さんを追いかけるようになるわ――いまのお嬢さんに必要なのは、ちょっとしたお楽しみなんです」

「お楽しみ!」セアラは叫んだ。「お楽しみですって? ミニー、ここにきて。早くきてよ。学院のだれも知らないことを教えてあげるから。いままでミランダにしか打ち明けなかったこと。ミランダは、死んでも秘密は守るって誓ってくれた。いい? わたしは孤児院で育ったの。なのに、お楽しみですって? お楽しみっていったらね、いまでも覚えてることがあるわ。眠れない夜なんかによく思いだすの。あるときね、孤児院の子たちにこんなふうにいったのよ。サーカスの軽業師になるのって楽しそうね、って。スパンコールのドレスを着て、可愛い白い馬に乗れたらいいな、って。そしたら院長が、わたしが逃げだすんじゃないかと思って、頭を丸刈りにしちゃったの。わたし、あの女の腕に噛みついてやった」

「あらあらお嬢さん、泣かないでくださいな」優しいミニーは、余計なことをいうんじゃなかったと後悔しながら、セアラを慰めようとした。「わかりました。じゃあ、お夜食のお盆は洗面台の上に置いていきます。あとになって食欲がわくかもしれないし。ああ、そうそう！　校長先生に言伝を頼まれたんでした。もうすぐここへいらっしゃるから、それまで起きて待っていてほしいんですって。ゼリー、ちょっとだけでも召しあがりません？」

「いらない！　飢え死にするほうがましよ！」セアラはそういったきり、壁のほうを向いてしまった。

メルボルン急行の二等客車で、レグとドーラは夢中でしゃべりつづけていた。時折妹のほうは、悔し涙のにじんだ目をハンカチでぬぐいながら声をあげた。「あの女、許せない！」「そんなのでたらめよ！」「ほんとうにそんなことといってたの？」「なんて図々しい女！」次第に濃くなる夕闇のなか、いくつもの駅が次々と車窓を流れていく。兄のほうは、妹が働いた日数分の給料を手に入れるべく、色々と策を講じていた。給料の請求は速やかにおこなわなければ。みたところ、あの学院は早晩破産する——廃校になるのは時間の問題だ。

列車がスペンサー・ストリート駅に着くころ、ドーラの今後の身の振り方はあらかた決まっていた。ワラガルへいき、レグが同居している老いた叔母の古い小さな家で、炊事洗濯を担当するのだ。「僕の意見では、そう悪い話じゃないと思う。リディア叔母さんも永遠に生きつづけるわけじゃない」それを聞いて少し元気づいたドーラは、兄と一緒に列車を降りて路面電車に乗り換えた。到着したのは、まずまず清潔な通りにある、まずまず清潔なこぢんまりしたホテルだった。ドーラは兄に対する敬意でいっぱいになった。なんて有能で、なんて頼れるのかしら。レグは今夜のために、あらかじめ部屋をふたつ予約しておいてくれたのだ。安いシングルルームで、窓からは裏の建物しかみえなかった。どうにか夜食に間に合ったふたりは、コールドマトンを濃い紅茶で流しこみ、疲れきった体でベッドにもぐりこんだ。ふたりの部屋の近くにある木製の階段の手すりの上には、火がついたままの石油ランプがひとつ置かれていた。すぐそばの窓では、カーテンが風をはらんでふくらんでいる。午前三時頃、ランプが床に落ちた。炎は薄汚れた壁をなめ、壁紙に火ぶくれを作っていった。だれにも気づかれないまま、渦を描く煙は、窓から外の通りへ流れだした。数分後、ホテルの奥の棟は屋上まで炎に包まれ、轟音《ごうおん》を立てて燃えていた。

14

レグ・ラムリーの死は――世間体こそ傷つけられなかったとはいえ――センセーショナルなニュースとなって世の中を騒がせた。嫌われ者の青年は、燃えさかるホテルのなかからよみがえった不死鳥のように、その死によって世間の耳目を一気に集めたのだ。レグが退屈な十五年を過ごし、働き、議論し、熱弁を振るったワラガルの店は、ラムリー兄妹の葬式のために半日間閉められた。本人の好むと好まざるとにかかわらず、レグ・ラムリーが、兄妹の死について交わされた議論に意見を加えることはなかった。

ハンギングロックで織られはじめた綴織《つづれおり》の一端は、ピクニックから五週間後、町のホテルで文字通り燃え尽きた。火事が起こったこの週末、ゆっくりと織り進められていた別の一端が、とうとう、霧に覆われたレイクビュー館で完成することになった。マイケルは二日前に屋敷をはなれ、フィッツヒューバート夫妻も冬に備えてトゥーラックにもどっていた。マイケルは、誤って屋敷に届けられた弁護士の手紙を取りにいくため、ふたたびレイクビュー館で二晩を過ごすことになった。三月二十一日土曜日の夜、アルバートは馬車でマセドン駅へマイケルを迎えにいった。実のところ、マイケルの乗った列車は、メルボルンへ向かうラムリー兄妹の列車とすれちがっていたのだ。青年ふたりを乗せた馬車が葉の落ちた栗並木に差しかかったとき、音もなくみぞれが降りはじめた。「いくら夜は冷えこむといったって、今年は冬がくるのがえらく早いな」アルバートは襟を立てながらいった。「おれだって、金さえあるなら、あったかいところに行きたいよ」主人たちがいるあいだ、屋敷には窓という窓に明かりが灯されていたが、いまは申し訳程度にいくつかみえるだけだ。「コックはここでイースターを過ごすから残ってるけど、ほかの使用人は大佐たちと一緒にトゥーラックだ。マイクの部屋は使えるようになってるし、暖炉に火を焚く準備もしてある」アルバートはにやっとした。「火のおこし方はわかってるもんな?」明かりがひとつだけ灯された玄関は薄暗く、開いた応接間の入り口からは、ソファにも椅子にも覆いがかかっているのがみえた。「夏とは大違いだよな。メシ食ったら厩《うまや》にこいよ。大佐にもらったウィスキーがある」だがマイケルは、くたびれていて気分もすぐれなかったので、そっちへいくのはあしたにするよ、といった。

日々生活をする主《あるじ》たちがいなくなってみると、レイクビュー館は生気を失い、空気もよどんで感じられた。この屋敷はフィッツヒューバート夫妻の避暑先としてのみ存在し、屋敷自体にはなんの個性もない。マイケルは暖炉のそばで夕食のステーキを食べながら、レイクビュー館とハディンガム館はどこがちがうのだろうと考えた。ツタに覆われたあの屋敷は数百年前からイギリスのあの土地にそびえ、この先数百年もそびえつづけるだろう。何世代ものあいだ、フィッツヒューバート一族の生活の中心となってきた。過去には、屋敷のノルマン様式の塔を守るため、命がけで戦った先祖たちもいた。

翌朝、懸案の弁護士の手紙は、マイケルが予想していたとおりの場所でみつかった――客間の書き物机の小さな引き出しに隠れていたのだ。日曜日で、アルバートは屋敷を留守にしていた。マイケルの前ではなぜかお茶を濁《にご》していたが、辺鄙《へんぴ》な場所にある牧場で、なにか馬に関する用事があるらしい。マイケルは広大な敷地内をあてどなくさまよって過ごした。正午近くになると、うねりながら立ちこめていた霧が晴れ、松林が、空の淡い青を背にしてはっきりと姿をあらわした。昼食を終える頃には、淡い黄色の太陽の光が束の間射した。マイケルは散歩がてらカトラー夫妻の住まいを訪ねることにした。夫妻はフィッツヒューバート卿をみると大喜びし、こぢんまりした清潔なダイニングに招き入れて、焼き立てのスコーンと紅茶でもてなした。「アーマ様はお元気ですか？　あのお嬢さんがいなくなって、ほんとうに寂しくなりました」マイケルは、実をいうと自分はひと足先に屋敷を出たので、ミス・レオポルドとはあれから会っていないんですと話し、なんでもあの方は火曜日にイギリスへ出発されるようですよ、と付け加えた。これを聞いたカトラー夫人の落胆ぶりは、みていて気の毒なほどだった。やがてマイケルは、暇乞《いとま》いをして屋敷へもどっていった。ミスター・カトラーは、日々草木と触れあって暮らしている人々の例にもれず、言葉にされなかった感情には敏感なほうだった。「あのふたりの間にはなにかあると思ったんだがなあ。残念だ」

カトラー夫人もため息をついた。「マイケル様ったら、アーマお嬢さんのことなんてどうでもいいみたいな口ぶりだったわね。ほんとに残念」

日暮れ時になると、マイケルは湖畔を散策した。枯れた葦《あし》がかさかさ音を立て、小さな入り江では（夏のあいだは柳が陰を作り、ボートを泊めておける）、葉の落ちた柳の枝の先が、水に浸かったり浮いたりしている。そのどれもが、マイケルの心のなかに、暗くざわめく影を落とした。白鳥たちはいなくなり、睡蓮《すいれん》の黒い葉が、暗い湖面のそこここに浮かんでいる。あの夏の午後、白鳥が水を飲んでいた貝殻形の水飲み場はいまもある。そばに立ったオークの木は、葉の落ちた寂しげな姿を夕空にさらしていた。少し離れた素朴な橋の下では、森から流れてきた清水がこぽこぽと音を立てていた。耳に快いその水音が、いつ終わるとも知れないこの日の静寂をいっそう際立たせた。

マイケルは夕食を終えるとすぐに、廊下にかけてあったランタンを持ち、みぞれ混じりの弱い雨のなかを厩へ向かった。アルバートの寝室には明かりがついている。梯子《はしご》を上っていくと、アルバートが足で跳ね上げ戸を開け、マイケルがあがってくるまで押さえておいてくれた。テーブルの上にはウィスキーがひと瓶とグラスがふたつ並んでいる。「悪いけど、ここじゃ火は焚けないんだ——煙突がないだろ。でもまあ、酒を飲めば体はあったまる。コックが作ってくれたサンドイッチもある。好きにやってくれ」ここには、温かな空気が——いや、家庭的な空気とさえいっていいようなものがあった。叔母の応接間ではついぞ感じたことのない空気だ。マイケルは壊れた揺り椅子に腰かけながらいった。「アルバートって、結婚したら、女性向けの雑誌に載ってる〝専業主婦〟ってやつになりそうだね」

「なにいってんだよ。おれだって、くつろぎたいときにはこれくらいやるよ」

「いや、なんていうか……」マイケルは考えこんだ。心の内を適切な言葉にするのは、本当に難しい。「いつか、アルバートが自分の家にいるところをみてみたい」

「おれが自分の家？　いやいや、ひと山儲けて所帯をかまえて子どもができたって、おれは我慢できずに外へ飛びだしていくよ。金持ち連中と町でじっとしてるのって、なんか楽しいのか？」

「あんまり。叔母さんは悪趣味なパーティのことしか考えていないし——しかも、パーティはぼくのためだっていうんだ。叔父さんと叔母さんにはまだ話していないけど、一、二週間のうちに北へ足をのばそうかと思ってる――クイーンズランドなんてどうかな」

「そのあたりはおれもよく知らない――いったことがあるのは、ブリスベンの波止場と、トゥウンバの留置所くらいだな。留置所っていっても、いたのはひと晩だけだぞ。前も話したけど、そのころはやんちゃな連中と仲がよかったんだ」

マイケルは、愛情をこめて、友人の日焼けした顔をみた。揺らめくロウソクの明かりに照らされたその顔は、誠実そのものだ。アルバートに比べれば、ケンブリッジ大学の友人たちのなんとつまらないこと！　口を開けば、仕立て屋でいくら散財したとかそんな話ばかりで、牢屋でひと晩過ごした経験など、決して聞くことはできない。「仕事を休んで一緒に北へいかないか？」

「嘘だろ。本気か？」

「もちろん、本気だ」

「目的地は？」

「みにいきたい大きい牧場があるんだ――州境にある。グーナウィンギというところらしい」

アルバートは考えこみながらいった。「そんなにでかい牧場なら、仕事も楽にみつかりそうだな。とはいえ、ここの仕事を放っぽりだしていくわけにもいかない。まずはレイクビュー館で働ける後釜をみつけないと。なんだかんだいっても、大佐はずいぶんよくしてくれたからな」

「確かに、そのとおりだね。とりあえず、きみの仕事をまかせられそうな人を探しておいてくれないかな。計画を立てたらすぐに手紙で知らせるよ」マイケルは、この段階では敢えて費用のことに触れなかった。クイーンズランドまでの旅費はぼくに払わせてほしいなどという申し出は、完璧な信頼の上に築かれた友情を損なってしまう。部屋は狭くむさ苦しかったが、ウィスキーと二本のロウソクのおかげで居心地がよかった。マイケルは、自分でウィスキーのおかわりを注いだ。全身に温かな幸福感が広がっていく。「子どもの頃は、ウィスキーって歯痛の薬かと思ってた。乳母が、しょっちゅう脱脂綿をウィスキーの瓶に浸して口に含んでたから。最近は睡眠薬だと思ってる。眠れないときに強いウィスキーを一杯やるとよく効くんだ」

「まだハンギングロックのことなんか考えてるのか？」

「どうしようもないんだ。夜になると現れる。夢をみてしまう」

「夢で思いだした！　昨日の夜、やたらきれいな夢をみたんだ。現実かと思ったくらいだった」

「聞かせてくれよ。オーストラリアにきてから、悪夢にはちょっと詳しくなったんだ」

「いや、悪夢ってわけでもない……ちくしょう、参ったな。あんな夢、どうやって話せばいいんだ？」

「とりあえず話してくれよ。ぼくも時々、ものすごくリアルな夢をみて、ほんとうに夢だったのかわからなくなることがある」

「ゆうべはぐっすり眠ってたんだ。大忙しの土曜日だったからな。ベッドに倒れこんだのは真夜中頃だった。ところが、いきなり眠りから覚めた。頭はいまと同じくらいはっきりしてた。部屋のなかにパンジーのにおいが立ちこめてた。それで目を開けて、このにおいはどこからくるんだろうってあたりを見回した。あれって、そこまでにおいの強い花じゃないだろ。パンジーだってことはわかるけど上品なんだ——こんな話、バカみたいじゃないか？」

「いいや、おもしろいよ」マイケルは友人の顔から目を離さなかった。「続けて」

「じゃあ、まあ。そう、それで目を開けたら、ここが真っ昼間みたいに明るくなってた。外は真っ暗闇なんだぜ。だけど、そうだな、こうやっておまえに話すまで、全然おかしいと思わなかった」アルバートは話すのを少し中断して、お気に入りのイギリス煙草に火をつけた。「そう、明るかったんだ。ランプの火をめいっぱい大きくしてあるみたいだった。そしたら、あいつがベッドの足元に立ってたんだ——ちょうどいま、おまえが座ってるところに」

「あいつって？　だれ？　だれだった？」

「おい、落ち着けよ。ただの夢なんだから、そう血相変えるなって……」アルバートはそういいながら、ウィスキーの瓶をマイケルのほうへ押しやった。「おれの妹だ。覚えてるか？　前に、妹はパンジーが大好きだったって話したろ？　寝間着かなにかを着てたな。妹が急に現れたってのに、おれは全然おかしいと思わなかった――いま、こうやって話すまで。寝間着姿だってことを別にすれば、最後にみかけたときとまったく同じだった……あれもう、六、七年も前のことなのにな。何年前だったかもうろ覚えだけど」

「なにかいってたかい？　それとも、黙って立ってた？」

「ちょっと笑っておれをみおろしてた。しばらくすると、こんなことをいった。『お兄ちゃん、わたしがだれかわかってる？』だから、答えた。『あたりまえだろ』そしたら、こういうんだ。『お兄ちゃんってば、全然変わらないのね。人魚の刺青《いれずみ》も、口を大きく開けて寝るところも、欠けた歯も。どこにいたって、わたしにはすぐにお兄ちゃんだってわかる』おれはベッドの上で体を起こしたまま、妹の姿をよくみようとした。そしたら、あいつがだんだん……ええと、あの形容詞はなんだったかな。ほら、霧みたいになるって意味の……」

「透明《トランスペアレント》になったんだね」マイケルがいった。

「そうそう。なんでわかったんだ？　おれは夢中で叫んだよ。『おい、セアラ！　待てよ！』あいつの姿はほとんど消えちまってたけど、声だけは聞こえた。いまのおまえの声くらいはっきり聞こえたんだ。『さよなら、お兄ちゃん。遠くから会いにきたの。もう帰らなくちゃ』大声でさよならを叫んだときには、もう、あいつの姿は完全にみえなくなってた。そこの壁がはっきりみえるようになって……。おれって頭がおかしいのかな？」

アルバートの頭がおかしいだって！　マイケルは、思わず胸のなかで声をあげた。たくましい肩にしっかりと据えられたアルバートの頭は、まさに、健《すこ》やかな理性によって支えられている。アルバートの頭がおかしいのだとしたら、なにも信じられない。なににも希望をかけることができない。なににも祈ることができない。神に祈る気にさえならない。

マイケルは、日曜日ごとに乳母に教会へ引っ張っていかれた頃から、絶えず、神様を信じなさいといわれつづけてきた。あの教会のステンドグラスには、赤と青の色ガラスで神様の姿が描かれていた。雲の上に座った神は、祖父のハディンガム伯爵によく似た厳めしい顔つきの老人で、地上の生き物たちの生活にちくいち干渉してくる。悪党をこらしめ、巣から落ちた公園の雀を心配し、各地の宮殿に住まう王族たちの振る舞いに目を光らせ、難破船に乗り合わせていた人々を――「海原で苦難に瀕した彼らを（讃美歌四〇七番より）」――救い、ときには気まぐれに見捨てる。神は、ハンギングロックで行方をくらました少女たちをみつけ、救ってくださるのだろうか。それとも死を与えるのだろうか。こうした考えが、いや、これよりはるかに多くの考えが、抽象的な概念となって、一瞬のうちにマイケルの脳裡にひらめいたのだった。だれかに伝えることはおろか、言葉にして表現することさえ不可能だった。マイケルはその一瞬のあいだも、友人の顔を静かにみつめていた。アルバートは笑いながら同じ言葉を繰り返した。「おれは頭がおかしいんだ！　まあ、おまえも似たような夢をみたらわかると思うけどな」マイケルはあくびをしながら立ちあがった。「頭がおかしくてもおかしくなくても、きみは最高の友だちだよ。さて、ぼくは部屋でもう一杯飲んでから寝ようかな。じゃあ、おやすみ」

翌朝マイケルが朝食の席についたときには、霧はとうに晴れていた。朝日が昇ってしばらく経っていたが、マセドン山のこちらがわにはまだ、日の光が届いていなかった。マイケルは食堂の窓に目をやり、名残惜しい思いで小さな湖を眺めた。薄闇に覆われた湖は、冷ややかな灰色の巨礫《きょれき》を思い起こさせた。夏の美しさを失ったマセドンの避暑地は、ケンブリッジの野原と同じくらい荒涼として寂しかった。身震いしながら外套をはおると、トランクを持って厩へ向かう。駅までマイケルを送ることになっていたアルバートは、口笛を吹きながらレンガの私道に水を撒いていた。いつでも出発できるように、馬車の準備は整っている。

馬は出発が待ちきれない様子で、たてがみを短く刈りこんだ頭を振りあげながら、金属のはみをカチャカチャ鳴らしていた。「マイク、焦らなくていい。こいつは鉄みたいなあごをしてるが、おまえが乗りこむまでおれが押さえとく」

並木道から本道へ折れたとき、アルバートは手綱をぐっと引き締め、威勢のよすぎる馬を止まらせた。マナッサ雑貨店の少年が、姉の自転車をふらふらこいでくるのがみえたのだ。寒さで赤くなった手には、朝の郵便を持っている。「クランドールさん、この咳止めドロップ、コックの女の人に渡しといてくれます？　ちょっと待って――クランドールさん宛の手紙もあるんです」

「なにいってんだよ。おれに手紙なんかくるわけないだろ」

「だって、ここに名前が書いてるのに。アルバートさんの名前って、ミスター・A・クランドールじゃないの？」

「生意気いうなよ。わかった、貸してみな。うわ、ほんとにおれ宛だ。だれが送ってきたんだ？」その問いにはだれも答えられなかった。少年はふくれっつらで自転車のペダルを踏み、細い路地を遠ざかっていった。アルバートは黙って馬車を走らせ、マセドン駅に着くまでひと言も話さなかった。列車がくるまで、ゆうに十分はある。アルバートは駅長と仲がよかったので、マイケルと一緒に火にあたっていくよう駅長室へ招き入れてもらった。

「手紙、開けないのかい?」マイケルがたずねた。「ぼくにはかまわないで、読みなよ」

「白状すると、おれ、学がないから筆記体は苦手なんだ。雑誌とかの活字ならいけるんだけどな。マイクがかわりに読んでくれないか?」

「そんな。個人的なことが書いてあるかもしれないのに」

「おまわりからの警告状だったりしてな。いいから読んでくれって」アルバートはにやっと笑った。

トゥウンバで留置所に入れられたことを知られようが、私的な手紙を友人に読みあげられようが、アルバートはいっこうにかまうところがなかった。マイケルはそんな友人にあらためて驚かされ、新鮮な気持ちになった。イギリスにいた頃は、家族宛の手紙は執事が仕分けし、ブール細工(ルイ十四世の宮廷家具師ブールが生み出した象嵌細工をほどこした黒檀の家具の総称)のテーブルの上にきちんと並べていたものだ。人の手紙を読むなど、神託を盗み聞きするにも等しい罪だとみなされていた。マイケルは、銀行強盗でもするような疚《やま》しさを覚えながら手紙を受け取り、開いて読みはじめた。「ゴール・フェイス・ホテル(植民地時代に建てられたスリランカの高級ホテル。現在もある)の便箋だね」

「知らねえホテルだな。どこにあるんだ?」「便箋はそのホテルのだけど、消印はオーストラリアのフリーマントルになってる」「細かいことは飛ばしていい——なにが書いてあるのかだけ教えてくれ。家に帰ったらおれも読みなおしてみるから」

差出人はアーマ・レオポルドの父親で、手紙には、ミスター・アルバート・クランドールが娘をハンギングロックから救出してくれたことへの感謝が綴《つづ》られていた。『あなたのことはよく存じ上げませんが、若い独身の青年だと伺っています。同封いたしました小切手を私どもからのお礼の印としてお納めいただければ、私と妻にとってこれほどの喜びはありません。私の弁護士から、目下あなたはお付きの御者として働かれていると聞いております。いまのお仕事をいつかお辞めになるようなことがあれば、ぜひ私にご連絡ください。下記に顧問弁護士の住所を記してあります……』「アルバート、すごいじゃないか!」そのあとのマイケルの言葉は、駅に滑りこんできた急行列車の轟音《ごうおん》にかき消されてしまった。マイケルは、棒立ちになっているアルバートの手に手紙を押しこむと、トランクをつかんで手近な車両に駆けより、すでにゆっくりと動きだしていた列車に飛びのった。五分経っても、アルバートはまだ駅長室の暖炉の前に立ちつくし、両手に持った小切手をみつめていた。そこには、千ポンドという金額が書かれてあった。

町中のホテルはどこも閉まっているような時刻だったが、ドノヴァン鉄道ホテルのミスター・ドノヴァンは、しつこいノックの音に叩き起こされた。しかたなくベッドを出ると、寝間着姿のまま、鎧戸《よろいど》を下ろしてあるバーの勝手口へ行く。「なにごとだ……? なんだ、アルバートじゃないか! うちが開くのは一時間後だぞ」

「知るか。ブランデーをダブルで。いますぐ。あのポニーの野郎が暴れだす前に」気立てのいいミスター・ドノヴァンは、朝食前に強いやつを一杯よこせとせがんでくる連中の扱いには慣れていた。そこでバーを開けると、なにも聞かずにブランデーの瓶とグラスを出した。

酒を飲むとかなり気持ちが落ち着いたが、それでもまだ、いつかの競馬のときに、十レース目でいきなりカッスルメーン・ワンダーとかいう馬に大負けしたとき以来の動揺が残っていた。屋敷にもどろうと馬車を走らせていると、大通りのなかほどに差しかかったあたりで、アップルヤード学院のトムの姿がみえた。幌つきの二輪馬車に乗って、道路の反対側をこちらへ向かってくる。アルバートは相手がトムだろうとだれだろうと話をする気分ではなかったので、鞭をちょっと上げて挨拶しただけで通りすぎようとした。ところがトムのほうは馬車を縁石に寄せて停め、深刻そうな表情でこっちをみながらしきりにうなずき、話があるんだと合図を送ってくる。アルバートはしかたなく手綱を引いてランサーを止まらせた。トムはさっそく馬車を飛びおりると、おとなしそうな茶色の雌馬の首に手綱をかけ、道路を横切ってきた。「アルバート・クランドール！　久しぶりだな。最後に会ったのは、確か、行方不明事件の次の日に、地元のやつらとロックをまわったときじゃないか？　今日の朝刊、みたか？」

「いや。新聞はあんまり――競馬があるときくらいしか読まない」

「じゃあ、あのニュース、まだ知らないのか？」

「まさか、あれか？　いなくなってたふたりの女の子がみつかったのか？」

「いや、ああ、ちがう。残念だけど、そうじゃない。ほら、この記事みてみろよ。一面記事だ。〈町のホテルで出火。兄妹が焼死〉。ひどいだろ！　かわいそうにな。ミニーにもいったんだが、最近は、ひとつ事件が起こったと思うと、またすぐに別の事件が起こる」アルバートは新聞記事に目を走らせ、被害者の兄妹がワラガルへ向かっていたことや、ミス・ドーラ・ラムリーが宿帳の住所の欄に、『ウッドエンド、ベンディゴ通り、アップルヤード学院気付』と記入していたことを知った。会ったことはないが、生きたままベッドの上で焼け死ぬとは、確かに気の毒な連中だ。だが、目下のところアルバートには、もっと重要な考えごとがある。「じゃあ、まあ、そろそろ行くよ。このポニーはじっとしてるのが苦手なんだ」ところがトムは、もっとおしゃべりを続けたそうな様子で、なかなかアルバートの馬車から離れようとしない。「小さいけど、なかなか立派な馬だな」

「まあな、活きがいい。おっと、気をつけろよ――そいつ、馬車につながれてるときはしっぽに触られるのが嫌いなんだ」

「ああ、わかるよ。学院にも似たような馬がいる。ところで、マセドン避暑地あたりのお屋敷に夫婦を雇ってくれるところを知らないか？　ミニーと復活祭の次の日の月曜《イースター・マンデー》に結婚するんだけど、そのあとの働き口がみつかってないんだ」

いまだレオポルド氏の手紙を読んだ興奮が冷めないアルバートは、そわそわと手綱をいじりながら、早く屋根裏部屋へ帰って手紙を読みなおしたいと、そればかりを考えていた。ところが「働き口」という言葉が耳に飛びこんできたとたん、ある考えが頭にひらめいた。トムはアルバートの様子には気づかず、話しつづけている。「ミニーの叔母がパブを持ってて、そこを手伝ってほしいとはいわれてるんだけどさ。そのパブって、ポイント・ロンズデールにあって――新婚旅行はそこへいくって話したっけ？――でも、おれは馬の世話ができる仕事がいい。ミニーは――まだミニーに会ったことはないんだよな――家事のこととなると妖精みたいに手際がいい。あんなに銀器の手入れが好きなやつもめったにいないよ」

「わかった、もしかしたら仕事を世話できるかもしれない。イースターが終わればはっきりすると思うけど、まあ、とりあえず待っとけ。じゃあな」そういうとアルバートは、馬車をきしらせながら出発させ、マセドン避暑地へ続く通りへ折れていった。

こうして、トムが自分の二輪馬車へもどるより早く、若い夫婦には想像もしていなかったほど幸福な未来が約束されることになった。ハンギングロックで織られはじめた綴織の一部は、ここでもゆっくりと完成に近づいていった。この一端には、黄金のように輝く歓喜が、じつに華やかな紋様をほどこしていた。レイクビュー館の裏手には、トムとミニーのために居心地のいいコテージが建てられることになり、やがてそこからは、トムにそっくりな明るい目をした幼子たちの声が聞こえるようになる。子どものひとりは長じてコールフィールド競馬場で騎手になり、彼自身と両親の生涯に燦然と輝く栄誉を勝ち取ることになる。コールフィールド杯の二十七頭立てレースで、二位の座につくことになるのだ。だが、トムとミニーがいかに恵まれていたかは、この物語ではあまり重要ではない。結局のところ、彼らは学院を襲った不可解な事件においては脇役にすぎなかったし、あの事件はこの直後から、思いもよらない新たな展開をみせていくことになるからだ。そしてトムとミニーは、幸運にもその展開には関わらずにすんだ。

アルバートはランサーから馬具を外すと、急いで部屋へあがって揺り椅子に腰かけ、レオポルド氏の手紙を取りだした。駅から屋敷へ帰りつくまでずっと、右の尻ポケットに入れた手紙のことしか考えられなかった。苦労しながら五、六回ほど手紙を読みかえすと、内容はすっかり頭に入った。住所もなにもかも完璧に記憶している——これは、読み書きが嫌いな人間に与えられた特別な才能だ。こうしておけば、必要な情報を安全に守っておける。たとえば文字の読めない小作人は、種まきや刈り取りの時期を季節によって知るのであって、日付をわざわざ手帳に書き留めておくことはしない。アルバートも同様に、ランサーのたてがみを最後に刈ったのはいつだったか、次にウッドエンドで雌馬の蹄鉄を替えるのはいつなのか、正確に把握していた。そこでアルバートは、同封されていた小切手をジャムの空き缶にしまってベッドの下に隠すと、読む必要のなくなった手紙をちびたロウソクの炎で燃やした。それから揺り椅子に深々と座りなおし、すべてを念入りに検討しはじめた。アルバートがなにげない言葉でトムとミニーの運命を決したように、アーマの父親もまた、衝動的に発揮した気前のよさで、ひとりの青年の人生を大きく変えることになった。人の未来が劇的に変わるような瞬間は、日々のちょっとした用事に紛れて訪れる。たとえばそれは、一見すると、朝食の卵をゆで卵にするかポーチドエッグにするかを選ぶようなことと大差ない。そのさりげなさこそが、人間の心の平静を保っているのだろう。月曜日の夜、夕食をすませた御者の青年は、あらためて揺り椅子に腰かけた。もちろんこのときは、想像もしていなかった。自分はいままさに長く危険な旅に乗り出そうとしているのであり、最期の永い眠りにつくまで、その旅はいつまでも続くということを。

アルバートは、短い休暇をとるのも悪くないという気分になりはじめていた。クイーンズランドは前々からみてまわりたいと思っていたし、いまが絶好のチャンスではないだろうか。そうと決めてしまうまでは早かった。時間がかかりそうなのは、今夜のうちに書いてしまわなくてはならない三通の手紙のほうだった。まずはコックに頼んで便箋と封筒を三通手に入れなくてはならなかったし、そのあとには、長いあいだ使っていなかったペンを捜すという仕事が待っていた。ようやく見つけ出したペンには、褪《あ》せたインクがこびりついていた。出だしで少々つまずいたものの、アルバートは、三通の手紙で伝えるべきことをしっかりわきまえていた。これは、彼よりよほど正確な綴りで美しい字を書くことのできる者にとっても容易なことではない。だがアルバートは、ペン先がすっかりきれいになるまで入念になめたうえで、さっそく一通目の手紙を書きはじめた。書きだしは少しも難しくない。『レオポルドさまへ　今日の朝（三月二十三日です）お手がみと小切手を受けとって、すごくおどろきました』ここまで書きおえると、アルバートは、あることに思い当たった。時折もらうチップと、大佐がクリスマスにくれるソブリン金貨を別にすれば、記憶にある限り、こんなに気前のいい贈り物をもらったのは生まれて初めてだ。いや、ちがう。孤児院にいたとき一度だけ、お節介な女性が聖書をくれたことがあった。千ポンドもの小切手（そう、千ポンドもの大金が、いままさにジャムの空き缶のなかに入っている）に対する感謝を〝ありがとうございました〟のひと言ですませるのも素っ気ないような気がしたので、アルバートは、もらった聖書を五シリングに換えたいきさつを手紙に書くことにした。あのときは、お金を貯めて、いつかポニーを一頭買うつもりだった。『おれはただのガキだったんです。もちろん、ポニーを買えるだけの金はたまりませんでした。十二さいのころから、生活するための金をかせぐだけで、精いっぱいだったんです。でも、これから、ポニーをさがしてみるつもりです。じゅんけつ種がいいんです——大きさは十四ハンドくらいの（ハンドは馬の体高をあらわす単位。一ハンドは一〇・一六センチ）。三十ポンドもあったら、かなりいい馬が手に入ります。小切手、ありがとうございます。残ったお金はぎんこうにあずけておいて、いい使いみちを思いつくまでとっておきます。レオポルドさま、こんな贈りものをもらえるなんて、まだ信じられません。もうおそいので、手がみはこのへんでおしまいにします。ほんとうにありがとうございました。あなたと、ごかぞくのみなさんのしあわせを祈っています。アルバート・クランドールより』

あとひとつ、追伸で書くべきことが残っていた。アルバートは、本文とほぼ同じだけの時間をかけて考えをまとめ、それを便箋に書きつづった。『おれは、ハンギングロックで、たいしたことはしてないです。このへんのやつらにきいたら、同じことをいうと思います。おじょうさんが、たすかったのは、おれの友だちのおかげです。フィッツヒューバートというやつが、おじょうさんの命をすくいました。おれじゃないです。アルバート・クランドールより』

二通目の手紙はフィッツヒューバート大佐に宛てたもので、こちらは一通目よりはるかに簡単だった。アルバートは、大佐に迷惑のかからないときに御者の仕事をやめたいこと、そして後任にはトムを推薦したいこと、トムは『ほんとにいいやつで、馬にもくわしい』ことなどを書いた。最後はこんなふうに締めくくった。『大佐は、いつも、おれにしんせつでした。かんしゃしてます。春になるまえにランサーの新しいくらがひつようになったら、おれのへやにかけてあります。さいきんは空気がじめじめしてますけど、かべにかけてるんで、かわいてると思います。アルバート・クランドールより』

最後に取りかかったマイケル宛の手紙は、綴りのミスなど気にもかけず、猛烈な勢いで走り書きした。アルバートが手紙を書くのが大嫌いだということくらい、マイケルはちゃんと承知している。『マイクへ。あの小切手はほんとさいこうだよ』たわいのない話が続き、おしまいに、一番肝要なことが書かれた。『じゃあ、そっちのつごうのいい日に町で会おう。バーク通りのポストオフィスホテルわかるか？　ビールのみながら、クイーンズランドにいついくか、決めよう。いまさっき、大佐に、ここの仕事をやめたいって手がみをかいた。ほかはぜんぶ、ぬかりなしだ。日にちが決まったら、しらせてくれ。アルバートより』

15

三月二十二日日曜日の朝、アップルヤード学院は、日曜日にお決まりの慌ただしさに包まれていた。生徒たちが、ウッドエンドの教会へいくために正装をするからだ。外界との接触は入念に断たれていたので、長く退屈な日曜日が終わるまで、前日にラムリー兄妹を襲った悲劇のことはだれひとりとして知らずにいた。訃報がどこかから届いていれば、校長の厳命があろうとなかろうと、学院中の噂の種になっていたはずだ。学院には新聞の日曜版が届かない。生徒たちが昼食をとっている頃も、焼け落ちて黒焦げの残骸となったあのホテルは、秋の弱い光を浴びながらくすぶっていた。バンファー巡査は休日だったので、カイネトンへ出かけて一日中釣りを楽しみ、一匹だけ釣れたブラックフィッシュを持って上機嫌で帰宅した。月曜の朝食に焼いてもらうつもりだった。ところが、心待ちにしていた朝食は、無情にも途中で邪魔が入った。部下のジムが自宅まで訪ねてきて、メルボルンの新聞社から問い合わせがありました、と報告にきたのだ。その新聞記者は、ラムリーという教師がむごい死を遂げたことを知ると、その唐突な死と、すでに忘れられつつあった学院の失踪事件とをただちに結びつけたのだった。

学院は人手が足りていなかったので、日曜日だというのに、ミス・ポワティエもミス・バックも手伝いに駆りだされていた。非番のはずのミニーも働いていた。ミス・ラムリーがあんな形で飛びだしていったあとでは、学院を放っておくわけにいかなかったのだ。食器部屋で銀器を磨きながら細い窓の外をみると、ミス・ポワティエとミス・バックが生徒たちの引率にあたっているのがみえた。少女たちはみな手袋をして帽子をかぶり、四輪馬車に乗りこんでいる。トムも、メイドのアリスとコックの女を二輪馬車に乗せていた。使用人部屋から玄関広間へ出たミニーは、驚いて息を飲んだ。校長が階段を走りおりてきたのだ。片手には小ぶりなバスケットのようなものを持っている。ミニーに気づいたとたん、校長は凍りつき、手すりにしがみつくようにもたれかかった。眩暈《めまい》に襲われたのだろうか。

校長は顔を上げ、ミニーに手招きした。「ミニー？　日曜日は非番でしょう？」

「いいんです、校長先生。今日はみんなで助け合わないと――昨日は、あんなことがありましたから」

「少し校長室へきて。アリスは仕事中なの？」

「いいえ。トムが、コックと一緒に教会へ連れていってます。アリスになにかご用ですか？」

「じゃ、いいわ。ミニー、あなた疲れているみたいよ。少し横になって休んだらどう？」

（校長は、木曜日にトムが歯を抜いて辛そうにしていた時には、思いやりの言葉ひとつかけなかった。）「先に昼食の用意をしないといけないんです。それに、どなたかお客さんがいらっしゃるかもしれませんから」

「ええ、そのとおり。その話をしようと思っていたの。午前中にミスター・コスグローヴがいらっしゃるはず。ミス・セアラの後見人の。おみえになれば校長室からでもわかるでしょう。出迎えはわたしがしますから、あなたたちは出てこないで結構です」

「でも、校長先生。それは失礼じゃないでしょうか」アップルヤード校長に異論を述べるというスリルで、ミニーのみぞおちに軽く快い痛みが走った。

「ミニー、あなたにはいつも感謝してるのよ。結婚式のときには五ポンドあげましょう。さあ、もう結構。下がってちょうだい。ミスター・コスグローヴがくる前に大事な手紙を書かないと」

「トム、あの人どうかしたの？」ミニーはその夜、婚約者にたずねた。「なんだか、ぼろぼろだったのよ——顔は白墨《はくぼく》みたいに真っ白だし、機関車みたいにぜえぜえいって。いきなり、五ポンドあげます、だなんていいだして。ぎょっとしちゃったわよ」

「へえ、どうしたんだろうな——この世は謎だらけだ」トムはミニーの腰に腕をまわすと、音を立てて頬にキスした。トムのいうとおり、この世は謎だらけだった。そして、謎はさらに増えていった。

教会からもどってきたミス・ポワティエは、すぐに帽子とベールを脱ぎ、おしろいを軽くはたいてリップクリームを塗ってから、校長室にいって扉をノックした。時刻は午後一時になろうとしていた。「どうぞ、ミス・ポワティエ。なにかご用？」

「昼食《デジュネ》の前に少しご相談をさせてください。セアラ・ウェイボーンの件です」ポワティエも、校長がセアラを嫌っていることには気づいていた。だが、これほどあからさまな拒絶反応をみせられるとは予想もしていなかった。セアラの名を聞いたとたん、校長は悪臭に鼻をつかれたように顔をしかめたのだ。「セアラ・ウェイボーンがなにか？」校長は大きな目をみひらいた。警戒しているようにさえみえた。のちにポワティエは、あれは確かに警戒の色だった、と確信するようになる——校長は、彼女がなにをいいだそうとしているのか警戒していたのだ。「ミス・ポワティエ、その話をする必要はないでしょう。時間の無駄です。セアラ・ウェイボーンは今朝、後見人に連れられて学院を出ていきました」

ポワティエは動揺を隠せず、思わず声をあげた。「そんな！　いけません！　いまのセアラはとてもじゃありませんけど、長旅には耐えられません！　校長先生、わたしがご相談したかったのはセアラの健康のことだったんです」

「今朝は元気そうにみえましたけどね」

「いいえ、あの子はひどい状態なんです……」

校長は刺すような目つきでポワティエをみた。「問題児なんですよ。はじめからそうだったわ」

「セアラには身寄りがないんですから」ポワティエは、大胆にも言い返した。「不幸な生い立ちの子どもには思いやりが必要です」

「どうかしらね。実をいうと、セアラ・ウェイボーンを来年度も受け入れるかどうか、まだ決めかねているのです。まあ、それについては、あとで検討すればいいでしょう。コスグローヴさんは、どうしてもいますぐセアラを連れて帰るといって、聞く耳を持ちませんでした。こちらにとっては非常に迷惑な話ですが、どうしようもありませんからね」

「ほんとうにあの方がそんなことを?」ポワティエはいった。「コスグローヴさんは立派な方ですし、どんなときも礼儀を忘れたりしませんでした」

「男というのは、いきなり身勝手になる生き物よ。じきにあなたにもわかるでしょうけれど」顔に警戒の色を浮かべたまま、校長は乾いた声で笑った。

ポワティエは席を立ちながらいった。「セアラのことは残念です。荷造りを手伝ってあげたかった」

「荷造りならわたしが手を貸しました。どうしても持っていきたいというものを、蓋つきのバスケットに詰めていったんです。コスグローヴさんが階下から急き立ててくるものですから、全部を詰めている時間はありませんでした――馬車も待たせてありましたしね」

「教会から帰ってくるときに、セアラの馬車とすれちがっていたかもしれません。ほんとうに残念です。気づいて手を振ってあげられたらよかったのに」

「ずいぶん感傷的だこと。あなた、フランス人でしょう？　とにかく、事実は事実よ――セアラはいってしまったの」それを聞いてもなお、ポワティエは校長室から立ち去る気になれなかった。もう、目の前の女性のことは怖くなかった。たっぷりしたタフタのドレスがいくら隠そうとしても、校長の老いた体が必要としているものは明らかだ。休息と、湯たんぽ、そして少しの人間らしさ。

「ミス・ポワティエ、まだなにかお話があるの？」ポワティエは、自分の上品な祖母のことを思いだしていた。祖母は午後になるときまって休息をとり、きっかり二時間長椅子《シェーズ・ロング》に横になる。恐れ知らずのフランス人女性は、校長の目をまっすぐにみながら、マッケンジー先生に診てもらって、なにか処方してもらってはどうでしょうか、と提案した。夏の終わりには疲労がたまりやすいものですから、と。

「そうね……いいえ、結構。夜もよく眠れていますし、問題ありません。ところで、いま何時かしら。ゆうべは時計のねじを巻くのを忘れてしまったのよ」

「一時十分前です」

「昼食はいらないわ。わたしの食事は用意しないように伝えてください」

「セアラの食事もですね」ポワティエは無意識につぶやいた。

「セアラの食事もです。あなた、頬紅をつけているの？」

「いいえ、おしろいだけです。こんなときですから」

校長は、生意気な女がようやく立ち去ると、扉が閉まった瞬間に椅子を蹴って立ちあがり、うしろの戸棚を開けようとかがみこんだ。手がぶるぶる震えて、なかなか小さな取っ手をつかむことができない。校長はかっとなり、子ヤギ革の黒い室内履きを履いたつま先で、強情な戸を蹴りつけた。勢いよく戸が開くと、なかから、蓋つきのバスケットが転がり落ちてきた。

その日、アップルヤード校長は一日中校長室にこもり、夜になると早めに床に就いた。

翌朝、トムは不思議な安堵を覚えながら――心の温かい者は、悪い知らせを一番に受け取ると、なぜかほっとするものなのだ――アップルヤード校長に直接朝刊を渡しにいった。新聞には、ミス・ラムリーを襲った悲劇のことがセンセーショナルに書き立ててあった。

だがトムは、肩透かしを食らわされることになった。校長は、トムが直接届けにきた理由もたずねず、『さっさとよこしなさい』とでもいいたげな表情で新聞をひったくった。だが厨房《ちゆうぼう》では大騒ぎになった。使用人たちはエプロンをむしり取って床へ放り、金切り声で、信じられないと繰り返した。使用人たちはほんの二日前、まさにその目で、ぴんぴんしていたラムリー兄妹をみていたのだから。そう考えると、身の毛もよだつような事件が奇妙に生々しく思えた。ホテルを襲ったという炎の熱さえ感じられるような気がした。

火曜日は何事もなく過ぎていった。ロザムンドは、この日の午後にアーマが受け取れるように、生徒全員の連名でお別れの電報を打っていた。すでに、レオポルド一家はロンドンへ向かう船の上にいた。女性用のメイドをひとりと、弁護士をひとり、馬の世話係がひとり、そしてポロのためのポニーを六頭伴っていた。細かい決まりにうるさかったドーラ・ラムリーがいなくなると、学院にはどことなくのびのびとした空気が漂うようになった。とりわけ生徒たちは、水曜日からはじまるイースター休暇の準備で大わらわだったので、野暮ったいワンピースを着ていた女教師が死んだという衝撃は、その慌ただしさのなかにたやすく紛れていった。興奮ぎみの内緒話やおしゃべりや、時折の笑い声は、アップルヤード学院で久しく聞かれなかったものだった。朗らかな雰囲気を祝福するかのように空は清々しく晴れわたり、明るい太陽が庭園を照らしだした。暑さがぶり返してきたのを感じとると、ミスター・ホワイトヘッドはスプリンクラーの蛇口をひねって、紫陽花《あじさい》の花壇に水をまいた。青と紫の紫陽花はまだ、西棟の窓辺の下で重たげな花を咲かせていた。新聞の天気予報によると、イースター当日は暑さも引いて穏やかな晴天になり、翌日の月曜には秋の気候がもどりはじめるとのことだった。

月曜日に結婚式を控えたふたりの花嫁は、自分たちの嫁入り衣装《トゥルーソウ》のことを話しあった。幸福でのぼせていたポワティエが、ついエメラルドのブレスレットをもらった話をすると、ミニーは驚いて目をみひらいた。ポワティエは続けていった。「わたし、ほかには宝石なんてひとつも持ってないのよ。式もすごく質素になるわ。お金はないし、親戚は全員フランスにいるもの」ミニーはくすくす笑いながらいった。「うちはあたしの叔母さんが披露宴を開いてくれるんです。トムったら、叔母さんが両家の親戚を大勢招くから、おれたちは教会に入れないかもな、なんていってました」

ミス・バックは着任して間もないというのに、その無能ぶりを余すところなく証明していた。できることといえば、ユークリッド幾何学の基礎と数学に関する知識をひけらかすことくらいなのだ。いきおいポワティエは、日常の細々した雑事を一手に引き受けることになった。だれもが――コックもミスター・ホワイトヘッドも――、フランス人教師に指示を仰ぐようになっていた。

火曜日の朝、針を取りに階段を駆けあがっていたポワティエは、踊り場のところで、バケツと箒《ほうき》を持ったアリスと行きあった。「ミニーにふたり部屋の掃除を頼まれたんですけど……行ってみたら、服やらなんやらがものすごく散らかってて、どこから手をつけたらいいかわからないんです」ポワティエはすぐに答えた。「手伝うわ。オーストラリアの女の子って、ほんとに散らかし屋なのよ——、あの子たちのドレスを畳んでしまう仕事で、このところ大忙しなの」

「ミス・アーマもそうでした！」アリスは、どことなく感心したような声でいった。「あのお嬢さんの部屋ったら！　靴と一緒に金ぴかのヘアブラシが落ちてるし、ブローチはペチコートのあいだに突っこんであるし。あれがミス・セアラだったら、校長の雷が落ちてますよ！　お金持ちのお嬢さんって、得ですよね」ミランダがいた頃のふたり部屋は、庭に面したふたつの大きな窓から、光と風がふんだんに入ってきていたものだった。だが、ポワティエとアリスが扉を開けると、部屋は薄暗く、ベネチア風のブラインドがすべて下ろされていた。ブラインドが上がっているのは、セアラのベッドわきの小さな窓だけだ。ベッドの上のシーツや毛布は、セアラが土曜日の夜寝ていたときのまま、くしゃくしゃに乱れていた。「なんだか不気味じゃないですか？」赤ら顔の大柄なメイドはこぼしながら、箒を床に放って仕事に取りかかった。アリスが窓のブラインドを音を立てて上げると、乱雑に散らかった部屋が太陽の光にさらされた。セアラのガウンは椅子の背にかけられ、洗面台の上には室内履きが載っている。「なにこれ！　セアラお嬢さん、なんにも持っていいかなかったんですね」アリスが、ベッドカバーをはがしながら声をあげた。ポワティエもいった。「寝間着もポーチも残ってるわ。ポーチには洗面道具が入れっぱなしよ。校長先生は、セアラが選んだものだけバスケットに詰めていったと話していたけれど。全部、衣装ダンスにしまっておきましょう。休暇が終われば、セアラは帰ってくるでしょうから」

「セアラお嬢さんの後見人の方って、すごいお金持ちなんですって」アリスが訳知り顔でいった。「新しい寝間着を買ってあげることくらいどうってことないんでしょうね――あっちのベッドにもシーツを敷きます？　ミランダお嬢さんのベッドですよね？　あの美人さんは、先生のことをそりゃあ慕ってましたよ！　いいとこのお嬢さんだっていうのに、ちっとも気取ってなくて、あたしやミニーとも気軽におしゃべりしてくれました」

ポワティエは、メイドの図々しいおしゃべりに閉口して、素っ気なくいった。「シーツは結構。リネンはすべて洗濯に出して、ベッドカバーだけきちんとかけておいて。こんなふうに」ミランダがこの部屋で眠ることは二度とないのだろう。

「セアラお嬢さんったら、せっかくの日曜日のお出かけだったのに、どうしてこのコートを着ていかなかったんですかね。青くてきれいだし、襟には毛皮までついてるのに。やっぱり十三歳の子どもって、服のことはよくわかってないんですね」

「セアラは急いでたのよ。あの子がなにを着て出かけようが、あなたには関係ないことでしょう？　お願いだから掃除に集中してちょうだい――もうすぐお昼ごはんになるわ」大理石のマントルピースに目をやったが、そこに置かれた時計はとっくに止まっていた。時計のとなりには、ミランダの写真がある。銀色の小ぶりな写真立てのなかから、美しい少女が穏やかに微笑みかけている。学院には数多くの写真が飾ってあったが、この一枚だけは、特別に生き生きとして血が通っているようにみえた。アリスがふくれっつらで掃除をしている横で、ポワティエはふらりと立ちあがった。ミランダの写真から目が離せない。そのまま、アリスに声をかける。「アリス。日曜の朝は、あなたがセアラに朝食を運んだのよね？」

「ええ、先生。ミニーは非番で、朝食の時間にはまだ寝ていましたから」

「あの子、卵を食べてくれていたらいいのだけど――果物でもいいから。土曜日は頭痛のせいでなにも食べられなかったのよ」実のところアリスは、具合の悪いセアラお嬢さんに朝食を持っていってほしいというミニーの指示を完全に忘れていて、日曜日の朝はこの部屋へくることさえしなかった。ポワティエの言葉には、黙ってうなずくにとどめておいた。嘘を重ねるよりは、黙っていたほうが天罰も軽くなる気がしたからだ。どのみちアリスは、わがままな生徒たちに辟易していた。アリスはミランダたちのベッドから埃を払いながら、イースターが終わったら学院を辞めてウェイトレスにでもなろう、と考えた。

火曜日の夜、ミス・ディアーヌ・ド・ポワティエは、ベッドに横たわったまま、まんじりともできなかった。秋の月は大きく冴え冴えとしていて、開いた窓のカーテンの隙間からは、銀色の月光が射しこんでいる。窓から、西棟の一部がみえた。ぽつんと明かりのついたミニーの部屋をのぞけば、西棟は――ポワティエのベッドからみえる限り――暗闇に沈んでいた。ベッドを出て窓から身を乗り出すと、月の光に輝く鉛板葺《えんばんぶ》きの急な屋根や、夜空を背に立つずんぐりと低い塔がみえた。月は人の心に、はては人の行動にまで影響を及ぼすというが、ほんとうなのだろうか。人間は月のはるか何十万キロも下で生きているというのに？　ポワティエはいま、その敏感な肌に、銀色の月光が滴るのを感じていた。心だけでなく、全身の感覚が異様なほど研ぎ澄まされていた。もう一度ベッドに横たわってみたものの、一匹の蚊が枕のそばを飛びまわり、小さな羽が静寂をつまびく音が耳について仕方がない。こんな夜に眠るのは不可能だ。目を閉じた瞬間、セアラのことが頭に浮かんだ。あの子も、こんなふうに月明かりを浴びながら眠れない夜を過ごしたのだろうか。セアラの後見人は、礼儀正しい紳士の顔の裏に、別の顔を隠していたのだろうか。休暇のあいだ、セアラをどこへ連れていくつもりだろう？　愛されずに育った孤独な少女は、これからどうなるのだろう。この学院でセアラを笑顔にできたのは、ミランダだけだった。

そしていま、ミランダはいなくなった。マントルピースに置かれた楕円形の写真立てのなかから、黙って微笑みかけている。あの写真は、セアラがなにより大事にしていた宝物だった。「先生聞いて！　ミランダがお誕生日にこれをくれたの！」

「よかったわね。白黒のままなんてもったいないから、色を塗ってみたら？　あなたは絵が上手だもの」あのとき、自分はそんなふうにいったものだ。「ほら、ミランダの髪ってきれいでしょう？　秋に実った麦の穂みたいに黄金色《こがね》だわ」

「でも、ミランダは作り物が嫌いなんです。この写真を撮るときも、アーマ・レオポルドが髪をカールさせてってせがんだんです。でもミランダは断りました。『自然なままがいいわ。家にいるときはいつもそうしてるもの。カールなんてつけたら、小さいジョニーがお姉ちゃんだって気づかないかもしれないし』って」ポワティエは、バララット植物園でセアラと交わした会話も思いだした。会話の内容が、一言一句、不思議なほどはっきりとよみがえってくる。「セアラ――ポケットがぱんぱんじゃないの。ヒキガエルでも入れてるみたいよ！」「ちがいます！　カエルなんか入れてません！」

「じゃあ、なにを隠してるの？　ちょっとみっともないわ」

「ミランダが入ってるんです。お願い、笑わないで！　ブランシェかイーディスに知られたら、一生からかわれるに決まってます。わたし、ミランダの写真をどこにでも持っていくんです。教会にも——小さい写真だし、持ち歩くのにちょうどいいんです。でも、お願いだからミランダには内緒にしておいてください」小さなハート形の顔は真剣そのもので、頬が赤く染まっていた。「どうして？」ポワティエは、笑っていった。「すてきだと思《アミュザン》うけど《ト・サ》——ポケットにしまって教会に連れていってくれるなんて、わたしだったら嬉しいわ」

「だめです——」セアラは懸命な表情でいった。「ミランダに知られたら、叱られます。ミランダはいつもいってるんです。自分はじきに学院からいなくなるんだから、ほかの人たちのことも愛せるように頑張りなさいって」

日曜日の朝、セアラにいったいなにが起こったのだろう。出がけにマントルピースの上から写真を取っていくのは、もはや習慣になっていたはずだ。ごく小さな写真。持ち歩くのにちょうどいい写真。アリスにいった自分の言葉が、頭のなかでこだまする。ミス・セアラは急いでたのよ——さっきもいったでしょう？　あの子は急いでいて、寝間着を持っていくのも忘れてしまったの。そう、寝間着。それに、洗面道具を入れたポーチ。遠出にはしゃいだ少女なら、そんなものは忘れていってもおかしくない。校長は荷作りを手伝ったといったが、あの女性は荷造りのような家庭的な仕事には向いていない。だが、あの写真だけは別だ。セアラがミランダの写真を忘れていくなど、絶対に、絶対に、あり得ない。

あの子は、それほどまでに具合が悪かったのだろうか。深刻な病にかかっていたから、校長が写真を持っていくことを禁じたのだろうか。後見人は、病のことはあくまで秘密にすると校長に約束して、セアラを病院へ連れていったのだろうか。弱い夜風が、寝室のレースのカーテンをふくらませた……ポワティエは、寒かった。寒くてたまらなかった。そして、恐ろしかった。ベッドを出ると部屋着を肩にかけ、化粧台に向かって座り、ロウソクを灯した。そして、バンファー巡査に手紙を書きはじめた。

三月二十五日水曜日の午後、ミスター・ハッシーの馬車が、最後まで残っていた生徒たちを乗せて学院の外へ走っていった。少女たちがいなくなって静まりかえったいくつもの部屋には、薄紙や、ピンや、リボンや紐の切れ端が、吹き溜まりのようになって残っていた。食堂の暖炉の火は消され、食卓に並んだ優美なガラスの花瓶のなかでは、カーネーションがしおれていた。階段の踊り場では振り子時計がやけに大きな音を立てて時を刻み、アップルヤード校長は、校長室にいるときでさえ、耳ざわりな秒針の音が聞こえるような気がしてならなかった。チク、タク、チク、タク——聞こえるはずのない秒針の音がする。すでに息絶えた体の奥から、聞こえるはずのない心臓の音がする。日が沈みはじめた頃、ミニーが銀の盆に郵便物を載せて運んできた。「校長先生、今日は遅くなりました。トムが、イースターだから列車が混んでるんだっていってました。カーテンを閉めましょうか？」

「どちらでも結構」

「ミス・ラムリー宛の手紙が一通ありました――これもお持ちになりますか？」

校長は手を差しだした。「ワラガルにいらしたお兄さんの住所を調べなくてはいけませんね」住所も残さずに死ぬとは、いかにも非常識なラムリー兄妹らしい。ドーラ・ラムリーは生きていた頃も、しょっちゅう手紙の転送先のことで校長を煩《わずら》わせた。死んだあとまで面倒をかけるとは。校長は、薄暮に包まれた庭園を隠す厚いカーテンをにらみながら、忌々しい気持ちを募らせていた。生きていると煩わしいことばかりだ。計画どおりに進む物事のなんと少ないことか！　事前に入念な準備をし、取り仕切り、一時間ごとの計画を立てたとしても、それでもまだ、邪魔をしてこっちの手を煩わせる連中が現れる。人生においては、水ももらさぬ計画も、秘密も、保証も、存在しない。ドーラ・ラムリーやセアラのような連中がいる限り。ああいう弱い人間ほど忌々しい存在はない……どれだけ手綱を引き締めて支配しているつもりでも、ほんの一瞬目を離した隙に連中は身を振りほどいて勝手な真似をする。校長は、機械的に郵便物を手に取ると、仕分けをはじめた。使用人たちには普段から、手紙の仕分けは自分がするから余計なことはしないように、と言い含めてある。二、三通は職員宛だった。一通はルイ・モンペリエからで、宛名のところには、菫色のインクでポワティエの名前が書かれている。一通は色付きの絵葉書で、クイーンズクリフのだれかからミニーに宛てられていた。もう一通は、パン屋が配達のときに置いていった汚い封筒で、なかには法外な額の請求書が入っていた。小切手は一通もない。イースター休暇が終わったらすぐにメルボルンへいき、株をいくつか売却しなくてはならない。そのついでにラッセル通りの警察本部へ寄り、話を聞きたいといっている刑事に会えばいい。次の一手を打っておくとしたら、いまのうちだ。校長はひとり静かに夕食をとりたい気分だったが、しかたなく暖炉のそばへいき、呼び鈴を鳴らしてアリスを呼んだ。「アリス、わたしも、食堂でミス・ポワティエとミス・バックと一緒に夕食をとります。コックには、デザートがすんだら、三人分のコーヒーを運ばせるようにいっておいてちょうだい。砂糖とクリームも一緒に」どんな手を打つべきなのかは、校長にもまだわかっていなかったが、それでもかまわない――身支度だけは入念にした。首元にはビロードのリボンを結び、普段のカメオのブローチのほかに、もうひとつブローチを留めた。ポワティエはこうした些細《ささい》なことに気づき、校長に余裕がある証だとみるはずだ。ミス・バックは、出っ歯の目立つまぬけな笑みとぶ厚い眼鏡のせいでお人好しにみえるが、もしかすると目ざといほうかもしれない。半端な知識を身につけた若者は、なにに気づくかわからない。鈍すぎる馬鹿もいれば、鋭すぎる馬鹿もいる。ああ、アーサーがここにいてくれたら！　いまでは、冷静沈着なグレタ・マクロウの分析さえ恋しかった。あの数学教師のことが頭に浮かぶのは数週間ぶりだ。校長は腹立ち紛れに、艶やかな化粧台にこぶしを振りおろした。衝撃で、櫛やヘアブラシやヘアピンが跳ねあがる。学者顔負けの思考力を備えたあの女性のことを、校長は数年前から頼りにしていた。あのミス・マクロウが、世間知らずの少女のように拐《かどわか》されて強姦され、無残に殺されるなど、ほんとうにあり得るのだろうか。校長はハンギングロックを一度もみたことがなかったが、このところ、ロックの影は常に付きまとっていた——堅牢な塀のように、黒々とそびえていた。

その晩、夕食の席の校長は、若いふたりの教師が面食らうほど親切だった。次々に話題を振っては会話を盛り上げようとする。朝から仕事に追われていた教師たちはあくびを噛み殺していたが、校長はミス・バックに命じてミニーを食堂へ呼んだ。「食料庫のデカンタにコニャックが残っていませんでしたか？　ミニー、あなたも覚えているはずよ。ベンディゴ町から司祭様が昼食へいらしたときに、お出ししたでしょう？」デカンタとグラスが三つ運ばれてきた。三人は上品にグラスに口をつけた。校長はそれだけでは飽き足らず、ポワティエとルイ・モンペリエの健康と幸運を祈って乾杯した。くたくたに疲れたポワティエがロウソクを手に部屋へあがったとき、時刻はすでに十一時をまわっていた。こんなに長い夜は生まれて初めてだった。

階段の振り子時計が午前零時半を知らせるのと同時に、アップルヤード校長の寝室の戸が音もなく開きはじめた。じわじわと、一センチずつ開いていく。なかからランタンを持った老婆が現れ、踊り場へ向かった。山のようなヘアピンが挿さった頭は重たげで、フランネルの部屋着に覆われた乳房は垂れ、腹はたるんでいる。アーサーでさえ、こんな姿のミセス・アップルヤードはみたことがなかった。一日のうち十八時間、鋼《はがね》と鯨《くじら》の髭でできた戦闘服《コルセット》に身を包んで世界と戦うのが、アップルヤード校長の常だった。

月の光が階段の一番上の窓から射しこみ、生徒たちの部屋の杉の扉を照らしていた。一番奥の部屋ではポワティエが眠り、さらに奥の塔では、狭い部屋でミス・バックが眠っている。ランタンを持った校長は、階下の暗がりから聞こえてくる、チク、タク、チク、タク、という秒針の音を聞きながら、少しのあいだ立ちつくしていた。いきなり、頭上の鉛板葺きの屋根を一匹のポッサムが走りぬけ、突然の物音に肝を冷やした校長は、危うくランタンを取り落としそうになった。ふたり部屋の扉を開けると、ランタンの小さな光が、整然と片づいた部屋のなかを弱々しく照らしだす――清潔で、ベッドには更紗《さらさ》が敷かれ、かすかなラベンダーの香りがする。ブラインドが同じ高さまで下げられた二枚の窓は、澄んだ月夜を背に黒い木々が並ぶ風景を、等しい長方形に切り取っていた。ふたつのベッドは、ピンクの絹のカバーをかけた羽毛布団がきちんと畳まれ、清潔そのものだ。化粧台の両端にはピンクと金の細長い花瓶がひとつずつ置かれ、ハート形の針山がひとつ、ぽつんと残っている。あの夜校長は、針山の上に載っていた一枚の書置きをつかんで破り捨てた。校長は、小さいほうのベッドに横たわった少女の上にかがみこんだ。双眸《そうぼう》が——もはや、顔ではない——巨大な黒々とした双眸だけが、校長の目を食い入るようにみつめてくる。ふたたび、あの声が聞こえてくる。「嫌です！　お願い、それだけは嫌です！　孤児院にだけは二度ともどりたくないんです！」校長は身震いした。ウールの上着をはおってくるべきだった。ベッドわきのテーブルにランタンを置くと、クローゼットを開けた。左側にはまだ、ミランダのドレスがかかっている。校長はクローゼットのなかを入念に点検していった。右側には、セアラの毛皮つきのコートや、ビーバーの毛皮の小さな帽子がかかっていた。床にはふたりの靴と、テニスラケットがある。次は化粧ダンス。なかには靴下とハンカチがしまわれていた。引き出しのひとつに山のようなカードが入っているのをみつけて、校長は顔をしかめた。バレンタインの名残だ。休暇が終わったらすぐに、ミランダの持ち物を片づけなくては。化粧台を調べ、洗面台を調べ、クルミ材のテーブルを調べる。テーブルの上には、ミランダの毛糸玉がいくつも載っている。最後に、マントルピース。目を引くものはない——銀の写真立てに納まったミランダの写真くらいだ。ブラインドの下から夜明けの灰色の光が射しこんでくる頃、校長は自室にもどってランタンの火を消し、大きな天蓋《てんがい》つきのベッドに倒れこんだ。なにもみつからず、なにも思いつかず、なにも決められなかった。こうしてまた、なんら手を打つことのできない忌まわしい一日がはじまっていった。時計が五時を打っている。眠れるはずがなかった。校長は起きあがり、ヘアピンを外しはじめた。

木曜日は季節外れの暑さになった。ミスター・ホワイトヘッドは聖金曜日から休暇をとることにしていたので、今日のうちにできるだけ仕事を片づけようと考えた。マセドン山の頂上は例によって雲のような霧に覆われていたが、雨が降りそうな気配はない。裏庭の紫陽花《あじさい》に水をやったほうがいいだろう。少女たちがいなくなった学院は奇妙なほど静かで、聞こえるのはただ、ニワトリのコッコッという牧歌的な鳴き声や、敷地の端で豚が鳴く声や、時折おもての通りを走っていく馬車の音くらいだった。トムは、郵便を取りに馬車でウッドエンドへいっている。コックは食欲旺盛な生徒たちの世話から解放され、数人分の食事を用意するだけでよかったので、いまが好機とばかりに、広々とした石畳の厨房《ちゅうぼう》の大掃除に取りかかっていた。アリスは裏階段の拭き掃除をしながら、仕事を辞めることばかり考えていた。ミス・バックは、早朝の列車で家にもどっていた。ミニーは寝室で束の間のずる休みを楽しみ、熟れたバナナをむさぼるように食べていた。少し前から、なぜか毎日のようにバナナを食べたくなる。バナナに舌鼓を打ちながら、ミニーは、最近きつくなってきたワンピースの腰のリボンをほどいた。

ディアーヌ・ド・ポワティエは、梱包用の薄紙を部屋中に散らかしながら、ドレスの荷造りに集中していた。数こそ多くはないが、どれも趣味のいいドレスばかりだ。シンプルなサテンのウェディングドレスは、みるたびに胸がときめく。数時間後にはルイ・モンペリエが迎えにきてくれる。ルイは婚約者のために、ベンディゴ町の素朴な宿に部屋をとっていた。ポワティエはそこで、月曜日の結婚式を待つのだ。気分はさながら、籠から飛びたとうとしている小鳥だった。この侘びしい部屋で何年も息苦しい思いに耐えてきた。泣きながら眠った夜も何度となくあった。ポワティエは、ごく小さな声で『月の光に』（フランスの有名な民謡）を口ずさみはじめた。切ない歌声は開いた窓から漂いだし、前庭のあたりまで流れていった。前庭の芝生では、アップルヤード校長とミスター・ホワイトヘッドが、私道を囲む花壇にはなにを植えるべきか話しあっていた。「休暇が終わったらすぐに植えなくちゃいけません。そうしないと、春に間に合いませんから」校長は、サルビアにしたらどう？　といった。無難な花でしょう？　庭師は気乗りのしない様子で生返事をすると、続けてこういった。「お嬢さん方には、めいめいお気に入りの花があるんです。いまでもユリをみるとミス・ミランダのことを思いだしてしまいますよ。よくいってたもんです。『ホワイトヘッドさん、ユリをみると天使のことを考えるわ』って。お気の毒に、ミランダお嬢さんもいまごろ天使になってるんでしょうな」ミスター・ホワイトヘッドは、ため息をついた。「パンジーはどう？」校長は無理やりパンジーに意識を集中させ、パンジーなら正門からの見栄えも申し分ないはずよ、と続けた。「セアラお嬢さんが喜びますね――あの方はパンジーが大好きですから。しょっちゅう、部屋に飾りたいから少しくださいってせがんでくるんです。おや、寒いんですか？ショールを取ってきましょうか」

「いいえ、結構。三月ですから、肌寒いのは仕方がないわ。そろそろ部屋にもどりたいのだけど、ほかに話しあっておきたいことは？」

「あとは、ユニオンジャックのことだけです」

「ユニオンジャック？　急になんの話？　いまするべき話なの？」校長は苛立たしげに砂利の上で片足を踏みならした。「今日は仕事が山積みなのよ」

「ええ、すみません」地方紙を読むのが好きな庭師は続けた。「ですが、〈マセドン・スタンダード〉紙に勧告が載ってたんです。このへんでユニオンジャックを持ってる住民は、月曜日に揚げておいてほしいそうですよ。なんでも、メルボルンに滞在中のロンドン市長がここへきて、州立会館で昼食をとるそうです」

朝食のあとにあおったグラス一杯のコニャックのおかげで、校長の頭は冴えわたっていた。塔の上でひるがえるユニオンジャックが目に浮かぶようだ。国旗をみれば、やかましい世間の連中も、アップルヤード学院は万事順調らしい、と思うはずだ。校長は快く許可を出した。「もちろん、揚げてちょうだい。旗は階段の下じゃないかしら――去年の女王陛下の誕生日のあとに、あそこへしまったはずよ」

「そのとおりです。おれが畳んで片づけたんで」トムが郵便袋を持って近づいてきた。「今日は校長先生宛の手紙が一通だけでした。ここで渡しましょうか？　それとも、部屋に持っていきますか？」「いまもらいます」校長は手紙を受け取ると、挨拶もせずにふたりへ背を向け、歩きさった。「変わった人だよなあ。賭けてもいいが、庭師がいなくちゃパンジーと菊のちがいもわからない」ミスター・ホワイトヘッドはそういいながら、私道にはベゴニアを植えることにしよう、と決めた。

手紙の宛名のところには、美しい字でアップルヤード校長の名が綴《つづ》られていた。校長には見覚えのない筆跡だ。二日前に、メルボルンの高級ホテルで書かれたようだった。

ミセス・アップルヤード様

所有しております鉱山の視察のため、しばらく北西部にいっておりました。郵便の手段がなかったため、ご連絡が遅れてしまいました。遅くなって恐縮ですが、セアラ・ウェイボーンの今学期分の授業料を同封いたします。また、今週の土曜日（三月二十八日）の朝、学院へセアラを迎えにいくつもりです。校長先生のご迷惑にならないといいのですが。聖金曜日は一日用事があるので、セアラを連れてきても、このホテルでひとりにすることになってしまうのです。きちんとしたホテルだとはいえ、やはり心配ですから。新しい服や、本や、画材などが必要であれば、リストを作っておいていただけると助かります。シドニーで一緒に買い物ができるように。休暇中は、あの町へセアラを連れていくつもりです。セアラも、もうすぐ十四歳ですから――時が経つのはあっというまですね――、女性らしいドレスがあると重宝するのではないでしょうか。まずは、土曜日にお伺いしてもかまわないかお知らせください。

繰り返しになりますが、ご面倒をおかけして申し訳ありません。どうか土曜日までセアラを預かっていただけますよう、重ねてお願い申し上げます。（もちろん、追加料金をご請求ください。）

ジャスパー・B・コスグローヴ

16

バンファー巡査は、たいていのことでは驚きも動揺もしない。だが、先ほど仕事部屋に届けられた、『親展』と書かれた手紙を読みおえると、思わずこんな言葉をもらした。「まずいな」

アップルヤード学院
三月二十四日　火曜日

ムッシュー・バンファー
　宛名の書き方が非常識でしたらお許しください。オーストラリアの警察の方にお手紙を書くのは初めてなものですから。また、わたしの拙い英語では、なぜこんな時間に――もう真夜中です――バンファーさんにお手紙を書いているのか、うまく説明することができません。強いていうなら、わたしが女だからでしょう。男の人なら、確かな証拠がそろうのを待ったと思います。でも、わたしは、いますぐペンを取らなければいけないと感じました。女の勘です。呆れられてしまうかもしれませんけれど。

日曜日の朝（三月二十二日）、わたしはミサへ行き、お昼ごろに学院へもどりました。すると、アップルヤード校長先生がこうおっしゃったのです。セアラ・ウェイボーンは、後見人に連れられて学院を出ていった、と。セアラは十三歳で、ここでは最年少です。後見人の方がいらしたのは、学院のほとんどの者が教会へ出かけた直後だったそうです。わたしは、大変驚きました。ムッシュー・コスグローヴ（セアラの後見人のお名前です）はとても礼儀正しい方ですのに、事前の連絡もなしに校長先生を訪ねてくるなんて、意外な感じがしたのです。わたしの知っているムッシュー・コスグローヴは礼儀を重んじる方です。それだけで警察に手紙を書いてくるなんて、おかしいとお思いかもしれません。実をいうとわたしは、あの不遇な少女が失踪したのではないかと考えているのです。個人的に——不審に思われないよう注意して——少し調べてみました。ムッシュー・コスグローヴがいらした時学院にいた者に、いくつか質問をしてみたのです。その時間帯に学院にいたのは、校長を別にするとほんの数人でした。全員、心から信頼できる女性です。ところが、メイドのミニーたちは、ムッシュー・コスグローヴが屋敷にいらっしゃるのも帰っていかれるのも、みていないというのです。たとえいらしたとしても、セアラを連れていったかどうか……。とはいえ、彼女たちの証言も、わたしの疑念を完璧には裏打ちできません。ふたつ目の理由のほうが、もっと重要で、そして、英語で説明するのがもっと難しいのです。いまは真夜中で、屋敷は真っ暗です。今朝、わたしは一時間ほどセアラの寝室にいました。最近はセアラがひとりで使っていましたが、もともとはミランダの部屋でもあったところです。メイドと一緒に部屋の掃除をしていたのですが、そのとき、非常に重要なことに気づきました。それについては直接お話しさせてください。時間も辞書もありませんから、英語の文章で、いまわたしが抱いている恐ろしい予感をご説明できる自信がありません。でも、その予感は、あの空き部屋をあとにした今朝から、少しずつ確信へと変わりつつあります。耐えがたいほど強い胸騒ぎがしています。わたしは明後日（木曜日）学院を出ていきますから、新しい名前と住所を書いた紙を同封します。もし、この件についてお問い合わせがありましたら、そちらの住所へお手紙をください。

ですが、バンファーさん、わたしはほんとうに心配しております。できるだけ早いうちに学院へいき、捜査をしていただけないでしょうか。わたしがこんなお手紙をお送りしたことは、どうか、校長先生にはもちろん、だれにもお話しにならないでください。このお手紙が届くのは木曜の朝でしょうか。もっと早くお送りしたいのですが、校長先生は、学院から出す郵便物をすべて確認するのです。信頼できるだれかにこの手紙を託せるまで待つしかありません。くたびれてしまったので、朝まで少し横になります。バンファーさんのお力添えをいただけるまで、わたしにはなにもできません。お手数をおかけすることをお詫びいたします。

おやすみなさい……

ディアーヌ・ド・ポワティエより。

追伸：今日、メイドのミニーにこんな話を聞きました。校長先生は、あの日曜日の朝、お客さまの出迎えは自分がするといってゆずらなかったそうです。色々と不安なことが重なっていますから、この件も気がかりです。

D・de・P

バンファー巡査は、この若いフランス人の教師には、非常にいい印象を抱いていた。イーディス・ホートンを連れてピクニック場へ捜査しにいったときの落ち着いた振る舞いからも、根拠のない不安に駆られて大騒ぎするような女性ではないとわかる。手紙を読みかえすと、悪い予感はさらに高まった。バンファー夫妻が住むこぎれいな木造の家は、警察署から一本裏手に入ったところにある。巡査はすぐに家にもどり、テラスからキッチンへ入っていって、バンファー夫人を驚かせた。巡査は、ちょっとお茶を飲みにもどったんだ、と言い訳した。「キッチンで飲んでいくよ――偶然うちの前を通ったんだ。まだ、ちょっと余裕があるから」やかんが火にかけられると、巡査はなにげない口調で妻にたずねた。「午後はお茶会にでもいくのかい？」バンファー夫人は、あきれ顔で答えた。「お茶会なんか久しいってないわ。午後の予定が知りたいなら教えてあげる。イースターに備えてわが家の大掃除よ」

「ちょっと聞いただけじゃないか」夫は穏やかに返した。「こないだお茶会に行ったときは——牧師館の会だったかな——、おれの好物のシュークリームをおみやげに持ってかえってくれただろう。それから、ゴシップも」

「わたしがゴシップなんか好きじゃないことくらい、よくわかっているでしょうに。それで、なにを知りたいの？」

バンファー巡査はにやっと笑った。「お見通しか。友だちのだれかが、アップルヤード学院の校長先生のことをなにか噂していなかったか？」バンファーはこれまでの経験から、ご婦人連には驚くべき才能があることを知っていた。彼女たちは、警察官が何週間もかかってようやく手に入れる情報を、直感で嗅ぎつける。「どうだったかしら。ああそうね、かんしゃくを起こすと手がつけられなくなる、って聞いたことがあるわ」

「かんしゃく？　あの人が？」

「ただの噂よ。わたしも町で先生をみかけることがあるけど、いつも愛想がいいわ」

「実際に先生がかんしゃくを起こすところをみた人は？」

「思いだしてるあいだに、お茶を飲んだら？　そうね、コンプトンさんの奥さんから聞いたことがある。コンプトンさんご夫妻ってマルメロを栽培していて、学院はあそこからジャムを仕入れてるのよ。それはともかく、奥さんが一度、お会計だけはしたくないわ、ってこぼしてたわ。一度、旦那さんがいないときにお会計をしたら、一ポンド間違ってたんですって。アップルヤード先生ったら、わざわざ奥さんを学院へ呼びだして、さんざんっぱら怒鳴りつけたそうよ。奥さん、校長先生が卒中を起こして倒れるんじゃないかと思ったんですって」

「ほかには？」

「あとはアリスっていう子の話くらいかしら。学院で働いてる子なんだけど、果物屋さんの奥さんに、校長先生がアル中になりかけてるって話したそうよ。まあ、アリスだって、校長先生が粗相《そそう》をするのをみたわけじゃないみたいだし。世間の人たちは噂話が大好きだから！　行方不明事件があってからは、ほんとにいいたい放題よね」

「まったくだ！」バンファー巡査は二杯目のお茶を飲みながら、そういえば、あそこのフランス人の先生は来週結婚するらしいという話を出して、さりげなく彼女の評判を探ろうとした。「あら、よかったわね！　わたし、フランス人とはあんまり馬が合わないんだけど……。ほら、フルート奏者のあの人なんか最悪だったでしょ？　でも、あのお嬢さんはほんとうに美人だわ。一度だけ近くでみたことがあるんだけど」

「それはどこで？」

「銀行よ。先生は小切手を現金に換えにきてたんだけど、応対してたテッドが――ほら、窓口にいる赤毛の男の子が、現金を多めに渡してしまってたらしいの。先生は通りをしばらくいってからそのことに気づいて、わざわざ銀行まで引き返してきたのよ。テッドが話してくれたから、よく覚えてるわ。『バンファーさん、あんなに正直な方もいらっしゃるんですね！　足りない分を自腹で埋めなきゃいけないところでした！』って」

「へえ、そうだったのか。さて、お茶をありがとう――そろそろ仕事にもどるよ」バンファー巡査は、椅子を引きながら立ちあがった。「今夜は何時に帰れるかわからない。かなり遅くなると思う」今日の夕食には奮発してランプステーキを出すつもりだったが、十五年も夫と暮らしてきたバンファー夫人は、理由をきいても仕方がないとわかっていた。

木曜日も一日中、イースターまで続くとされている晴天に恵まれていた。十二時をまわる頃には暑いくらいで、閉めきった仕事部屋で書類を作っていたバンファー巡査は上着を脱いだ。ミスター・ホワイトヘッドも上着を脱いで、それを、ダリアの花壇に立てかけた鋤《すき》の柄にかけておいた。いつもより少し早めに昼食をすませると、すぐに物置小屋へいき、冬に備えてしまいこんであったホースをもう一度運びだした。紫陽花《あじさい》に水やりをしないと、土が干上がってしまう。トムは手伝いを申し出たが、内心、仕事がなければミニーと学院の外へ散歩に出かけたいと考えていた。庭師は、ひとりで大丈夫だと答えた。聖金曜日の休日に備えて、植物たちの世話はぬかりなくすませてある。だが庭師は念のため、明日も今日みたいに日射しが強くなるようだったら、紫陽花に少し水をやっておいてほしい、とトムに頼んだ。トムは、まかせてくださいと約束し、ミニーと腕を組んで散歩へ出かけた。おかげでトムは、これから数時間のうちに起こる出来事とは関わらずにすんだのだった。

　紫陽花の花壇は横幅が二メートル半ほどあり、その大部分は校舎の裏手に沿って延びている。ミスター・ホワイトヘッドはこの紫陽花を手塩にかけて育ててきた。今年の夏は特に元気に育ち、一番高い茂みは二メートル近くにまでなっている。花壇に一番近い蛇口にホースを取りつけたとき、悪臭が鼻をついた。紫陽花の茂みのなかから漂ってきているようだ。ミスター・ホワイトヘッドは、蛇口をひねろうとしていた手を止め、先に悪臭の源を突きとめておくことにした。においのもとは勝手口のすぐそばだ。コックの女が、こんなに臭くちゃ料理なんかできないわよ、と騒ぎだすかもしれない。数日前から秋の剪定《せんてい》にかかりきりだったので、足を止めてゆっくり花を眺める余裕がなかった。紫陽花の茂みは見事だった。つややかな濃い緑色の葉の上で、たっぷりと大きな深い青色の花が無数に咲いている。ミスター・ホワイトヘッドは、ふと眉をひそめた。塔の真下の壁際にはとりわけ大きく立派な茂みがあったが、それが無残にも潰され、美しい花のついた茎が何本も折れていたのだ。ポッサムのしわざにちがいない！　あの連中はしょっちゅう屋根の上で暴れまわっている。去年など、トムが塔のなかに巣ができているのをみつけた。これがトムなら、迷うことなく頑丈なブーツで茂みのなかへ踏みこみ、ポッサムの死骸を探しにいったことだろう。だが庭師は、まずはベストを脱ぎ、ズボンのポケットから剪定ばさみを取りだした。折れた茎はきれいに切っておかなくてはならない。それから地面に両膝をつき、茂みのなかを慎重に這っていった。育ちはじめたばかりの若木を潰してしまうといけない。潰れた茂みまであと少しというところで、茂みの根元になにか白いものがみえた。それは、かつて少女だったものだった。白い寝間着に染みこんだ血はすでに乾いている。片方の脚はねじれた体の下になり、もう片方の脚は紫陽花の低い枝のあいだにはさまっている。素足だ。顔はみる影もなく潰れ、仮にミスター・ホワイトヘッドが勇気を振りしぼってそばへいったとしても、原形はわからなかっただろう。だが、そばへいって確かめるまでもなく、庭師にはそれがセアラ・ウェイボーンの遺体だとわかった。これほど小柄でほっそりした少女は、セアラをおいてほかにいない。

ミスター・ホワイトヘッドはショックで凍りついていた体をやっとの思いで動かし、花壇沿いに延びている小道へ這いもどると、激しく嘔吐《おうと》した。遺体は密集した紫陽花の茂みに隠れ、小道からはまったくみえない。ミスター・ホワイトヘッドも、トムも、ほかの使用人たちも、この場所は数日前から何度となく通ったはずだ。ミスター・ホワイトヘッドは洗濯小屋へ行き、手と顔に冷たい水を浴びせた。部屋にはウィスキーがひと瓶置いてある。ベッドに腰かけて酒を一杯飲み、胸のなかで暴れまわっている心臓を静めた。それから急ぎ足で部屋を出ると、校舎をまわりこんで通用口から玄関広間へ入り、まっすぐ校長室へいった。

以下に抜粋した証言は、アップルヤード学院の庭師、エドワード・ホワイトヘッドによるものである。証言の記録者はバンファー巡査、日付は三月二十七日聖金曜日の朝。

あれは、本当に衝撃的な事件でした。それに、このところの校長先生のご心労を思うと、あんな報告をしなくてはならないことが、非常にためらわれました。校長室へいくと、なかから、忙しなく歩きまわっているような音が聞こえてきました。ノックをしたのですが返事がなかったので、扉を開けてなかへ入ったんです。校長先生は飛びあがらんばかりに驚いていました。ひどい顔色でした――いつにもまして。その前から、われわれ使用人は、校長先生はご病気なんじゃないかと噂をしていたんです。椅子は勧められませんでしたが、足が震えて立っていられませんでしたので、とにかく座りました。記憶が曖昧《あいまい》ですが、たぶん、死体をみつけたとかなんとか口走ったんだと思います。校長先生は、無表情で私の顔をみつめるばかりで、なにも聞こえていない様子でした。それから、もう一度話してください、もっとゆっくりお願いします、といいました。それで私はいわれたとおりにしました。話しおえると、校長先生がたずねました。「だれの死体です?」私は答えました。「セアラ・ウェイボーンお嬢さんです」すると校長先生は、確かに死んでいたのか、とたずねました。「ええ、間違いありません」そう答えましたが、なぜ確信があるのかは話しませんでした。すると校長先生は、首を絞められているような悲鳴をあげたのです。人間というより獣のようでした。あんな叫び声は、百歳になっても忘れられないでしょう。(原註)
校長先生はコニャックの酒瓶を取りだして一杯飲みました。私も勧められましたが断りました。その時間、学院にはコックしかいなかったので、彼女も呼んできましょうかとたずねると、校長先生は「馬鹿なことをいわないで。あなた、馬は乗れますか?」といいました。それで、乗馬は自信がありませんが馬車なら用意できます、と答えました。「では警察署まで送ってください。大至急です。だれかに会っても、決してこの件は他言してはいけません」十分ほどして馬車の用意ができたときには、校長先生はすでに玄関の前で待っていました。長い濃紺のコートを着て、羽根つきの茶色い帽子をかぶっていました。これはメルボルンのように遠い町まで出かけるときの装いです。黒い革のハンドバッグを持ち、黒い手袋をはめていました。なぜ覚えているかというと、こんなときになぜ手袋のことまで気がまわるのか、妙な感じがしたからです。馬を急き立ててウッドエンドへ向かうあいだ、私たちはひと言も話しませんでした。警察署の百メートルほど手前まできたときです。校長先生が、警察署の向かいにあるハッシー貸し馬車屋で停まってほしい、といいました。いわれたとおりにすると、先生は馬車を降りて、貸し馬車屋の表にあるベンチへ向かって歩きだしたんです。ミスター・ハッシーの客が馬車の到着を待つところです。校長先生は、いまにも倒れそうにみえました。私は、警察署のなかまでお伴しましょうか、それとも署の前で待っていましょうか、と声をかけました。すると先生は、ここで少し休んでから、ひとりで警察署へいきます、といったんです。あなたもあとで警察に色々きかれるだろうから、学院へもどって準備しておきなさい、と。ほんとうは、校長先生をベンチへ残していくのは気が進みませんでした。蒼白になってましたから。ですが、あの校長先生のことですから、やるべきことはぬかりなく把握しているのだろう、と思いました。指示に従うのが一番だと思ったのです。なにより、午後にみてしまったものののせいで、いまにもまた吐きそうでした。私が馬車の向きを変えていると、校長先生が、警察に通報したあとはミスター・ハッシーの馬車に乗って帰ります、といいました。まだベンチに座っていて、火かき棒みたいに背すじを伸ばしていました。私は馬車を走らせ、学院へもどりました。校長先生をみたのはそれが最後です。

（署名）エドワード・ホワイトヘッド

一九〇〇年三月二十七日金曜日　ウッドエンド警察署

以下はハッシー貸し馬車屋のベン・ハッシーの証言である。記録者はバンファー巡査。日付は右に同じ。

昨日は聖金曜日の前日だったので、大忙しでした。イースター休暇で遠出する人がたくさんいるので。事務所で二輪馬車の注文を確認してると、いきなりアップルヤード校長先生が入ってきて、至急馬車を用意してくれというんです。お目にかかるのはハンギングロックのピクニック以来でしたが、あまりの変わりように驚きました。どれくらい遠くまでいくんですかと伺うと、十キロくらいだと思うとのことでした。ハンギングロックの近くに住んでいる友人から悪い知らせが届いたらしいんです。住所は知らないが、近くへいけば家はわかるとのことでした。御者たちはみんな、駅やらなんやらへお客さんを迎えにいって出払っていたんで、わたしがお送りしましょうと申し出ました。ただ、少し待ってもらわなくてはなりませんでした。調教が終わったばかりの、活きのいい雌馬を馬車につながなきゃいけなかったので。あの馬を扱えるのはわたしだけなんです。先生は滅多なことでは感情を表に出さない人ですが、今回ばかりはかなり動揺されているようでした。それで、よかったら馬車の用意ができるまで、事務所でお茶を飲んでいてください、といいました。ところが先生は、わたしについてきて、馬を馬車につなぐあいだもずっとそばで立っていました。出発したのは三時十分前です。間違いありません。出発時刻は事務所の台帳に記入する決まりですから。初めの三キロほどはどちらもしゃべりませんでしたが、しばらくしてわたしが、今日はいい天気ですねというと、先生は、気づかなかったわといいました。また黙って馬車を走らせていると、カーブに差しかかりました。そこで初めて、ハンギングロックが森のなかからそびえ立っているのがみえるんです。わたしはロックを指さして、あれのせいで、ピクニックの日からこのかた、大勢の人がえらい目にあってますね、といいました。そしたら先生は、わたしの上に身を乗り出すようにしてロックのほうをみて、忌々しそうにこぶしを振りあげたんです。あんな表情は、できればみたくありませんでした。鬼の形相とはああいう顔のことをいうんでしょう。そんな調子だったので、校長先生が、ここで停めてちょうだいといったときには、正直いってほっとしました。われわれは小さい農場の近くにきていました。道もなにもないところに、門だけが作ってあるんです。ほんとうにここでいいんですか、とたずねると、先生はうなずきました。「ええ、ここです。あなたはもどってかまいません。帰りは友人に送ってもらいますから」狭い柵つきの放牧場のむこうには粗末な田舎家があって、おもてには男性と、赤ん坊を抱いた女性が立っていました。わたしはこう答えました。「わかりました。この雌馬はまだ、おとなしく待ってるのが苦手なんです。先生がほんとうにかまわないんでしたら、わたしは帰らせてもらいます。ご友人の問題がぶじ解決するよう祈ってます」馬は待ちかねていたように走りだし、わたしは一度も振りかえりませんでした。

（署名）ベン・ハッシー

一九〇〇年三月二十七日金曜日　ウッドエンド　ハッシー貸し馬車屋

のちに羊飼いとその妻は、法廷でこんな証言をした。確かに、長いコートを着た女性が、自分たちの敷地の門の前で、一頭立ての馬車から降りてきた。自分たちは、女性がピクニック場のほうへ歩いていくのを見送っていた。近隣の住人でもない者がその道を歩いていくことはめったにない。女性は急いでいる様子で、すぐにみえなくなった。

アップルヤード校長がハンギングロックの実物をみたのは、ベン・ハッシーが馬車のなかから、あれがそうですよと指さしたときが初めてだった。だが校長は、ロックのみた目もピクニック場の特徴も完璧に把握していた。メルボルンの新聞が、図面や絵や写真を何度も載せていたからだ。馬車を降りて、だらだらと続く比較的平坦な道を歩いていくと、傾いた木の門がみえてきた。ピクニックのあの日、ベン・ハッシーは五頭立ての馬車を走らせて、この門をくぐった。小川が流れ、あちこちにできた淀《よど》の水面は、傾きはじめた午後の光を穏やかに照りかえしている。左手の少し前方には、新聞の写真で幾度となく目にした場所があった。レイクビュー館からきた一団が、四輪馬車を停めてピクニックを楽しんでいたところだ。右手には、ハンギングロックの切り立った斜面がみえた。すでに濃い影に沈み、ふもとの木立では、朽ちかけた木々や葉が、冷たく湿った吐息をもらしている。校長は、手袋をしたまま、苦心して門の掛け金を外した。アーサーにもよくいわれたものだ。「きみは抜群に頭が冴えているのに、手先だけは不器用だ」校長はピクニック場へ入ると、門は開け放しにしたまま、小川のほうへ歩いていった。

こんなふうにして校長は、リノリウムと、アスファルトと、英国製の最高級絨毯《じゆうたん》の上ばかりを歩いてきた偏平足を重たげに引きずり、足の裏でやわらかく沈む森の地面を歩きはじめた。五十七年前にイギリスの郊外で生まれた校長は、煤《すす》けたレンガ造りの建物に囲まれて育った。身近な〝自然〟といえば、箒《ほうき》のかかしが突き立てられた、風にそよぐ麦畑くらいだった。ベンディゴ通りの学院のすぐ近くには森が広がっているというのに、校長はいまのいままで、固い草の感触を足裏に感じたことがなかった。毛羽立ったような樹皮の、まっすぐなユーカリの木のあいだを歩いたこともなかった。学院の玄関から吹きこんでくる心地いい春風に足を止め、アカシアやユーカリのかぐわしい香りを吸いこんだこともなかった。あるいは、北から吹き下ろしてくる風のにおいをかぎ、鼻孔をくすぐる山火事の細かな灰に、夏の訪れを感じとることもなかった。地面がハンギングロックへ向かって上り坂になりはじめると、校長は直感に従って右へ曲がり、腰の高さまで茂ったシダをかき分けながら登りはじめた。子ヤギ革のボタンアップブーツを履いた平たい足の裏には、地面の凹凸《おうとつ》がはっきりと感じられた。倒木に腰かけて短い休息をとり、手袋を脱ぐ。ごわごわしたレースの襟に包まれた喉を、汗が伝っていった。立ちあがった校長は、ふと空をみあげた。岩山のぎざぎざした稜線のむこうの空には、淡いピンクの夕陽がかすかな縞模様を作っている。このとき初めて、校長は知った。暑さの残る夕暮れにハンギングロックを登るのは、こんな感じがするのだ。行方知れずとなったあの子たちも、ずっとずっと昔、たっぷりしたサマードレスとやわらかな靴で、こんなふうに登っていったのだろう。汗まみれで幾度となくつまずき、シダとヤマボウシをかき分けて登りつづけながら、校長は少女たちのことを考えた。憐れみは覚えなかった。死んだのだ。ふたりとも死んだ。セアラも塔の下で死んでいる。やがて石柱《モノリス》がみえてくると、校長はすぐに、新聞で何度も読んだ場所に着いたことを知った。心臓は激しく鼓動し、コートは重かった。石柱へ続く数メートルの岩場を這い登っていくあいだも、ずるずると足が滑る。右手では断崖絶壁の上に細い岩棚が突きだしているが、そちらをみる勇気はなかった。左手の一段高くなった岩場では、大きな石が小山になっている。その上に、一匹の大きな黒いクモがいた。八本の足を伸ばし、日の光を浴びて眠っている。校長はクモが大嫌いだった。棒かなにかで叩き潰してやろうと考えながらあたりを見回す。そこに、セアラ・ウェイボーンがいた。寝間着姿で、腐りかけた顔に残った片目は、じっと校長をみていた。

一羽のワシが、輝く黄金色の岩山の上を飛びながら、校長の悲鳴を聞いた。校長は切り立った絶壁をめがけて走り、飛びおりた。昼寝から覚めたクモが暗がりへ逃げていく。大きな校長の体は岩にぶつかりながら、谷底へ転がり落ちていった。やがて、茶色の帽子に包まれた頭が鋭い岩に貫かれると、ようやく校長の体は止まった。

原註　エドワード・ホワイトヘッドは、正確には九十五歳まで生きた。

17

以下は、〈メルボルン〉紙（一九一三年二月十四日付）からの抜粋である。

バレンタインデーといえばプレゼントや恋愛を連想するものだが、もうひとつ思いだすべきことがある。今日からちょうど十三年前の土曜日、悲劇的な事件が起こった。この日、ベンディゴ通りのアップルヤード学院から、二十三名の女子生徒と二名の教師がハンギングロックへピクニックに出かけた。そのうち教師一名と女生徒三名が、午後に行方不明となった。これまでに発見されたのは一名のみである。ハンギングロックはマセドンの平地にそびえる火山岩で、景勝として名高い。地質学者たちの関心を引きつける特殊な岩層で、石柱《モノリス》や、底なしともいわれる穴や洞窟が無数にあるが、地質調査がはじまったのはごく最近（一九一二年）である。事件当時は、行方不明者たちは頂上近くの急斜面を登ろうとして足を滑らせ、おそらくは死亡したのだろうという見方が強かった。だが、事故だったのか、自殺だったのか、冷酷な殺人だったのか、真相はいまだ解明されていない。遺体が回収されていないためである。

　警察と民間の協力によって、ハンギングロック周辺は徹底的に捜査された。捜査範囲は比較的限られていたが、手がかりは発見されなかった。だが、二月二十一日土曜日の朝、進展がみられた。休暇でマセドン避暑地を訪れていたイギリス人のマイケル・フィッツヒューバート卿（現在は、クイーンズランド北部で大農場を経営している）が、失踪者のひとりのミス・アーマ・レオポルドが、ふたつの巨石の下で意識不明になっているのを発見した。ミス・レオポルドは間もなく回復したが、頭部損傷によって記憶を一部失い、ほかの生徒たちとハンギングロックを登ったあとになにが起こったのか覚えていなかった。捜査は困難をきわめたが、一カ月ほど後にアップルヤード学院の校長が不可解な死を遂げたため、その後何年も続けられることになった。学院は翌年の夏、山火《ブッシュファイヤー》事によって全焼した。一九〇三年、ハンギングロックでキャンプをしていた二名のウサギ捕獲《ラビター》人が、フリルつきの更紗《さらさ》の切れ端を発見した。警察の鑑識は、行方不明となった女性教師がピクニックの日に着ていたペチコートの一部だと考えている。

　世間からはほとんど忘れられているが、もうひとり、事件に関わっている人物がいる。当時十四歳だったミス・イーディス・ホートン。アップルヤード学院の元生徒である。ミス・ホートンは行方不明になった少女たちと共にハンギングロックを途中まで登っていたが、事件があった夕方、ひとりで川辺のピクニック場にもどってきた。ヒステリーの発作を起こしており、当時もその後も、ハンギングロックでなにを目撃したのかは一切思いださなかった。数年にわたって取り調べを受けたが、ミス・ホートンは有益な情報を提供することなく、先日メルボルンで亡くなった。

ラト・マルグリー伯爵夫人（アーマ・レオポルド）は現在、フランス人の夫と共にヨーロッパに住んでいる。時折、物理研究協会などの団体の面会に応じることもあるが、記憶の内容は、意識を回復した直後とまったく変わっていない。メアリー・セレステ号の一件と同様、アップルヤード学院の謎は永遠に解明されないようである。

訳者あとがき

七十歳のジョーン・リンジーは、毎朝七時半に目を覚まし、九時半に二階の仕事場で執筆を始めるのが習慣だった。メルボルンの冬は寒い。夫と暮らしていたマルベリーヒル館は、暖房が弱かった。リンジーはこの時期いつも、ターコイズブルーのカーディガンを着て机に向かった。腕時計はつけない。リンジーの身近な者たちも時計は持たない。彼女のそばにいると、なぜか時計が必ず止まってしまうのだ。ある晩リンジーは不思議な夢を見た。昔の寄宿女学校の少女たちがピクニックへ出かける夢だ。目を覚ましたリンジーは、夢の内容を忘れないように、急いですべてをタイプライターで打ちこんだ。その晩も次の晩も、夢は続いた。美しいミランダ、聡明なマリオン、令嬢のアーマ、優秀な数学教師のグレタ・マクロウは、ヴィクトリア州のマセドン平野にそびえるハンギングロックへピクニックに出掛け、のちに発見されるアーマを除いて、全員の消息がそれきりわからなくなった。少女たちが消えたあと、女学院はゆっくりと崩壊へ向かう。女学院失踪事件、そしてその余波を詳細に映し出す夢は、学院の校長が不可解な死を遂げるまで、とうとう一週間続いた。リンジーは朝起きるたびに、夢の内容を思いだしながら一心にタイプライターを打ち続けた。こうして、ひと月足らずで完成したのが、この『ピクニック・アット・ハンギングロック』だ。

不思議な経緯で完成したこの本は、メルボルンにあったF. W. Cheshire社の編集者、サンドラ・フォーブズの目に留まる。フォーブズは出版にあたって、リンジーに大胆な修正を提案した。最終章を削除しないか、というのだ。結果として削除されたその章は、映画版と原作版両方のファンの間でしばしば存在の有無が取沙汰される、〝幻の最終章〟となった。フォーブズが削除を提案したのは、事件を謎のままに終わらせておくほうが、作品としての奥行が増すと感じたからだという。本作は一九六七年の刊行から五十年が経った現在でも世界中で読まれ続けている。刊行当時のオーストラリアの人々が、自分たちによる自分たちの物語を渇望していたことは想像に難くない。その後ロングセラーとなった要因は、例えばF. W. Cheshire社のベテラン編集者がペンギン・オーストラリア社へ引き抜かれたことによってペンギン版で再版できたこと、ピーター・ウィアー監督による映画版が大ヒットしたこと、などが挙げられる。しかし、この作品の強い磁力は、最終章を削除したフォーブズの慧眼に拠るところが、やはり大きい。彼女の判断があったからこそ、大勢の読者たちが、女学院失踪事件の真相と真偽に想像を巡らすことになった。

今回の翻訳版でも原書に従って最終章は収めていないが、要約を簡単に紹介しておきたい。最終章は、一部が改変されて三章の途中に入れ込まれた為、内容が重複している部分がある。

イーディスがピクニック場へ逃げ戻った後、ミランダとマリオンとアーマはハンギングロックを登り続ける。途中で彼女たちは、「薔薇《ばら》色の煙か霧」のようなものを見たり、「はるか遠くで打ち鳴らされる太鼓のような音」を聞いたりする。ミランダとマリオンは、石柱《モノリス》のそばを通る時に強烈な引力を感じ、思わず両腕で体をかばう。アーマだけはその引力を感じない。石柱を通り過ぎると、三人は気絶するように眠りこむ。全員が目を覚ましたとき、そばの茂みから、下着姿の〝道化のような女〟が転がり出てくる。それは明らかにグレタ・マクロウなのだが、ミランダたちとマクロウはお互いのことを完全に忘れている。四人は窮屈《きゆうくつ》なコルセットを外して崖から放り捨てるが、四つのコルセットは落ちることなく、宙でぴたりと静止する。あたりは光に満たされ、影ひとつみえない。空中に、透明な穴が現れる。地面にでも岩肌にでもなく、空中に穴が開く。マクロウはその穴を見ているうちに、すべての問いへの答えを知る。その時、一匹の茶色い蛇が現れ、重なり合ったふたつの巨礫《きよれき》の下へ滑りこんでいく。ミランダは蛇を探そうと、巨礫の下を覆うツタを剝がす。すると、岩肌に走るひびがみつかる。マクロウとマリオンは、ためらう素振りもみせずにひびの中へ入っていく。ミランダも、必死ですがりつくアーマの手を笑って振りほどき、ひびの中へ滑りこんでいく。アーマは泣きながらその場に座りこむ。やがて、上の巨礫がゆっくりと傾き、三人が消えていったひびを完璧に覆いかくす。

この最終章は、ジョーン・リンジー本人から、彼女のエージェントで良き友人でもあったジョン・テイラーに版権が譲渡された。テイラーはリンジーと約束したとおり、彼女が亡くなったあとの一九八七年に、最終章と解説をまとめた *The Secret of Hanging Rock* を刊行した。

編集者サンドラ・フォーブズが原作を世に広めることに大きく貢献したのなら、映画『ピクニックatハンギングロック』を世に送り出すのに一役も二役も買ったのが、このジョン・テイラーと、そして、オーストラリアのテレビニュース番組で司会者をしていたパトリシア・ロヴェルだ。ロヴェルは一九七一年にたまたま雑貨店の古本棚でこの本を見つけ、魅力にとりつかれた。彼女はリンジー本人に映画化を打診する手紙を送ったが、司会者の彼女に映画制作の知識はない。そこで思い出したのが、以前インタビューしたことのあった若い映画監督だった。それが、当時二十七歳のピーター・ウィアーだ。この頃ジョン・テイラーは、原作の映画化権を買いたいという問い合わせを何件も受けていたが、直感でロヴェルとウィアーを選び、リンジーの元へ連れていった――のだが、この時点ではまだ、テイラーは原作を一ページも読んでいなかったという。ピーター・ウィアー監督の『ピクニックatハンギングロック』が誕生したのは、偶然が偶然を呼んだ結果だったのだ。完成した映画は、一九七五年八月八日にアデレードで公開されると、商業的な大成功を収めただけでなく、批評家たちからも絶賛された。ピーター・ウィアーのその後の映画監督としての活躍ぶりは、広く知られているとおりだ。

ところで、この作品に描かれた失踪事件は、実話なのだろうか。リンジーが見たあの不思議な夢は、予知夢や正夢の一種だったのだろうか。冒頭にも少し書いたが、リンジーは、身につけた時計が必ず止まってしまうなど、時おり不可解な現象に出くわすことがあった。一度など、夫と馬車に乗っていた時に、彼女にだけ、逃げ惑う大勢の修道女たちがみえたという。付近にあった修道院が少し前に火事で全焼したと知ったのは、その直後だった。『ピクニック・アット・ハンギングロック』に類する事件が実際にあったのかどうか、リンジーがはっきりと答えたことはないようだ。一度だけリンジーは、ジョン・テイラーから事件の真偽について尋ねられると、宙を見つめながらこんな風に答えたという。「何かが起こったことだけは確かね」また、作品冒頭に添えられたリンジーのひと言は、元々こう書かれていた。「『ピクニック・アット・ハンギングロック』が事実なのか創作なのか、あるいはその両方なのかは、読者の判断にゆだねる」また、作中には実際に存在する地名や史実が多く登場するが、いくつか事実と異なる箇所がある。その点に関しては作者の意図を尊重し、そのままにしている。

女学院失踪事件から広がった余波のように、あるひとつの出来事が次の出来事を招くという現象について、リンジーは強い関心があった。一九六六年の冬の夜中、七十歳の作家が見た夢から生まれた『ピクニック・アット・ハンギングロック』は、二〇一八年になった現在でも、オーストラリアのテレビ局 Foxtel で新たにドラマ版が作られるなど、さざ波のような動きはいまだ止まらない。この翻訳の誕生にも、実は小さな偶然があった。元々原書を読んでいた訳者が、ある映画ファンの方のお手紙を偶々《たまたま》目にすることになり、背中を押されて東京創元社さんに企画を持ち込んだ。原作を読みたいというお手紙を書いてくださった伊藤春雄様、解説を書いてくださった金原瑞人先生、半世紀も前の本の刊行を快諾してくださった編集の小林甘奈様に心から感謝を申し上げます。

二〇一八年十一月六日

解説

金原瑞人

日本で一九八六年に劇場公開された『ピクニックatハンギングロック』は、当時、新聞、雑誌、その他いろんなところで評判になり、「究極のカルト映画」とも呼ばれ、いまでもマニアの間で人気がある。たしかに、この映画は監督、ピーター・ウィアーが一躍、世界的な注目を集めるきっかけになったのだが、製作は七五年、つまり、日本で公開されたのはその十一年後だ。そのとき、日本ではすでにウィアー監督による、『誓い』が八二年に、『危険な年』が八四年に、そして『刑事ジョン・ブック／目撃者』が八五年に公開されている。

この流れからみると、あの大ヒット作『刑事ジョン・ブック』があったおかげで、日本でも『ピクニックatハンギングロック』が公開の運びになったと考えるのが妥当だろう。

実際、劇場パンフレットCINE VIVANT No. 13『ピクニックatハンギングロック』には、次のように書かれている。

『刑事ジョン・ブック／目撃者』で世界的な注目を浴びている監督ピーター・ウィアーが、オーストラリア映画の胎動を世に誇示した記念碑的作品である。

ということは、もしウィアー監督が『刑事ジョン・ブック』を撮らなかったら、この映画は日本では公開されることなく、本書がいまの日本で出版されることもなかったのかもしれない。

それともうひとつ、この映画が公開されるもうひとつの推進力になったのは、八〇年代の日本の少女ブームだろう。七三年に出版された沢渡朔《さわたりはじめ》の写真集『少女アリス』が注目を集める一方、イギリスの写真家、デイヴィッド・ハミルトンが金髪の美しい少女を撮ったセミヌードの写真集で脚光を浴びたのが七〇年代、そして八二年には『風吹ジュン写真集絹の風』、八三年には『別冊スコラ 美保純』といったハミルトンが手がけた美少女の写真集が出版されている。ソフトフォーカスの美少女が世界的、日本的な注目を浴びていたときに、ウィアーの『ピクニックatハンギングロック』がヒットしたのは想像に難くない。

蛇足ながら、八八年に出版された『史上最強のシネマバイブル』という、一般の映画ファンの短評を集めたガイドブックで、この映画に関してこんなコメントが載っている。

「行方不明になった美少女のひとりが、ボッティチェリのヴィーナスにそっくり！　世の中には綺麗な人がいるものだなぁ（♀・22・OL）」おそらくこのコメントを投稿した人は知らなかったと思うのだが、本書の三十九ページにこんな一文がある。「ポワティエは、ミランダが、ウフィツィ美術館に飾られているボッティチェリの天使の絵にそっくりだ、と気づいたのだった」

ふたたび映画のパンフレットにもどるが、パンフレットの内容も、川本三郎と本田和子の対談「少女たちの黄金色の夏」、高取英のエッセイ「奇怪・美少女」などが目を引く。

また当時は、フロイト的な解釈——石柱《モノリス》、靴下と靴を脱いで丘を登るシーン、集団ヒステリー、ヴィクトリア朝的管理主義——も広く行われていた。文学、映画、アートにおいて、少女＋フロイトは七〇年代、八〇年代の大きな流れだった。

そのうえ、この映画の堂々たるオープン・エンディング。謎は解き明かされないまま、観客を突き放して終わる。カルト的な作品として語り継がれているのは当然かもしれない。現在も、この映画は「オリジナル版」と「ディレクターズ・カット版」の二種類がＤＶＤで出ている。

ところが、多方面で注目されたにもかかわらず、不思議なことに、この映画の原作は日本で出版されていなかった。それがこういう形で読めるようになったことはとてもうれしい。原書の出版が六七年十一月。約五十年前の作品だ。ちなみに、アメリカでは六五年にカポーティの『冷血』、六七年にブローティガンの『アメリカの鱒《ます》釣り』、六八年にディックの『アンドロイドは電気羊の夢を見るか?』が出版されている。

さて、本書を読んで驚いたのは、原作の大きな魅力は「少女+フロイト」的なところにはなく、またオープン・エンディングもそれほどの意味を持っていないということだった。第3章の最初で、全貌を現したハンギングロックに四人の少女が圧倒され、「途方もなく雄大な自然の造形物と相対したとき、人間の目は、悲しくなるほど用をなさなくなる」ところが描写されている。このあたりのイメージの広がりと、それを描き出す作者の表現力に思わず息を飲む。たとえば、「アーマは、木々のあいだに射す夕陽だと思ったその赤色が、深紅のオウムが羽ばたかせる翼の色だということに気づいただろうか」(この部分は、三十ページの「曲がった老木にとまっていたオウムの群れが、けたたましい鳴き声をあげながら一斉に飛びたった」という描写と呼応している)、「頭上の岩場を音もなく滑る赤銅色の蛇の姿にも気づかなければ、朽ちかけた落ち葉や木の皮の下から慌てて逃げだしていったクモや地虫やワラジムシの大群にも、気づかずにいた」といった具合に、あたりの情景をあざやかに描きつつ、それに気づかず、黙りこくって先へ先へと歩いていく少女たちを描いていく。やがて、平野から奇妙な音が響いてきて、前方に石柱《モノリス》が見えてきたかと思うと、四人は強烈な眠気に襲われて、深い眠りに引きずりこまれていく。そして寝ている少女たちのまわりに列をなしてやってくる「青黒い殻をかぶった奇妙な形の甲虫」。ここでも、気づかない四人をとりまく情景が細かく書きこまれていく。

それから、少女たちの目ざめ、三人の失踪、ひとり残されたイーディスの悲鳴、と続く。息の詰まりそうな学院生活から解放され、靴も靴下も脱いで、まるで滑るように歩いていく少女たちと、すさまじい引力や磁力によってあたりの静寂を保っている「大地の上にどっしりと構えたハンギングロック」が共鳴して、時間が止まり、世界が一瞬、ずれる。この「甘美な悲劇」をきっかけに、いくつかの事件が生まれ、大小いくつもの悲劇と喜劇がからみあい、豊かな物語が展開していく。

女学院に差す影と、気丈で権威的なアップルヤード校長の物語。ミランダに憧れている反抗的な少女、セアラの物語。ハンギングロックでいなくなった少女たちが小川を渡るのを目にして以来、ミランダのことが忘れられなくなったレイクビュー館のマイケルと、館のお抱え御者アルバートの物語。アーマとマイケルのすれ違いのエピソード、トムとミニーのエピソード。とくにミス・ラムリーと兄のエピソードと、セアラとアルバートのエピソードは印象的だ。このささやかなふたつのエピソードだけでも、作者の力量を十分に推し量ることができる。

マッケンジー医師は、「ハンギングロックのことを考えてはいけないよ。ハンギングロックは悪夢で、悪夢とは過去なのだから」という。しかし、悪夢は執拗に人々を追いかけてくる。

第10章の最初に書かれているように、「あのピクニックの日から、様々な出来事が起こった。（中略）ピクニックとはなんの関係もなかった人々までが、ひとりまたひとりと綴織《つづれおり》のように複雑さを増していく事件の一部に織りこまれていく」のだ。

こうして読んでみるとカルト的な作品というよりは、オーストラリアの現代小説として、またオーストレイリアン・ゴシック・ノヴェルとしてじつによくできた作品だと思う。『ピクニック・アット・ハンギングロック』がこのような形で翻訳出版されたことを心から喜びたい。

最後に、この作品で扱われている、少女と教師の失踪事件が実際にあったのかどうかについては、いまも議論が続いている。リンジーの編集者たちは口をそろえて、これは純粋なフィクションだといっているし、訳者あとがきにもあるように、リンジー自身、後年になって、自分のみた夢に基づいて書いたといっている。

ところがnews.com.auの最近の記事、Picnic At Hanging Rock's biggest mystery answeredによると、この小説のヒントになった事件は実際にあったのではないかという。その根拠になっているのは、二〇一七年に出版された、ジャネル・マカロックのノンフィクション*Beyond the Rock: The Life of Joan Lindsay and the Mystery of Picnic at Hanging Rock*。このなかで、マカロックはこんな指摘をしている。「リンジーの元々の前書きの最後には『作者は子どもの頃から、マセドン山とハンギングロックのことはよく知っていて、この物語は間違いなく事実です』と書かれていたのだが、この一文が削除されている」そして、この作品は、十九世紀後期のふたりの少女の失踪事件がモチーフになっているという。また、ピーター・ウィアーがこの作品を映画化したいといったとき、「決して——どんなことがあっても——これが事実なのかフィクションなのかをたずねないようにしてほしい」といわれたらしい。なぜ、リンジーはそれほどまでに神経質になっていたのか。

この作品は読み継がれていると同時に、つねに新しい話題を提供しているらしい。

訳者紹介　1986年、宮崎県生まれ。早稲田大学第一文学部卒業。主な訳書にウィッティング「わたしはイザベル」、ユーリン「それでも、読書をやめない理由」などがある。

ピクニック・アット・ハンギングロック

2018年12月21日　初版
2025年 3 月28日　3版

著　者　ジョーン・リンジー

訳　者　井《いの》上《うえ》里《さと》

発行所　（株）東京創元社
代表者　渋谷健太郎

162-0814／東京都新宿区新小川町1-5
電　話　03・3268・8231-営業部
　　　　03・3268・8204-編集部
URL　http://www.tsogen.co.jp
理想社・本間製本

ISBN978-4-488-59402-2　C0197

世界20カ国で刊行、ローカス賞最終候補
運命の軛《くびき》に抗う少女の成長を描く、感動の3部作

Katherine Arden
キャサリン・アーデン　金原瑞人、野沢佳織 訳

〈冬の王〉3部作

創元推理文庫

＊

熊と小《サ》夜《ヨ》鳴《ナキ》鳥《ドリ》
THE BEAR AND THE NIGHTINGALE

塔の少女
THE GIRL IN THE TOWER

魔女の冬
THE WINTER OF THE WITCH

ヒューゴー、ネビュラ、ローカス三賞賞!

EVERY HEART A DOORWAY◆Seanan McGuire

不思議の国の少女たち

ショーニン・マグワイア
山田順子 訳
創元推理文庫

◆

そこはとても奇妙な学校だった。入学してくるのは、妖精界やお菓子の国へ行った、“不思議の国のアリス”のような少年少女ばかり。彼らは現実世界に戻ってはきたものの、もう一度彼らの“不思議の国”に帰りたいと切望している。ここは、そんな少年少女が現実と折り合っていく術を教える学校なのだ。死者の殿堂に行った少女ナンシーも、そのひとりだった。ところが死者の世界に行ってきた彼女の存在に触発されるかのように、不気味な事件が……。

不思議な国のアリスたちのその後を描いた、ヒューゴー、ネビュラ、ローカス賞受賞のファンタジー3部作開幕。